それは無謀というものだ。　上

Tenma Asahi

朝陽天満

Ruby collection

Contents

登場人物紹介
Character introduction
ボルト
腕の立つゴールドランクの冒険者。ギルドで救ったルゥイに縁を感じてパーティーに誘い、責任もって彼の面倒を見るうちに相棒として可愛がるようになる。明るく穏やかな性格だが、国を追われた元騎士という仄暗い経歴をもち…？
ルゥイ
貧乏脱却を目指す孤児院出身の青年。上級冒険者とトラブルになっていたところをボルトに救ってもらい、そこからパーティーを組むことに。冒険者としての頭角を現し、無事にアーンバル上級学園へ入学するも、その出生には秘密が…？

刻の魔術師
ルゥイに上級学校に進学するよう予言を施した人物。その長い寿命で人類を見守っていたとされるが、いまだ能力は謎に包まれている。
ドウマ
アーンバル上級学園生。騎士を多く輩出する家系で剣技に自信があったが、冒険者上がりのルゥイに負かされプライドはズタズタに。
スタント
ギルドで『調薬』専門の講師をしている獣人でボルトとは旧知の仲。ギルドで泣いていたアルフォードがどうしても気になり…？
アルフォード
アーンバル上級学園生。学内で浮いていたルゥイの人となりを気に入って友人に。ギルドで講師をしていたスタントと運命の出会いを果たす。

それは無謀というものだ。

上

プロローグ

「ようやく金が貯《た》まったぁ……これで学校に行くのをやめなくて済む……」

俺は安堵《あんど》の溜息《ためいき》を吐《つ》きながら、今日稼いだ金を鞄《かばん》にしまった。

内容が更新されたギルドカードを返してもらった俺は、未《いま》だブロンズ色のそれを眺めて「あーあ」と声に出した。

まだ始めたばかりであんまり剣が得意じゃないから、討伐系は難しい。かといって素材採取系はあまり金にならず、アイテム精製して売りに来るには技術がない。

だからこそ何か一つでも特出した才能や知識を得たくて学校に入るための試験を受けたけれど、学費が馬鹿にならない。かといって、今の御時世、学がない奴《やつ》は冒険者ギルドや他の最低で最悪な底辺での環境で生きるしかない。今の俺みたいに。

試験を受けた時はまだよかった。けれど、受かってホッとした途端、せめて試験が終わるまでは勉強に集中しようと頭の隅に追いやっていた安くはない学費の存在が、俺の両肩に伸《の》し掛《か》かってきた。

俺には親がいない。

正確には、知らない。赤ん坊の時から、ここコメート村の孤児院で育ったからだ。ここからほど近い森の中に捨てられていたらしい。話で聞いただけだから実感はないけれど。そんな孤児に学費を出してくれるような奇特な奴はいない。上の学校に行きたいなら、自分で稼がなければならない。

この辺りの村はかなり貧しく、街や都と比べると笑っちゃうくらい人が少なく、寂れている。コメート村もその貧しい村の一つだけれど、周辺に分布する貧しい村々の中央に位置していることから、かろうじて小さな冒険者ギルドがあり、下級学校があり、孤児院があり、小さな教会があり、周辺の村の代表のような場所になっている。

上級学校に通うために卒業しなければならなかった下級学校は、だいたい六歳から十六歳くらいまでの成人前の子供が無料で通うことが出来るところだ。時間の空いたときに通い、授業も自由に受けることが出来る。けれど卒業試験は必ず十六歳で受けることになるので、卒業と成人はセットだ。

そして、卒業したら一応職に就くことが出来る。逆に、下級学校すらまともに出ていない者は働く場所が最低最悪な労働条件で、過酷なところくらいしかない。かといって、下級学校を卒業したとしても、その労働条件はあまり変わらない。少しだけ給金が足されるだけだ。

この国では、そこからさらに上の学校に行って、そこをきちんと卒業出来て初めてちゃんとした給金の所で働くことが出来る。例えば商人になって自分の店を持つにも、上の学校を卒業しないと許可が降りることはない。

「俺が他の国に生まれてたら、無料で上の学校に通えたのに……」

でもその国の戸籍がないから、たとえ行ったとしても、俺が無料で通うことは出来ないんだけど。

その上級学校のお金をようやく貯め終えた。かなり大変だった。

——冒険者ギルドに登録して、採取以外の仕事が出来るようになるのは下級学校を卒業して成人してから。成人していないと冒険者ギルドですら仮登録となってしまう。これは全世界共通らしい。冒険者ギルドはどの国にもあって、全てが共通のルールで運営されているようだ。

仮登録のうちは本当に微々たる料金しか貯められないので、この段階でちゃんと学費があるというのは奇跡に近い。

「間に合ってよかったな。支払いはどこでするんだ？」

「村の長《おさ》が街に用事がある時に払ってきてくれるって言ってたけど」

ここ数週間パーティーを組んで討伐依頼を一緒に受けてくれていたボルトが、俺の言葉を聞いて顔を顰《しか》めた。

隣に立って、少ししかめっ面をしている。

「そういうのはたとえちょっとばかり遠くても自分で納めるもんだろ。それに始まるまでそれほどの期間はないし、自分で行った方が早くねえ？」

「そういうもんなの？　うちの村じゃ長が全てまとめて払うんだって下級学校の先生が教えてくれたぞ」

「うーん……村じゃありなのか……？　いや、俺の常識的には、金に関してそんなことを言われた時は懐にしまわれる確率が高いから、自分で納めろってよく言われたが」

「へえ。ってか懐にしまうって……そんなん一発で長が取ったってわかっちまうじゃん」

首を傾《かし》げれば、ボルトは苦笑しながら肩を竦《すく》めた。

「やり様は色々あるんだよ。……っても、ルゥイは知らなくていい」

「ま、そんな犯罪みたいなやり方は知りたくもねえけど」

俺はうーんと唸《うな》りながら考えた。

長には学園に納めるよう手配してやるから自分に渡せってすでに言われてるんだよな。

ここら辺の村出身じゃないボルトからそんなことを聞くと、長を信用していいのかどうなのか心配になってくる。

なにせ俺は村近辺のことしか知らない無知だから。自覚はしているし、だからこそ、下級学校を利用して必死で勉強して、上の学校に合格するためにやっきになっていたんだ。

もし自分が無知であることまで知らなかったら、この冒険者ギルドの底辺の底辺で採取だけする底辺な暮らししか出来なかった。下級学校を卒業するということは、孤児院も出なければならない歳《とし》だということだから。

数週間前に下級学校を卒業して孤児院を追い出された俺は現在、温情でボルトの泊まっている宿屋の部屋に住まわせてもらっていた。相棒の世話をするのは当たり前、なんてカラカラ笑うボルトは人が良すぎてたまに騙《だま》されるんじゃないかなって心配になる。

「明日、早速その金を払いに『アーンバル上級学園』のあるペルラ街《がい》に旅立つか」

「え、でもボルト……」

ボルトの言葉に驚いて動きを止めると、ボルトはやけに気障《きざ》に片目を瞑《つむ》った。

「俺は根なし草の冒険者だからな。どこに移動しても問題ない。相棒を送り届けるくらいはするさ」

「ボルト……」

そうと決まれば今日は美味《うま》いもんを食ってさっさと寝るぞ、とボルトに背を押されて、俺は感動しながら冒険者ギルドを後にした。

そのあとはボルトに飯をご馳走《ちそう》になり、俺たちは宿屋に戻った。

明日はこの村ともお別れ。

ずっとこの村の孤児院で育ち、小さいときは上の子供から孤児院での暮らしを学び、大きくなれば今度は小さい奴に色々な仕事を教えながら、掃除や畑をしつつ下級学校に通った。

冒険者ギルドの仮登録が出来るようになったら即登録した。登録したら、今度は孤児院での仕事の他に、ギルドで簡単な依頼を受けて、もらった報酬の半分を孤児院に納めて、残りのほんの少しの金銭は孤児院を出た時のために必死で貯めた。そうしないとお金なんて絶対に貯まらないから。

それに俺はとある理由で上級学校を受けることに決めたので、さらに勉強もプラスしてしないといけなかった。

村から上級学校に通う奴なんていたことがなかったからか、言い出した俺だけじゃなくて、村長や教師なんかも戸惑《とまど》ったけれど、なんとかうまいこと村で試験を受けることができた。

上級学校は誰でも通える下級学校とは違って門戸は狭く、まず試験を受けるまでもかなり苦労した。周りの奴らは村の子供か孤児院の子供ばかり。下級学校にある本はもうボロボロで、ずっと使っているせいか文字がすり切れていたりする物もある。けれど、自分で教本を持てるような裕福な家は村の中にほぼなく、皆がそのボロボロの本を使う。

それだけでは文字を書いて読むことすら大変で、そこからさらに知識を蓄えるということがまず難しい。

それでも勉強をしないと上級学校に通うどころか受験することもできないので、学校内の本は時間の許す限り読んだし、冒険者ギルドに登録してからは世間話程度の時事は耳に入れるようにしていた。

孤児院では相変わらず色々な作業と下の子の世話に追われたけれど、ほんの少しだけ寝る時間を削って知識を少し取り入れると、いかに俺が知識を持っていないのかがわかってしまって、さらに勉強に打ち込んだ。

あまり綺麗《きれい》とはいえない毛布を手に、武器の手入れを始めるボルトをチラリと見る。

手入れをするボルトの表情は真剣で、普段は弧を描いている口元がきゅっと引き締まって、いつもより二割増しでかっこよく見える。ボルトの顔はとても整っていて、こういう風に真顔だと、すごく精悍《せいかん》で男前で少しだけ近寄りがたい雰囲気になる。どの表情もそれぞれ魅力的で、絶対モテると思う。

ふぅ、と毛布をベッドの上に投げ出し、そこに腰を下ろす。

よくまあここまでこれたもんだよな、としみじみ思う。

試験に受かったところで、ボルトがいなかったら、上級学校の費用も貯まらなかっただろうし、下手《へた》したらボロボロになってそこらへんで野垂れ死んでたかもしれない。

ボルトの黒髪が目に入ると、出会ってまだそれほど経《た》っていないのに安心してしまう。ふと顔を上げて口角を上げるボルトが、やけに頼もしく、かっこよく俺の目に映る。

これはあれだ。最初の邂逅《かいこう》が、俺にとっては最悪な時で、颯爽《さっそう》と現れて助けてくれたボルトがとても目に眩《まぶ》しく映ってしまったから、それが心にすり込まれたってことなのかもしれない。先ほど水で洗ってきた髪から滴が垂れてきて、ボルトから自分の前髪に視線を移す。

ここら辺では見ない赤い髪が、そろそろ邪魔になる長さになっている。

明日から移動だから心機一転もっと短くするか、と指で引っ張ると、いつの間にやら近付いていたボルトに髪を掬《すく》い上《あ》げられた。

「まだ濡《ぬ》れてる。ちゃんと拭《ふ》けよ。……ほんと綺麗な色だな」

「ボルトって赤髪好きなのか？」

「そうだな……ああ、好きだな」

俺の問いに答えるボルトの瞳《ひとみ》は、俺の髪を見ていながら、全然違う物を映しているようで、少し乱暴に頭を振ってボルトの手から髪を取り返した。

「しっかり乾かさないと体調崩すだろ」

「これくらい大丈夫だろ……っぷ」

ボルトは俺の言葉なんて聞こえなかったかのように俺の頭に布を被《かぶ》せて、ゴシゴシと少し乱暴に拭くと、魔法の詠唱を口にした。

「自由なる風よ、その心地よい力で我らの水を吹き飛ばせ。『ウィンド』」

ふわりと心地よい風が吹き抜け、俺の髪はボルトの魔法ですっかり乾いた。

「ありがと」

「これくらいなんてことない」

「髪乾かしてくれたことだけじゃなくて」

一度視線を下に向けてから、大きく息を吸って顔を上げる。

そっと手を伸ばして、着替えたばかりのボルトの服を摑《つか》む。

するとボルトはこっちを向いて、その精悍な顔に笑みを乗せた。そうすると、普段はギラギラと獲物を捉《とら》える鋭利な目がスッと細められ、ボルトの綺麗な金の瞳がほとんど隠れてしまう。でも、その笑顔がとても好きで、ずっと見ていたい気がした。

ボルトがどうして俺と一緒に移動しようとしてくれているのか、真意はわからない。

今までとは全く違う生活になりそうな明日からの日々に、不安がないと言えば嘘《うそ》になる。けれど、ボルトが当たり前のように一緒に行くと言ってくれたことで、その不安が消えていく気がした。

「冒険者パーティーってのはな、仲間と一緒に行動するもんなんだよ。それに、俺ももう少しましなところで冒険者活動したいしな」

「ましな、ところ……？」

「ああ。ここはかなり質が悪いし、一度でもパーティーを組んだルゥイをそんな質の悪い場所で活動させたくない。ルゥイがいらねえっていうまでパーティー解消する気もないからな。これはいいきっかけなんだ」

「そんなもんなのか……？」

「そんなもん。ほら、明日は早い。さっさと寝ろよ」

ボルトは俺の乾いた赤髪をガシガシとかき混ぜると、さっさと自分のベッドに転がった。

俺はしばらくその背中を見ていたけれど、もそもそと布団に潜り、ボルトに背を向けて、目を閉じた。

目を閉じながら、近くにいるボルトの存在を感じて、緩みそうになる口元を押さえる。

近くの森にはよく行くけれど、村から本格的に移動するのは初めてになる。

この先いつ一人になるかわからないし、ボルトがいつまで俺みたいなひよっこを相手してくれるのかわからないけれど、このボルトの存在があるだけで、気持ちがまったく違ってくる。

足を踏み出すことへの、環境の変化への恐怖が薄れて、背中をトンと押してもらえる気がする。

こんな気持ちになったことは今まで一度もなかったので、少しだけ戸惑いながらも、明日からもきっと毎日が新鮮で、楽しいんじゃないか、なんて前向きな気分になるのが不思議だった。

次の日、早朝に村を出た俺とボルトは、魔導汽車の駅のある近くの町まで歩き、そこから魔導汽車で目的の街《まち》、ペルラ街《がい》まで移動することにした。

途中汽車の中で一泊し、次の日には目的地に着く。汽車で移動なんて視野に入れていなかった俺は、そんなに早く着くということに驚きを隠せなかった。そんなことを調べる術《すべ》もないし。

歩くと五日程度かかる距離は、汽車で丸一日。けれど、徒歩で移動したときと、汽車で移動した時の料金は雲泥の差で……。

ほとんどギリギリの金しか貯《た》めていなかった俺は、魔導汽車の料金をボルトに払ってもらってしまった。さらに借りが増えたのに、ボルトは「貸しだなんて思ってねえよ」なんて酷《ひど》く人の良いことを言っていて、本当に頭が上がらなかった。

本当は途中の街で依頼を受けながら、その金で移動しつつ、最終目的の上級学校がある街にたどり着く。そんな構想を練っていたのに。だからこそ金がギリギリだったのに。

それをボルトに言ったら、ボルトは笑い飛ばした。

「でかい街のほうが、いい依頼がいっぱいあるんだ。だったら、どうせ移動で金を使うんだ。一気に移動して拠点を決めて、そこで依頼を受ける方が絶対にいい」

だろ、とボルトに言われてぐっと言葉に詰まったけれど、正論だったので納得するしかなかった。

「後で絶対に返す」

「出世払いか？　いいぞ。いつまででも待ってやる」

「〜〜〜っそういうところが！」

ボルトに依存してしまいそうだからやめてくれ、と言いたいのに、言いたくない。

今まで一度も感じたことのない複雑な気持ちを持て余しながら、ボルトと共に魔導汽車に乗った。

一つ一つの椅子がついたてで仕切られて、個室のようになっているその汽車は、がらんとしてい てあまり乗っている人はいなかった。

「魔導汽車を使うのはもっとでかい街の奴らが多いからな。ここら辺とは違って仕事も充実しているから、街の奴らでも冒険者でも普通に汽車を使うんだ」

「すげえな。ああ、だから依頼も充実してるのか」

「あの村の依頼が数も達成金も少なすぎるんだよ」

顔を顰《しか》めてそんなことを言うボルトに頷《うなず》きながら、窓の外を見た。

走る速さと汽車のスピードは雲泥の差で、確かにこんな風に時間を短縮させたら、遠くまで依頼を受けに行くことも出来るな、と納得した。

俺が村で学園に行く金を貯めたのは、単純にそれ以外の選択肢が思い浮かばなかったからだけれど、ボルトもなにも言わなかった。きっとすぐに街に行くと言われても俺は無理としか答えられなかったと思うけど。それを汲《く》んでくれたのかもしれない。

こんな風にただ椅子に座って景色を眺めるだけの時間なんて、初めてかもしれない。

こんなにゆっくりしていいんだろうか。

ボルトは荷物から取り出した紙に何かを書いては首を傾《かし》げたりと、何やら難しい顔をしている。

こういうときに本の一冊もあればいいんだろうけど、あいにくと本を買うほどの余裕はない。

もうすぐ夜の帳《とばり》が降りてくる時間帯。遠くの空が綺麗なオレンジ色に染まっている。

外はまだ暖かいとは言えないけれど、この列車の中はかなり暖かい。

そんな俺にとっては初めてとも言えるゆったりした時間の中、俺はいつの間にか寝てしまっていたらしい。

ボルトに肩を揺すられ、ハッと目が覚めた時には、身体《からだ》の上に毛布が掛かっており、汽車の窓からは日の光がさんさんと差し込んでいた。

「よく寝てたな。ゆっくり寝られたか？」

日の光を浴びながら、すっかり身支度を調えたボルトが向かいの椅子に悠然と座っている。背中側から日が差しているのでボルトの顔が見えないのが残念だと、寝起きの頭でぼんやりと思った。

もそもそと起き出すと、光でよく見えなかったボルトの表情が見えた。

ふっとその表情に目を奪われる。

ボルトは、今までで一番穏やかな表情をしていた。

朝一のボルトの微笑が、嬉《うれ》しくなる。

俺は頭をシャッキリさせるためにその場で腕を上に伸ばした。

「すっげえよく寝た。ボルト、おはよう。もう着くのか？」

「もう少しだな。用意しておけよ」

「ん」

頷きながら、まぶしさに目を細めて外を見れば、そこには広大な平原が広がっていた。

コメート村の周りにある、荒れ放題で手が入っていない地とはちがう、とても豊かな緑が目の前に広がっている。

たった一日汽車に乗るだけでここまで違うのかと驚いていると、遠くに大きな壁が見えた。

「すげえ長くてでっけえ壁……」

思わず呟《つぶや》けば、ボルトが声に出して笑った。

「その壁の向こうが、俺たちが行こうとしているペルラ街だ。あの中にルゥイが通う学園もあるんだぞ」

「え……」

驚いている間にも、汽車はぐんぐん壁に近付いて行く。そして、壁に沿った建物の中に入っていった。

ほの暗い建物の中で、ゆっくりと汽車が停車する。

「降りるぞ」

ボルトに声を掛けられて、慌てて荷物を手にした俺は、ボルトと共にドアに向かった。

ドアの外には、汽車に乗り込もうとしている人がひしめくように連なっていて、自分の目を疑う。

こんなに人がいて本当に駅の出口まで行けるのか少しだけ不安になった。

背の高いボルトの頭を目印に、今まで見たこともないような人波の中を必死で掻《か》き分《わ》け進んで行く。

ようやく人がまばらなところに出た俺は、苦笑しながら足を止めて俺を待っているボルトのところに小走りで駆け寄った。

乗った町の駅とは雲泥の差の広い駅から街の方に出て行くと、そこには、今まで話でしか聞いたことのない、広い広い街が眼前に現れた。

初めて来る『街』と呼ばれる規模の都市。中央の街道を行き交う人波にビビり、街道の広さにビビり、何より、建物の高さにビビった俺は、完全に田舎者《いなかもの》以外の何物でもなかった。

救いなのは、冒険者ギルド発行のカードがどこでも通用すること。出入りを管理する駅の入り口でギルドカードを専用魔道具で照らし合わせれば、それだけで街に入ることが出来る。

でも今日の俺の目的は冒険者ギルドではなく、『アーンバル上級学園』。

試験自体は村長の家で受けた。その試験を村長が学園に送ってくれて、試験結果を受け取ったのも村長。すべて村の中だけで済んだ。だから俺は本当に村の周辺以外の場所を知らなかった。

だから、こんなにたくさんの人を見るのも初めてだった。

慣れない人混みを、ボルトに置いて行かれないように必死で抜け、ようやく目的の場所までたどり着いた俺は、その目的の建物の前で足を止めた。

これから通うことになる学園は、それはそれは立派な門構えをしていて。

「おいルゥイ、口が半開きだぞ」

「……で……っけえ……」

門の中に見える建物の縦の高さに、俺はまさに圧倒されていた。

え、待って。俺、本当にここに通うことになるのか？　激しく場違いじゃねえ？

ぽかんと口を開けて学校を見上げ続ける俺に、ボルトは必死で笑いを堪《こら》えていたのだった。

一、孤児な俺、アーンバル上級学園に通う

「寮費ひと月二万二千ガル。昼は出ないから学園の食堂。教科書代一年で一万ガル。二年次分の学費納入が後期に入ってすぐ。え、待って。俺そんな金ねえよ」

無事入学金と一年分の学費を納めた俺は、学園から貰《もら》った冊子を読んで、頭を抱えた。

目の前では、ボルトが酒を飲みながら笑っている。いやいや、笑い事じゃないから。

「制服代三万ガルって、何で制服なんて必要なんだよ……。無駄な金じゃねえか……。金がなくて買えません、じゃダメなのかよ……」

「寮費の方が宿屋暮らしより安いだろ。飯付きなら余計に。それに学則ってのに『生徒は園指定の制服着用』って書いてあるだろ。当面必要なのは……だいたい七万ガル……昼飯代込みで八万くらいか。学食ってのは外で食うよりは安いはずだからな」

笑いを収めると、ボルトは本当に財布から八万ガルを取り出して俺に渡してきた。

それを恭しく受け取ると、さっと財布にしまってから、がっくりと肩を落とした。

「俺、とりあえず最初に指定された金さえ払えば何とかなると思ってたよ……」

「ま、この国じゃこれが普通だ。今から他の国に行って学校受け直すにしても、納入した金は戻ってこないだろうよ。俺もここら辺の魔物はかなりドロップがいいから気に入ってんだ。諦《あきら》めて通っとけよ。当面の金は貸してやる」

「ボルトォォォ……ううう、優しさが胸に染みる……」

　本気で泣きそうになっていた俺に、ボルトは本格的に笑いだした。

「休みの日は一緒に依頼受けようぜ。お前が学園でひいこら勉強してる間は俺一人で魔物と遊んでるからよ」

「うん！　……うん、でも、パーティー解消しなくていいのか？　ここまで付き合ってもらっただけでも御の字なのに」

「俺はルゥイが気に入ったんだよ。俺が誰と組もうが誰にも文句は言わせねえよ。それはルゥイ、お前にもだ。ただし、お前がどうしてもいやになったって言うんならこっちも考えるけどな」

　だからそれまでは俺に付き合えよ、というボルトのありがたい言葉に、俺は感謝以外なかった。

　ボルトはギルドカードの色はゴールドで、本当はブロンズの俺と組んでもメリットなんて何一つないんだ。かといって、俺に何かを要求するってこともない。

「お前はまだこれからなんだから、しっかりと学校で学んで来い」

「うん」

　頭をわしわしと撫《な》でられて、俺は目を細めた。

　出会ってまだひと月くらいしか経っていないけれど、ボルトにこうして色々と甘やかされるのが、ひそかに俺の中で幸せとして少しずつ積み重なっていた。

　出会ってパーティーを組んでからここに来るまでの間、ボルトはことあるごとに俺をこうして撫でていた。

それまで撫でられたことなんてなかったから最初は戸惑《とまど》ったけれど、ボルトのこの手が俺の頭を無遠慮に掻き混ぜるのが心地よくて、やめろなんて言えなかった。

一度食堂の親父がボルトの真似《まね》をして俺の頭を撫でたことがあったけれど、あの時は剣に手が伸びなかったのが奇跡なくらい嫌悪感がこみ上げてきて鳥肌がたったっけ。

同じような撫で方でも、なんでボルトの手は最初から心地いいのかが、いっそ不思議な気分だった。

頭を撫でられて嬉しい、なんて、もう子供じゃないのに。きっとあれだ。ボルトの視線には、俺が物心ついたときから向けられていた蔑《さげす》みとか哀れみとかそういうのが全くなかったからだ。

でもそれだけでこんな短期間に惚《ほ》れるとかどうなんだよ、と溜息《ためいき》を呑《の》み込《こ》んで、俺は酒を手にするボルトの前にある取り皿に肉を取り分けた。

特に気負ったところもなく、リラックスしている雰囲気のボルトは、俺の行動に嬉しそうに口角を上げた。一杯食えよ、なんて、俺にこんな風に飯を食べさせてくれるのも、ボルトしかいない。

そんなボルトと離れてこれから寮に入らないといけないのか。

ほんの少しの寂しさを忘れるように、自分の皿にも取り分けた肉に齧《かじ》り付きながら、美味《うま》そうに酒を飲むボルトから視線を逸《そ》らした。

食事が終わって、まだ酒を飲むというボルトよりも先に宿の部屋に戻ると、俺はもう一度学園から貰った冊子に目を通した。

色々なことが書かれているけれど、どうしても数字が並ぶところで目が止まる。

十日後には寮の新入学生受け入れが始まるので、それまでにせめて来月の寮費くらいは自分で稼いでおきたいなあ、なんて溜息を吐《つ》きながら、俺は冊子を閉じた。

◇◇◇

自分の持ち物がすべて入った鞄《かばん》ひとつを抱え、俺はデカい建物の前に立った。

朝から依頼をこなしに行くというボルトと別れて、俺は宿屋を後にした。

今日からは学園の寮に入ることになる。そして、晴れて七日後から俺は冒険者兼学生だ。

一応隅から隅まで学則を読んで、冒険者ギルドに登録してはいけない、という文字を見つけることはなかったので、安心して冒険者を続けることが出来ることにホッとした。

けれど、学業を疎《おろそ》かにするのは当然ダメで、成績が最低だったら学園側からストップがかかるかもしれない、とボルトから情報を貰ってしまって気を引き締めた。なにせ、冒険者が出来なくなったら、俺は学園や寮にいることが出来なくなるだけじゃなくて、飯が食えなくなるから。

立ち止まった俺を迷惑そうに見ながら、小綺麗《こぎれい》な奴《やつ》らが次々親と共に寮に向かって行くのが目に映る。荷物を運んでいるのは生徒本人じゃなくて、多分従者的な役目の人たち。

馬車も次々と到着しており、寮の前で止まっては荷物を下ろしていく。通り過ぎていく生徒のほぼ全てがどこかいいところの子供という感じがして、初《しょ》っ端《ぱな》から俺の場違い感がぬぐえない。

溜息を吐いてから、寮に入る。中はそこいらの宿屋よりよほど綺麗で、俺の旅装で入っていいのかな、なんて躊躇《ためら》いそうになる。けれど他にまともな服は殆《ほとん》どないから仕方ない。

受付に並ぶと、受付含めまわりの生徒たちはまるで貴族のようなピシッとした服を着ているのが目に入った。皆の視線は俺の元に向かっている。

下級学校で「上の学校に行くのは貴族か商人が殆ど」とは聞いていたけれど、本当だったんだと、話半分に聞いていたことをちょっと後悔した。

受付でひと月分の寮費と制服代を納め、部屋番号の書いてある鍵《かぎ》を渡された俺は、礼を言って早速部屋に向かった。

ドアを開けると、そこには机とベッドと簡易コンロと水道があった。安宿なんかとは比べものにならない程に立派な部屋だった。と思ったら、隣の部屋を開けて中に入ろうとしていた親子が、「もの凄《すご》く狭い」と驚いていたので、世間の認識ではこの部屋は狭いのか、ということに驚く。

その騒いでいる親子のつやつやとした髪はとても手入れが行き届いていて、貴族だろうかと何気なく思う。

孤児院では一人部屋なんて夢のまた夢で、ここよりもう少し広い部屋に十人ほどが詰め込まれていた。孤児院を出たら出たで、最初は宿屋にも泊まれなくて、野宿なんか当たり前。村の中なら魔物も出ることはないから、一応道ばたでも寝ることは出来る。魔物以外の危険はあるから、女は絶対に止《や》めたほうがいいけれど。

ボルトと出会ってからは、共に宿屋に泊まり始めたけれど。だからこそ、こんな部屋に一人で寝泊まりするなんて、俺にとっては贅沢《ぜいたく》以外の何物でもなくて。

でも、と、街に入ってからの風景を思い出して、俺はチラリと隣の部屋の方に目を向けた。この街では道で寝てる人なんて一人もいない。通りも広く、隅々まで整備されて、貧しい人が全く目に入らなかった。そんな環境で暮らしていたら、この部屋も狭いと感じるのかな、なんて。

荷物を机に放り投げ、俺は村のあった北の方角に顔を向けた。

「本気で俺、場違いじゃねぇ？」

北を向いたまま、俺はぽつりと呟いた。

二、剣のレベル上げ

上の学校に行けば俺の未来の道が拓《ひら》ける。

そう言われたのは、まだ俺が孤児院に身を寄せていたころ。年はまだ五つくらいだったと思う。

村に旅人が来た、と村の皆が騒《ざわ》めき、そんなことは滅多にないからといつになく孤児たちも浮き足立っていた。

色鮮やかなオレンジの髪をまるで隠すかのようにフードを目深に被《かぶ》り、丈の長いくたびれたようなローブを羽織ったその旅人は、周辺の村合わせても一つしかない宿屋に二泊だけして去っていった。

たまたま外で一人食器を洗っていた俺の近くを通ったその旅人は、俺と目が合うと、口元を持ち上げた。

『聡明《そうめい》そうなそこのあなた。あなたは下級学校のさらに上の学校に行きなさい。きっと、あなたの未来の道が拓けますよ』

その旅人の声はとても落ち着いていて、なぜか俺の胸にその言葉がじわりと染み込んだ。そのせいか、何の根拠もなくその言葉をすんなりと信じてしまった。

幼かった俺はそれまでは未来のことなんて考えもしなかったけれど、それからは常に、先のことを考えていたように思う。

孤児院を出なければならなくなる、と自覚したのも、その言葉がきっかけだった気がする。

その旅人が誰かはわからない。わからないけれど、その言葉だけはなぜか信じられた。

「って、何も考えず上の学校来たけどさ。俺の未来って何なんだろうな……」

特に何をやりたい、なんていう将来の夢なんて、考える余裕もなかった。ただ、上の学校を出ればきちんとしたところで仕事を貰えて、毎日食い詰めることのない平穏な日々を過ごすことが出来ると漠然と思っていた。

特出した何かが、ここに通うことで見つかるんだろうか。それを少しは期待してもいいんだろうか。……それは、ボルトに甘えて、そして離れてまで必要なんだろうか。

考えても仕方ない、と俺は視線を机に戻し、荷解《にほど》きにかかった。

ボルトから入学祝いにと贈られた教科書と文具一式を机にしまい、片手で足りる程しかない服を備え付けの小さな家具にしまう。そしてちょっと薄汚れて少しだけほつれている鞄を置いて、財布を取り出した。

中を覗《のぞ》いて、項垂《うなだ》れる。

さっきありったけの金を払ったせいか、その中身はとても心もとなく、明日も依頼を受けないとな、と俺は財布をそっと鞄の中にしまった。


他の生徒たちは、学校が始まる前から寮で交流を図っているらしい。というか、この街周辺の出身で、同じ下級学校から来た奴らも多いような感じだ。

中庭や廊下や休憩室で話をする生徒たちがよく目に入る。

そんな中俺は、帯剣して汚れてもいい動きやすい服に着替え、胸当てと籠手《こて》、ボロボロになりかけた膝丈《ひざたけ》のブーツを身に着けて、玄関に向かっていた。

学校が始まる前でも昼飯は金がかかるらしいから、その金を稼がなければならない。

学校に必要な物は渡した金で買えばいいし、それは贈り物だから金は返さなくていいとボルトは言っていたけれど、これ以上彼に何かをして貰《もら》ったら俺がだめになる。それは流石《さすが》にヤバいと警鐘が鳴って、さらに現金を渡そうとするボルトからの厚意を断ることにしたんだ。

だから、一週間みっちり依頼をこなして稼ぐ。

でも、ボルトと一緒に行動できるからそれはそれで嬉《うれ》しいんだけれど。

寮から冒険者ギルドまではラッキーなことにそこまで遠くないからと歩いて向かうと、途中の曲がり角でボルトとばったり出会った。

よ、と声を掛けられて、顔が綻《ほころ》ぶ。

「今日は手っ取り早く稼ぐために魔物討伐の依頼受けようぜ。昨日チラッと依頼板を見ていたら、常駐依頼で森のウルフ討伐とラビット討伐がいつでもあるらしいんだよ。その二種類討伐を受けて、もう少し魔物に慣れてみるか。二種類ともそこまで強い奴らじゃねえから」

「そうなのか？　ウルフって言ったら滅茶苦茶素速いって聞いたことあるけど。俺、そこまで速くねえよ。剣の腕もだけど……」

ポツリと小さく付け足すと、ボルトは吹き出した。そこ、笑うとこ？

「お前さんレベル幾つだよ。一桁《ひとけた》台で身体能力すげえ奴の方が稀《まれ》だっての。俺だってここまで腕上げるのにかなり苦労してるんだぜ。これからだよこれから。学校でやる剣術の予習になるだろ」

ほらほら行くぞ、とボルトに促されて、俺たちはウルフ討伐とラビット討伐をすることになった。孤児院時代は色々と日常生活でやることが多すぎて、まともな剣術なんてしたこともないので、剣は素人以外の何者でもない。

それどころか、この十六歳までにやったことと言ったら、ガキの世話と孤児院内の雑用その他家事、そして勉強。ひたすら勉強しないと上の学校なんて入れないって聞いていたから。勉強にしたって下級学校の狭い図書室の本を片っ端から読んで必死で覚えただけ。よく受かったよなほんと。

そんなへっぽこな俺を、ボルトは鍛えると決めたらしい。

「ほら、そこで止まるな。目を逸らすな。隙を見つけろ。今だ！　剣を振れ！」

ボルトは腕組みして、フォレストウルフと対峙《たいじ》している俺に指示を出している。手は一切出していない。俺一人で戦わせるんだそうだ。

今までは魔物が出たら主にボルトが倒していた。経験値とドロップ品はパーティーを組んでいる俺にも入ってくるのが、まるでボルトに寄生しているみたいで心苦しかった。

けれどボルトは、道中「無事街に着いたら剣術を教えてやるよ」という何気ない一言をちゃんと覚えてくれていたらしい。

「振りが遅い！　腕力つけろ腕力！　あと足に筋肉。今日から筋トレな」

でも教え方はちょっと雑だし、スパルタだった。

「グ……っ」

剣を振った後、体勢を立て直していない俺の腕にウルフが噛《か》みつく、ざり、と牙《きば》が肉に食い込んでいく感触に血の気が引いた。でもボルトは手を出さない。

「食いついて動かないときに首を刎《は》ねろ！」

口は出す。言われた通り気力を振り絞って首を掻《か》っ切ると、ウルフの頭だけが俺の腕に残って俺を睨《にら》みつけていた。

思わず腕を振ると、簡単に頭は地面に落ちていき、キラキラと光になって宙に消えていった。魔物の身体《からだ》は汚れた魔素でできているため、絶命すると魔素が形を保っていられなくなり、光となって宙に散っていく、と言われている。魔物と対峙した際、最初に「魔物の形が残っている間は気を抜くな」とボルトにきつく言われていたので、ウルフの頭がキラキラと消えていったことに、安堵《あんど》の息が漏れる。

魔物を倒した後に残ったのは、穴の空いた籠手と、同じように穴が空いて血が溢《あふ》れ出ている俺の腕。痛い。

それでも、こんな経験を重ねていけば、ボルトの足手まといから脱却できるのかと思うと、不思議と怖いと感じる気持ちは薄れていった。

じっと自分の腕を凝視していると、ボルトが近付いてきて血が滴っている俺の腕をとり、じっと見ていないとわからないくらいに、ほんの少しだけ顔を顰《しか》めて、ボロボロになった籠手を片手で器用に外した。

ボルトが腰の鞄から瓶を取り出し、俺の傷にそれを掛ける。じわ、とその液体が腕に染み込み、見る見るうちに傷が閉じていった。

ランクはわからないけれど、ポーションを使ってくれたらしい。

低いランクの物は俺の手でも届く値段だけれど、ひどい味とひどい効き目だと聞いていたので、俺はまだ一度も買ったことはなかった。

さっきまであった傷を探しても、痛みも傷もすでにどこにもなく、初めて使ったポーションの効き目に感動した。

俺の腕の傷を掌《てのひら》で撫《な》でるようにして確認したボルトは、ホッと小さく息を吐くと、ニヤリと笑った。

ほんの一瞬だけ見えた、ボルトの心配そうな顔は、俺が見たかった幻覚かなんかだろうか。今はもう、ボルトはいつもの笑みを浮かべている。

「よくやった。初めて自分一人の力で魔物を倒した気分はどうだ」

「……わからねえ。けど、痛かった」

「穴空いたんだ。そりゃ痛いだろ。その痛みは覚えておいた方がいい。俺も痛いのはいやだから、魔物の攻撃を回避する術《すべ》を必死で身体に染み込ませた。ルゥイもそうしろ」

「そうする」

真顔で頷《うなず》くと、ボルトが俺の頭を大きな手でわしわしと撫でた。

その大きな手が俺に触れるのが嬉しくて、ボルトの言葉には応えたい、と切に思う。

「なかなかじゃねえか。泣き言を言わねえなんて、偉いぞ」

「泣き言なんて言う余裕ないよ……」

口を尖《とが》らせてボルトの言葉に反論すると、ボルトはまたも楽しそうに笑った。

そして、俺の鞄に今使ったポーションを三本入れてくれた。

「初ソロ討伐祝いだ。次に怪我《けが》したら躊躇《ためら》わず使えよ。ハイポーション」

「今の、ハイポーションなんだ。俺初めて使った」

「また買ってやるし、腕が上がれば自分でもすぐたくさん買えるようになる。無理せず頑張れ」

「うん。……ありがとう」

ボルトの言葉に、頬が熱くなる。嬉しい。物を貰ったことがじゃなくて、こんなことでもこうして褒めてくれるのが、嬉しかった。

けれど、少しだけ悔しい気がする。

こんなにも強くて頼りになってちゃんと俺のことを考えてくれるボルトからすると、俺はまだまだひよっこだから。

ボルトと肩を並べられたらどんなにすごいだろう。

こんなおんぶに抱っこ状態じゃなくて、ボルトに背中を預けてもらえたら、どれだけ誇らしいのかな、なんて、らしくないことを思う。

俺がこれからしようとしていることは、学園に入って将来のことを考えるということなのに。

街の家庭を見ていると、安定した収入とか、平穏な日々とかなんとなくはわかるけれど、それは冒険者と最も対局にある存在だ。

けれど、同時に、ゴールドランクの冒険者になって、ボルトと共に世界中を歩くのも楽しいのかもしれない、なんて夢想したくなる。ボルトがそれを聞いてどんな顔をするかなんてことは、敢《あ》えて考えはしない。だって、そんなのは夢物語で、ブロンズランクの俺にはまだ学園に行って安定した職に就くほうが現実味があるから。

甘い夢のような考えを振り切って、剣を握り直す。

ボルトはまたしても手を出さず、俺に魔物を倒させる気満々のようだ。期待に応えられるように、ポーションなんか使わせないように頑張ろう。

同じようなスパルタ状態でその日は三体のウルフと一体のラビットを討伐することに成功した。

倒した魔物はどんな理屈かはわからないけれど、きちんとギルドカードに書き込まれていくので、依頼書を受付に持っていってギルドカードを提示するだけで受理してもらえる。魔物を倒すと手に入るドロップ品というものも、なぜか鞄の中に入っているので鞄の中を確認する。

「お疲れさまでした。こちら報酬になります。それと、ギルドカードをありがとうございました」

「はい」

更新されたギルドカードと報酬金を渡されて、俺はカウンターを離れた。

報酬をボルトと半分ずつに分けて、不要のドロップ品を別のカウンターで買い取ってもらう。報酬と買い取り金額をそのまま財布につっこみ、薬草採取の依頼より増えた収入額を確認しながら、ボルトに昼飯代を賄えたことを報告した。

宿屋は学園の寮より先にあるから、と寮の入り口までボルトと一緒に歩く。

魔物を倒すコツや、毎日やるべき体力づくりのことを話しているうちに、あっという間に寮に着いてしまった。

——もう、着いちまったのか。

立派な門の前で名残惜しげに足を止め、ボルトを振り返る俺の背中を、ボルトは軽くポンと叩《たた》いて、明日は回避のコツを教えてやるからな、とあっさりと通りに向かって歩いて行ってしまった。

その背中を見送って、寮の中に入っていく。

入り口にいる寮母さんに挨拶《あいさつ》すると、寮母さんは俺の姿を見てぎょっと目を見張った。

「ちょっと、怪我はない？　その服、大丈夫なのかい？」

慌てて駆け寄ってきた寮母さんに、腕を見せて大丈夫と答える。

「もう治してきた。服と籠手は汚れたけどね」

「汚れたなんて……これはつくろうのも難しいね。替えの服はあるのかい」

「大丈夫」

心配してもらえるのをむず痒《がゆ》く思いながら、寮母さんを振り切って部屋に戻る。

確かに、この格好はちょっとこの寮の奴《やつ》らには刺激が強いかもしれない。なにせ袖《そで》はボロボロで、俺の血がこびりついている。

魔物の返り血自体はキラキラとすぐに宙に消えていくので、自分が怪我をしない限りは装備はあまり汚れないんだけれど、今日装備していた籠手は、穴は空いているし俺の血で赤黒く染まってしまっていて、すでに使える状態じゃなくなっている。予備なんてものはひとつもないから、新しいのを買わないといけないのが懐に痛い。

　廊下を歩く生徒たちは、俺の姿を見て眉《まゆ》をひそめていた。見たところ冒険者なんて一人もいないようで、皆小綺麗《こぎれい》な格好をしている。

「なあ」

　部屋に着いて鍵《かぎ》を取り出していると、後ろから声を掛けられた。

　入寮の時、部屋が狭いと文句を言っていた隣の部屋の奴だった。やっぱりキラキラした髪は手入れが行き届いていて、身なりがいい。こんな奴が俺に声を掛けるって何が起きてるんだ。

　まっすぐ俺を見つめる瞳《ひとみ》を逸《そ》らすこともしない。

「何」

「なあ、お前さ、そんな格好して何しているんだ」

「何って、依頼受けてるんだけど」

「依頼？　何の」

「ギルドの」

　簡潔に答えると、そいつは少しだけ顔を顰めた。

「それよりもその服、袖に付いてるの血じゃないか？　怪我してるのか？　ポーションはあるのか？　なんで冒険者ギルドになんて行ってるんだ」

「怪我はもう治した。何でって、金がないからだけど」

矢継ぎ早にされる質問に答えると、そいつはすごく驚いた顔をした。

でも、と驚いている奴の言葉を改めて噛みしめる。

さっきの言葉は、多少でも俺を心配して言ってくれた、んだと思う。俺の腕を見る目がボルトのそれと同じような目だから。

俺はボロボロの袖を捲《まく》って腕を見せた。ボルトがハイポーションを使ってくれたから、もう傷ひとつ残ってはいない。

「ほら、綺麗なもんだろ。……装備してた籠手《こて》はさすがにもう使えねえけどな」

俺の腕を見て、ようやくそいつはホッとした顔をした。

「……よかった。僕、隣の部屋のアルフォード・デル・フランティーノだ」

「俺はルゥイ。冒険者」

「学生で冒険者というのはすごいな。これからよろしく頼む」

アルフォードと名乗った隣の部屋の奴は、俺が冒険者と言っても顔を顰めることなく、笑顔すら見せて、手を差し出してきた。

俺もその手を握ろうとして、あまり綺麗じゃないことを思い出す。

服でごしごしとこすってから、その服すら汚いということに思い至り、どうしようかと掌を見下ろすと、アルフォードがさっとその手を握り込んだ。

「よろしく」

まじめな顔で、まっすぐ俺を見る。

部屋が狭い、なんて親と共に騒いでいたけれど、根はいい奴なのかもしれない。

そう思いながら握手を解き、鍵を開けてドアを開けた。すると、またもアルフォードは呆然《ぼうぜん》とした顔になった。

「なあ、お前、荷物は？」

「え、しまってあるけど」

「……こんなちっぽけな備え付けの家具に？」

「ああ」

考え込んでしまったアルフォードを気にしながら、部屋に入って剣を外し、鞄を机の上に置いた。

鞄の中には財布とボルトに貰《もら》ったハイポーション以外入っていないが、財布の中身は今日の稼ぎのみだから多くはない。ドロップ品はひとつ残らず換金してきたんだけれど。

胸当てを外して、それも机の上に置く。ボルトから教わった剣の手入れを始めようとして、未《いま》だに入り口の所でアルフォードが立っていることに気付いた。

「どうしたんだよ」

「……確かに、こうして物のない部屋を見ると、広く見える……？　いや、でも僕の部屋は荷物だらけだし……送り返すとお母様が……」

独り言のようだったので、そのままぶつぶつ言っているアルフォードを放置して剣の手入れをしていると、いつの間にかアルフォードはいなくなっていた。

次の日も討伐依頼を受け、ボルト指導の下一人で魔物を倒していく。倒せば倒すほど剣に慣れて行く気はするけれど、まだ気を抜くとどこかを怪我しては、ボルトに治してもらうということを繰り返した。独り立ちにはまだまだ力及ばず。

悔しいけれど、討伐の報酬は堂々と受け取ることができるのが、ほんの少しだけ誇らしい。

こうして俺は、ボルトのおかげで少しはまとまった金が懐にある状態で、入学式を迎えることが出来た。

三、学園入学

出来上がってきた制服に身を包み、自分の姿を見下ろしてみる。

こんな風にかっちりした綺麗な服を着るのは初めてなので、動きがぎこちなくなってしまう。やっぱり制服は無駄だったんじゃないか、なんて動きにくい制服に振り回されながら学校に向かうと、全員が同じ服を着ているという一種異様な雰囲気に圧倒された。まるで軍隊のようだ、と少しだけ緊張しながら皆と共に動いていく。

そして、思う。

制服は無駄じゃない。

むしろ制服は貧富の差をわからなくしてくれる。

寮ではヒラヒラフリフリのシャツを着て、ピシッとしたズボンを穿《は》いていたちょっと偉そうな生徒も、どう考えても俺のひと月の飯代より高そうな上着を着ていた生徒も、全員制服。奇異の目で見られることもない。なるほど制服。制服は着ておけよ、と苦笑しながら注意してくれたボルトに心の中で感謝した。

クラス分けは入学試験の成績で分けるらしい。

俺はＤクラスになった。上から四番目のクラスだ。

一番成績が良かった奴らがＡクラスで、俺は可もなく不可もなくというところらしい。全部で七クラスあり、一番下はGクラスで、合格基準ギリギリの人が振り分けられるらしい。途中で受ける試験によってクラスが移動していくんだそうだ。

　上のクラスの方が高度な内容の授業になると聞いて、ちょっとだけ頑張ろうかな、と心に決めた。せっかく高い金を払って入ったんだから、せめて知識は出来る限り吸収するくらいのことはしないと元が取れない。

　それに、ここで色々経験することで、俺に何が合うのかというのもわかるかもしれない。まあ、なければないで上の学校の卒業証書を抱えてどこかに雇ってもらうこともできるだろうから、やれることをやればいいだけだ。

　朝一でボルトから出された課題の筋トレをこなした俺は、クラスの担任だという教師の自己紹介に耳を傾けながら、欠伸《あくび》を噛《か》み殺《ころ》した。

　学園案内から皆の自己紹介、そして授業の説明等が一日で終わり、次の日から通常授業になるようだ。

　寮に戻ってくるとすでに夕方で、学園のある日は依頼を受けるほどの時間がないことに俺は溜息《ためいき》を吐《つ》いた。

　放課後はギルドに行って、という目論見《もくろみ》は早くも崩れたので、諦《あきら》めて勉強をすることにした。幸い学校が閉まるのは寮の門限の三十分前。それまで学校の書庫に入り浸ろう。

　学園案内で入った書庫が驚くほどに広くて、冊数も種類も今まで見たこともないほどに膨大だったのがとても心惹《こころひ》かれたから。

案内の時に片っ端から読みたい、と呟《つぶや》いたら、いつの間にか近くにいたアルフォードが「ルゥイは読書が趣味なのか？」と驚いていた。今まで自覚したことはなかったけれど、俺は本を読むのは好きなのかもしれない。だってこれだけの本を前に、ワクワクしていたから。

初日から早速書庫に向かい、門限ギリギリに戻って来て遅い夜飯を食べ、部屋で授業の予習をして、というのが俺の毎日のルーティンとなった。


そして入学してから初めての休み。

今日こそは冒険者ギルドでボルトと一緒に依頼を受けようと、いつもよりもさらに一時間ほど早く起きてしまった。

身体《からだ》を解《ほぐ》しても、なかなか時間が進まず、俺はとうとう我慢できずに、さっさと装備を整えて冒険者ギルドに向かった。寮の朝食はまだだったので、途中で安い屋台でパンを買う。

食べ終わってからギルドまで走り込み、汗が垂れるのも構わずに建物に入ると、すでに中でボルトが待っていてくれた。

「ボルト！　今日は何する？」

ボルトの前に着くやいなやそう訊《き》くと、ボルトは苦笑しながら俺の頭に手を置いた。

「早いな。もう少し後から来ると思ってた」

「そういうボルトだって早いじゃねえか」

「俺はいつでもこの時間だ」

な、と受付の職員に同意を求めるボルトに、職員は苦笑しながら頷《うなず》く。

　二人で依頼書の貼られた掲示板の前に移動し、内容を確認する。

　今日もまた俺が魔物討伐に慣れるようにと、ボルトにとっては取るに足らない魔物の依頼書を剥《は》がすと、俺たちは受付に向かった。

「ルゥイ君、お気をつけて」

「ん、行ってくる」

　受付を受理してくれた職員の言葉に笑顔でそう返すと、俺たちは早速ギルドを出発した。

　今日の移動は徒歩。街から数時間歩いた森に生息する魔物のドロップ品を取ってくるのが依頼内容だ。

　ボルトが言うには、依頼品の必要数が揃《そろ》うのはかなり時間が掛かるだろうとのこと。

　討伐する魔物の生息場所に向かって歩きながら、ボルトが俺に学園での生活を聞いてきた。

「学生生活はどうだ？」

「面白い。すごく色々経験出来るのがいい」

「ほう、何が気に入ったんだ」

「放課後書庫で本を読むのが楽しい」

　ボルトは俺の答えを聞いて、アハハと声に出して笑った。

「そういや孤児院時代も本を読み漁《あさ》ってたって言ってたよな」

「あれは必要に迫られてだから、楽しくはなかったかな。ボロボロで読みづらかったし」

「そっかそっか。今度本でも買ってやろうか？」

「書庫の本が読み放題だからいい」

ククと笑いながら俺を見るボルトの目がふわりと優しい気がして、俺も嬉《うれ》しくなって一緒に笑った。


ドロップ品を必要数集めた時には、すでに夕日が辺りを橙色《だいだいいろ》に染めていた。

魔物自体は俺の腕でもそう難しくはない強さで、森の中では頻繁に遭遇するので数は倒したものの、依頼にあったドロップ品を必要数集めるために、その十倍は倒した気がする。

怪我はほぼなかったものの、ヘトヘトになりながら、ボルトと共に帰路についた。

街に帰り着いた頃にはすでに寮は閉まっている時間だったので、ボルトに「外泊届出しとけ」と言われたことを覚えていてよかったと本気で胸を撫《な》で下《お》ろした。

それにボルトと一緒に宿屋に泊まるのは、普通に嬉しかった。

依頼のドロップ品以外は自分たちの物なので、ほぼすべて売り払って、ボルトと一緒に飯を食いに行く。

「あそこの店が美味《うま》いんだ。肉がでかい割に懐に優しくてな」

「行く行く」

ボルトはここに来てまだ二週間なのに、すっかり街に詳しくなっていた。

俺が外に出てきた時に旨い飯を食わしてやりたいから、なんて言われて、顔が緩む。

「そんなに肉食いたかったのか」

「それもだけど。単純にボルトと一緒に行動するのがいいんだって。一週間ぶりだからさ」

寮の一人部屋で寝た時はちょっとだけ寂しかったと笑ってボルトを見上げれば、ボルトは苦笑して肩を竦《すく》めた。

「あー……そうやって慕ってもらえるの、なんつーか、くすぐったいな」

ぽつりと零《こぼ》したボルトの言葉は飯屋の喧噪《けんそう》の中でも俺の耳にはしっかりと入り、それは俺の台詞《せりふ》だよと、嬉しくて心の中で笑った。

◇◇◇

「お前は放課後何をしているんだ？」

授業が終わり、教科書を鞄《かばん》にしまっていると、アルフォードが話しかけてきた。

なんでそんなことを聞くんだろう、と首を傾《かし》げると、アルフォードは少しだけ顔を顰《しか》めてから、俺の前に袋を差し出した。

「夕飯、お前いつも食堂にいないだろ。そんなに細いのに夜も食べてないんじゃ倒れるんじゃないか？　ちゃんと夕飯、食べろよ」

「あ、心配してくれてたんだ。ありがとう。で、これは？」

どうやら俺が食堂に現れないことを気にしていたらしい。

俺は毎日食堂が閉まるギリギリに駆け込むから、皆が食べる時間とはズレているだけなんだけれど、それを言う前にアルフォードは無理やり俺の手に袋を握らせた。

「これ、お、お母様が差し入れてくださった物だが、量が多すぎて僕一人では食べきれないんだ。だから……」

僕はいらないから、お前がいらないなら捨てるなりなんなり好きにしろ！　と叫ぶとアルフォードはすぐに踵《きびす》を返して走って行ってしまった。お礼を言う間もない。

その背中を呆然《ぼうぜん》と見送ったあと、俺は握らされた袋の中を覗《のぞ》き込《こ》んだ。

中にはここの売店で売っているサンドイッチが入っていた。思わず肩が揺れる。

「アルフォードのお母様はわざわざ学校の購買で買ってアルフォードに差し入れするのか」

もう少しましな言い訳はなかったのかなと思いつつ、なかなかに面白かったし何より嬉しかったので、俺はアルフォードの消えたドアに向かって「ありがとう」と呟いた。

書庫で本を読むようになって、俺は初めてこの世界のことを詳しく知った。

もちろん、下級学校でも大雑把には習うけれど、詳細な歴史の書かれた本なんか身近になかったので、読み始めたら夢中になった。

俺たちの住む大陸には八つの国があり、さらに東には海を挟んだ一つの国がある。

俺のいるこの国は『ノルデン国』といって、大陸の北に位置する国だ。この国の下には大陸で一番大きな国『ソレイル国』があり、ソレイル国の周りに沿うようにして各国がある。

そして東に位置する、唯一大陸と陸地が離れている国は、『フォルトゥナ国』と呼ばれていて、聖獣が住む山脈がある。この国は昔、『聖祖国』と呼ばれていたけれど、いつからか今の国名になったんだそうだ。

聖獣はフォルトゥナ国の『聖域』でしか誕生せず、誕生してもあまり外の世界には出てこない。

どれも初めて知ったことだった。この世界にそんなに国があったことも知らなかったし、東の国なんて聞いたこともなかった。

「獣人族も、もとは別世界にいたんだ……」

人族に虐げられ袂《たもと》を分かち、けれどその後やはり人族の力で獣人との絆《きずな》を取り戻す。

エルフ族も親人族派以外は雲隠れし、けれど何百年も経《た》ってから、また交流をし始める。

俺が住んでいるこの大陸は、一度穢《けが》れに冒され人の住めない世界になったけれど、勇者と呼ばれる者たちによって、再び人の住める地へと復活した。

歴史を紐解《ひもと》き、それを知ることはとても面白いと思う。今日手にした本は当たりだった。

夢中になって読み進めていると、使っていた机がコツコツと指で叩《たた》かれて、その音で俺は本から現実に意識が戻った。

「夢中になっているところ悪いけれど、今日はもう閉める時間なんだ。申し訳ないけれど、そろそろここを出てもらってもいいか？」

顔を上げると、背の高い生徒が申し訳なさそうに俺を見下ろしていた。

ふと時間を見ると、外は大分暗くなっており、じきに学校が閉まる時間だった。

「もうそんな時間……」

溜息《ためいき》を呑《の》み込《こ》んで、本を閉じる。

もっと読んでいたかったな、と思いながら本を手にすると、立ち上がって取り出した場所に戻した。

机に積まれていた本は、俺に時間を教えてくれた人も手伝ってくれたおかげで、あっという間に片付けられた。

俺が書庫を出ると同時にその人も灯《あか》りを消して出て来て、書庫のドアに魔方陣魔法を飛ばし、施錠した。

「魔方陣……」

驚いていると、その人は苦笑した。

「基本中の基本、施錠の魔方陣魔法だけれど、そんなに驚かれるとは思わなかった。君は一年生だよな。魔方陣魔法は……選択か。気になるようならもう少ししたら講義選択するだろうから選んでみるといいよ」

「そうします。あの、待たせてすいません」

「いいって。それよりもあまり誰も来てくれない書庫を利用してもらえて嬉しいよ。俺はこの学園第二書庫唯一の書庫委員のシェンだ」

「一年、ルゥイです」

名乗られたので俺も名乗り返す。それにしてもここは第二書庫だったのか。

だから人がいないんだな、なんて頷いていると「でも」と廊下を並んで歩きながらシェンさんが口元を緩めた。

「ここに入ってくる生徒の大半が、学園第一書庫に収められてる本を家でも所蔵したりしているから、第一第二書庫含めてあまり生徒の書庫利用はないんだ」

「なるほど……家に書庫があるのか……」

それは凄《すご》いな、と感心していると、「感心するのそこ？」とシェンさんが笑った。

「でもね、ここだけの話、皆の家にあるような本は、ほとんどが第一書庫に詰め込まれているんだ。この第二書庫は、ほぼ俺の趣味でかなり特殊な本を集めていたりするから、第一よりは面白いと思うよ」

「そうなんですね。学園案内の時にここを紹介されたので、第一があること自体知らなかったです」

「第一書庫は一年の教室から遠いから、教師たちも面倒くさがったんじゃないかな。二つ向こうの校舎にあるし。それにどっちにしろ書庫は特定の期間以外誰も利用しないから」

すっかり暗くなった外をやっぱり並んで歩きながら、シェンさんがさっき俺が読んでいた歴史書の詳しい説明をしてくれた。それがとても興味深く、読書以上に楽しい帰宅時間となったのだった。

ようやく頭の中にこの世界の地図を描けるようになった俺は、次の休みにボルトと合流した時、ボルトはもしかしたらこの国出身ではないかも、ということに思い至った。

これだけ手助けしてくれて、未《いま》だ傍《そば》にいてくれるボルトのことを俺は名前とギルドランク以外ほぼ知らない。実年齢すら知らないのだ。

今までは出身国とかそういうのを気にする余裕もなかったし、この国以外に国があるという知識すら頭に入っていなかった。

けれど、そういう知識を知ってしまうと、今度はボルトの出身国など、些細《ささい》な情報が知りたくなってしまった。

「ボルトってさ、この国出身？」

「なんだなんだ。今までそんなこと聞かなかったのに。俺に興味出て来たのか？」

俺の質問にニヤニヤとそう返したボルトに、俺は真顔で頷いた。

「興味っていうか、他の人はどうでもいいけれど、ボルトのことはなんでも知りたいと思う」

そう答えてじっとボルトの反応を待てば、ボルトはあー……と少しだけ情けない声を上げて、目を逸《そ》らした。

「ちょ、俺がルゥイにとって特別みたいで照れるだろ」

「だって特別だから」

「そのうちもっと特別だって思える奴《やつ》が出来るかも知れないから、そういう言葉はここぞと言うときにとっとけよ」

真剣にボルトを見上げると、ボルトはやっぱり目を逸らしたまま苦笑し、俺の顔を掌《てのひら》で隠した。

そして、なんとも曖昧《あいまい》な答えを返してくる。

「俺の出身はなあ……そうだな、小さな国……そうでもねえか？　ああでも、小さいと言えば小さい国の出身だよ」

国の名前は言わなかった。知られたくないのか、と口を開こうとして、冒険者ギルドに登録した時にギルド職員に言われたことを思い出す。

『その人の今をちゃんと見ること。過去は過去、今は今。秘密にしたいこと、忘れたいこと、人は沢山抱えているから、そういうのは相手が教えてくれるまでは聞くのはタブーだよ。もちろん、罪を犯した者は私たちが把握している。何かあるときはちゃんと声を掛けるから、きちんと自分の目で相手を見極めること』

強引に聞くのはマナー違反。確かにそうだ。はぐらかしたボルトの横顔を見て、ギルド職員の言葉を胸で反芻《はんすう》した。今は今。今のボルトはすごくいい奴で、唯一俺を甘えさせてくれる人で、俺の無二の人。

ただ俺が知りたいだけなのに言いたくないことを聞くのはダメ。

教えてもらえない残念な気持ちと、それでも知りたい気持ちを律して、そのうち教えてもらえるほどに信頼してくれたらいいなと思いながら「わかった」と頷《うなず》く。

ボルトは苦笑して、俺の頭をわしわしと撫《な》でた。

「そんなことより、とっておきの俺情報を教えてやるよ」

「とっておきのボルト情報？　聞きたい！」

目を輝かせると、ボルトは楽しそうに肩を揺らした。今度は困った顔をしていなかったことにほっとする。

「そう。俺の好物。俺の世界一好きな食い物は『甘辛串焼《くしや》き』だ。一番美味《うま》かったのは、ソレイル国の東の方の街『フレッソ』ってところの道端の屋台で売ってるやつだ。もしフレッソに行くことになった時は俺がたんまり奢《おご》ってやるよ」

特別だぞ、と笑うボルトに、俺もつられて笑う。

それはまるでそのうち一緒に行こうと言われているみたいで、少しだけモヤモヤが消え、胸の奥が温かくなった。

その日は剣捌《けんさば》きを褒められ、一緒に攻撃しても相手を傷つけない連携攻撃の仕方を習い、一緒に宿に戻った。連携攻撃は、ボルトの背中を預かっている気分になって、とても楽しかった。

ボルトの正面に座って剣の手入れをしているときに視線を感じて顔を上げると、ボルトがじっと俺を見ていた。

「あ、どこかおかしかったか？　大分手入れも慣れたと思ったんだけど」

手元の剣に視線を落とすと、ボルトが「いや」と小さく否定した。

「始めてまだ間もない手入れなら、それで十分。上手《うま》いもんだ。これからまだまだ腕を上げるだろうから、将来楽しみだな」

ボルトのその言葉で、喜びと、同じくらいの不安がじわりと俺の胸に染み込んだ。

「それってずっと俺とパーティー組んでてくれるってことか？　それとも出来るようになったら独り立ちしろってことか？」

「あ？　ん、そうだなぁ……ルゥイに嫌がられない限りは組んでいたいと思ってるよ」

「嫌がらねぇよ」

「いや、わからねぇだろ。ルゥイはまだ若いのに、こんなおっさんが相棒じゃそのうちつまらなくなるかもしれねぇだろ」

そう言って無精ひげの生えた顎《あご》を指で撫でるボルトは、努めて自分を年上に見せているかのようだった。

ボルトはある程度ひげが伸びると剃《そ》ってはいるけれど、普段は大体無精ひげが生えている。

そこまで丁寧に手入れをしているわけじゃないから見逃しがちだけれど、身綺麗《みぎれい》にすると実はボルトの見目がかなり整っているのを俺は知っている。

粗野な言動と無精ひげがなければ、きっと引く手数多《あまた》だ。夜の酒場で女に誘われているのをよく見掛ける。誘いに乗ったところを見たことはないけれど。

ボルトこそ、こんなまだまだ子供にしか見えない俺に愛想を尽かすかもしれない。

今組んでくれているのは、パーティーを組んだ当初から俺が稼ぐのは学費のためだと宣言していたからかもしれない。もしくは俺があまりにも無力で見ていられなかったとか。ボルトは本当に面倒見がいいから。

五歳の頃からずっと思い描いていた上級学校生活だけれど、それよりもボルトと一緒にいる方が大事だと思ってしまうのは、もうボルトに依存してしまっているからだろうか。

　湧き上がるほんの少しの不安を吹き飛ばすように、それじゃだめだろ、と気持ちに活を入れた俺はボルトから視線を剝《は》がして、また剣の手入れに集中するのだった。

四、孤児だけど何か？

学園でかかる費用は休みの日のギルド依頼で稼いでいる。

今はそれを少しだけ節約して、新しい籠手《こて》を買うのが目下の目標だ。来期の学費も貯金しているから、本当に微々たるものだけど。

学校でも備品として、授業で使うための籠手を支給されたけれども、防御力は最低ランクで、木刀での模擬戦を防ぐためのモノ、というのがわかるくらいにはしょぼい。俺が欲しいのは魔物の爪を弾《はじ》き返せるほどに強い籠手だ。でもこの間値段を確認したところ、そういうのは流石《さすが》に手が出せる値段じゃなかった。

そんな時に受けたお試し選択授業が鍛冶《かじ》だった。

買えないなら自分で作ればいいんじゃないか、という新たな道が拓《ひら》けた瞬間だった。

まだお試しの授業なので内容も鍛冶の心構えとかそこら辺だったが、俺はしっかりとメモを取り、本気で話を拝聴した。

書庫に行って早速読みたい本を漁《あさ》り席に着くと、シェンさんが俺の手にした本を見て、吹き出した。

「そんなに鍛冶の授業が面白かったんだな」

今日のラインナップは『基礎鍛冶』『鍛冶の匠《たくみ》』『初級鍛冶』『鍛冶に必要な道具と手入れ』など。

面白かったというより、自分で素材を集めて作った方が安上がりなんじゃないかと思っただけなんだけれど。

そう説明すると、シェンさんはさらに笑った。

「すごい。そんなことを言う生徒を初めて見たよ。皆お坊ちゃんばっかりだから金で解決できるなら金を出す奴らばっかりだからなぁ。ルゥイはどこ出身なんだ？」

前にボルトに訊《き》いて濁された話題を、シェンさんがさらっと気負いなく訊いてくる。

隠すこともないからと、俺は正直に答えた。

「コメート村」

「え、何その村。初めて聞いた」

「小さいから知らないのも当たり前だと思います。ここから魔導汽車で一日かかる町からさらに徒歩で数時間かかる村だから」

「そうだったのか。よくこの学園の存在を知ってたな」

「下級学校でここのことを紹介してもらいました。っていうか、ここ以外の上級学校が遠すぎて村の伝手《つて》がなかったというか」

「なるほどなあ」

俺はシェンさんに訊かれるままに出身村の話を伝えた。

そしてお返しにとシェンさんの出身である隣町の話を聞き、お気に入りの店を聞き、町の様子を聞いているうちに、時間は瞬く間に過ぎていった。

その日は初めて、本が開かれることなく放課後の時間が過ぎていった。

やっぱりシェンさんが書庫の灯《あか》りを消し、鍵《かぎ》を閉める。教師すらここに来ないから、シェンさんが好き勝手に本の注文をしているらしい。もし読みたい本があれば俺特権でいれてあげるよ、エロ本以外、と言われて、そんな特権があるのか、とちょっとだけ書庫委員が羨《うらや》ましいと思った。

「んー、今のところここにある本だけでも満足なんで、もし必要な時は是非よろしくお願いします」

「断らないのが面白い」

俺の返事に、シェンさんは本当に面白そうに声を出して笑った。

◇◇◇

俺が孤児である、との噂《うわさ》が広まったのは、入学してからちょうどひと月ほど経《た》った頃だった。まあ噂というか本当のことだし、自分から暴露したようなものだから俺自身は全く気にならなかったんだけれど。

それまでも寮では結構な数の生徒が、俺が休みの度に装備品を身に着けて冒険者ギルドに行くのを奇異の目で見ていた。

悪意のあるその話を広めた理由は、やっかみというか僻《ひが》み的なものだったんだと思う。孤児院時代も、おかずが少し多かったからというしょうもない理由で意地悪をする子供はよくいたし、相手を下げて自分の評価を上げようという姑息《こそく》な子供だってかなりいたから。

その日、俺は剣技の授業を受けていた。

勉学の順番でクラス分けされているからか、クラスごとに分かれて行う剣技の授業は、上手い奴《やつ》も下手《へた》な奴もごちゃまぜ状態だった。

俺はボルトに教わった筋トレを毎日続けていたおかげで少しは身体《からだ》が出来てきていて、だいぶ剣を振り回すのも慣れてきていた。でも授業でしか剣術の教えを受けない生徒は実戦経験もないせいか、なかなか腕が上がっていかない。

こんな勉学でも中途半端なクラスに甘んじて、日々ゆったり過ごしている生徒たちがやみくもに鍛錬をするわけもなく、いつの間にやら俺はそんな生徒たちよりも強くなっていたらしい。

それでも、小さいころから十分なご飯を食べることもなく、身体もそこまで大きくなかった俺を、ごく一部の生徒は侮っていた。

そのときも体格差のある相手と模擬戦をして、俺はあっさりと勝ってしまった。

自分よりも格下のはずの俺に打ちのめされて地面にキスをしたその相手は、鼻血を垂らしながら大声で負け犬の遠吠《とおぼ》えのように叫んだ。

「昼飯を食べる金もないくせに！」

「だからなんだ」

それは本当のことだったし、まだ来年の学費も貯《た》まっていない。

俺が昼飯を食う金がないから負けた、なんて言い訳、本気でわけがわからないことこの上ない。

特に怒りが湧くとかそんなことは全くなかった。ただ、子供だな、なんて場違いな感想が出てくる。

「そりゃ稼がねえと金がねえんだから仕方ねえだろ」

「とんだ貧乏な家なんだな！　金もないくせに上級学校に通うんじゃない！」

「ここに入れるだけの金は自分で貯めてちゃんと納めたし、試験もしっかり受けて受かったし、お前に文句言われる筋合いはねえよ。それに俺は家とか家族ってもんがないから、金は自分で稼ぐしかねえんだよ」

呆《あき》れ半分で教えると、周りで息を呑《の》む音が聞こえた。

ふと目に入ったアルフォードの顔は、これでもかという程眉間《みけん》に皺《しわ》が寄っていて、何やらずんずん俺に近付いてきていた。

アルフォードは俺の横に立つと、鼻血を垂らしたままのクラスメイトにそのキツイ視線を向けた。

「君には失望したよ。そうやって、本人の能力とは全く関係のないところを非難するなんて、君にはプライドというものがないのか？　まるで君自身には血筋以外何の実力もないと言っているようなものだ」

「アルフォード、それ言いすぎ……」

とてつもなく怒った顔をして、きつい口調で目の前の奴を責めたアルフォードは、宥《なだ》めようとした俺にまで牙《きば》を剥《む》いた。

「お前も！　どうして怒らないんだよ！　お前は強い。そして勤勉家であり、努力家だ。それを家柄という自身の力ではどうにもできないことで全て否定されたんだぞ！」

「いや……特に腹立たねえし」

　ぐいぐい攻め込んでくるアルフォードに苦笑しながら、どう宥めようかなと少し困って頭をガリガリ掻《か》いた。

　金が勿体《もったい》なくて昼飯をたまに抜いたりするのも本当だし、もし後期までに来年の学費が貯まらなかったらやめないといけないし。それにもし俺に家族というものがあったなら、なんて考え、本当に幼い頃にすでに捨てたから今更だし。

　逆にアルフォードが俺のことでぷりぷり怒っていることが、少しだけ可笑《おか》しくなった。けれどここで笑ったらさらに火に油を注ぎそうで、口元が持ち上がりそうになるのを必死に堪《こら》えて、努めて真顔で言った。

「でもな、アルフォード。実際俺は今ここで学んでるし、通えてる。孤児は入学できないなんて決まりはないんだ。だからさ、俺がここにいることがすべてで、こいつが言ってることがおかしいってのは皆わかってるんじゃねえの。こいつは自身の恥を晒《さら》してるだけだから別に怒りも湧かねえよ。むしろ哀れ」

　俺が本音を口に出すと、今度はアルフォードが俺に愕然《がくぜん》とした視線を向けてきた。俺の言葉で、鼻血野郎に対する怒りは瞬時に引っ込んだらしい。

「……お前って……なんていうか、素直に心を抉《えぐ》って来て怖いな……」

「えー、俺、温厚だろ？」

「温厚だけれど、そうじゃない」

微妙な雰囲気になったところで授業終了の鐘が鳴る。授業の時はそこで話が終わったけれど、そこから話がどう広まったのか、俺を孤児だと侮蔑《ぶべつ》の視線で見てくる生徒が増えた。

アルフォードはその都度怒りを露《あらわ》にしていて、正直面倒くさかった。そんなところがいい奴なんだけどな。

それに、と孤児院にいた時のことを思い出す。

貧しい食事につぎはぎの服。村の人たちは俺たちを厄介者としか見ていなかったけれど、俺たちの面倒を見てくれた院長はそれなりに俺たちを気に掛けてはくれたし、折檻《せっかん》されることもなかった。

孤児院に関わる大人はその院長ともう一人くらいしかいなかったから、遊ぶ時間もないくらい仕事をさせられていたけれど。

孤児院にいる子供たちは、自分で色々動かないと生活が立ち行かなかった。裏に畑を作って、ひょろっと生えてくるやせ細った野菜を自分たちの手で収穫する自給自足生活。洗濯も繕い物も自分たちでやった。布も糸も、もう古くなって着ることができなくなった物を丁寧にほぐして使っていた。今なら国とか村からの支援が少なかったんだろうなってわかる。

そのせいか、建物の修繕や家事育児は孤児院の子供たちにとってはお手の物で、駄賃程度の賃金を稼ぐために村中の建物を修繕したりしていた。

村の奴らも安い賃金で家が直るならと俺たちをこき使うため、仕事だけはあった。集まる金はほんの少しだけれども。それでもありがたかった。冒険者ギルドすら通していなかったので、たまに踏み倒されたりもしたけれど、それはそれ。おまえらは卑しい孤児だから、と俺たちの言い分をまったく聞かなかったので、孤児院の皆で情報を共有して、そいつらの家は二度と修繕しなかった。

そんな関係性はあんな小さな村にすらあったので、こんな沢山人の集まる学園なら、あって不思議はないし、それがこの世の中では当たり前のことなんだと思う。

でも俺は、誰の上に立ちたいとか、誰かと競い合いたいなんて気持ちはほんのちょっとも持ち合わせていなくて、毎日時間をフルに使って知識や技術を身に付けることの方がよほど重大だった。

「怒るだけ時間の無駄」

「冷静過ぎるだろ！」

ダン！　と机を叩《たた》くアルフォードに、クラスの皆が、また始まった……という視線を向ける。ほら、クラスの奴らももう慣れてきてるよ。それにこのクラスの奴らの大半は俺を偏見の目で見ないから、結構快適。鼻血野郎も俺を見ると気まずそうに視線を逸《そ》らすから、俺よりもあいつの方が居心地が悪そうだった。

「そんなことより今日は鍛冶の本を読む」

イライラした顔のアルフォードとは対照的に、俺はウキウキと第二書庫に向かうのだった。

今日こそ、と鍛冶関係の本を読み込んだ俺は、鍛冶という物はここで本を読んでいたところで全く意味がないということに気付いた。

基礎の最初のページで『手に道具が馴染《なじ》むことが第一』と書いてあったからだ。

道具が手に馴染むってどれだけ道具を使いこなしたかってことだろ。基礎がそれなら、本を読んだところで入り口にすら立っていないってことだ。ってことは、今の状態じゃ自分の籠手《こて》を作るなんて夢のまた夢。

幸い、学校内に鍛冶《かじ》用の道具一式も揃《そろ》っているのは授業を受けたので知っている。本格的に習うには選択科目を取ればいいとのことだったけれど、それまで待てるわけもない。

使わない手はない、とさっさと本を戻し、鍛冶の教師の元に突撃した。

そして、今、俺は学園の鍛冶用炉を独り占めしている。

鍛冶専用部屋の中に、カンカンという金属を叩く音が響き渡る。

俺が自分の籠手を作りたいから教えてくれと教師に頼んだら、教師は快く頷《うなず》いてくれたんだ。ありがたい。

「まずは見本だ」

そう言って、無精ひげを生やした鍛冶の教師は一通りやって見せてくれた。そして、あっという間にそこらへんで売ってる籠手よりもよほどいいものを作り上げてしまった。

今のを真似《まね》してやってみろ、と言われて道具を渡されて、途中怒鳴られたり呆れられたりしながら、俺は初めての籠手を作り上げた。……けれど、実用品には程遠い、単なる鉄の板を曲げた物状態にしかならなかった。

「ま、初めてにしてこの綺麗《きれい》な表面の仕上がりは評価できる」

「褒められた……」

「俺は褒めて伸ばす先生なんだよ」

頑張るって気になんだろ、とにやり顔で言われて、俺は思わず頷いた。だって褒められるのって嬉《うれ》しいから。今までに褒められたのなんて、ボルト以外にはないから。

じんわり嬉しさに浸っていると、教師は「んじゃ次」と余韻も何もなく俺の手に素材のインゴットを渡してきた。

「もう一度やってみろ。ってか、手が慣れていくまで続けるのがコツだ」

そう教えると無理って生徒に逃げられるんだけどな、と笑った先生に頷いて、俺はその日、学校が閉まる直前までひたすら熱した鉄を打ち続けていた。腕が怠《だる》い。

「なかなか筋がいいな。選択授業ぜひ鍛冶を選択してくれよ」

「はい。あとは『調薬』と『歴史』と『魔方陣魔法』を選択しようと思ってるんですけど、『剣技』も『属性魔法』も『経営学』も選びたくて」

「……選択枠は一人三枠から五枠が通常だぞ」

「五枠しか選択できないんですか？」

「そこらへんは説明が入ると思うが……まあ、ギリギリ詰め込んで、七枠から八枠。でも余裕がなくなるから、そこまで詰め込む奴はいねえな。最低三枠だから、最低しか入れない奴が殆《ほとん》どだ」

「それは勿体ないですね。せっかく高い金を払ってるのに」

ギリギリの枠まで何を選択しようかと考えていると、先生の笑い声が聞こえた。

「『経営学』『剣技』『属性魔法』は、ガキどもにかなり人気だ。派手でわかりやすいからな。だから申し込みは早めにした方がいい。逆に『鍛治』『調薬』『服飾』『農学』なんかは全く生徒が集まらねえな。それでも講義があるのは、一通り揃えておかないといけないっていう上級学校設立規約があるからだ」

あけすけな先生の言葉に、笑いが零《こぼ》れる。

「それ、俺にぶっちゃけていいんですか？」

「別に秘密じゃねえからいいんじゃねえの。それよりも閑古鳥の鳴く俺の講義を選んで欲しいんだわ。毎年気まぐれの奴が一人二人選ぶくらいでな。去年は一人だけだった。そいつも今年は選んでくれるかどうか」

「そうなんですか。じゃあ、先生にしっかり教えてもらえてラッキーですね」

「そうそう、マンツーマンだから腕は確実に上がる」

やった、と喜ぶと、先生もやった生徒確保、と喜んでいた。


学校が始まって二か月。全ての授業を経験し、ある程度の必修科目を勉強したということで、第一回目の試験が始まった。

三日に亘《わた》って試験をし、結果によりクラス変動があるらしい。試験毎にクラス変動があるということで、上位クラスの人たちは試験週間中かなりピリピリしているようだ。

一日目。歴史と古代魔道語と大陸語。これは教科書を覚えておけばどうということはなかった。

二日目。数学と科学と情勢学。実は俺、この情勢学がすごく苦手なんだ。

俺の情報入手場所は主に冒険者ギルド。でもギルドには偏った知識しか入ってこない。学園の皆は携帯端末型魔道具を持っているけれど、俺はそんな高価な物など持てないから、端末から最新の情報を得ることが出来なかった。辛うじて、ギルド内食堂に置いてある新聞を読んではいるけれど、ギルドに行くのは大抵週に二日。あまり試験の時事問題が解けた気はしなかった。

三日目。体育と技術。身体《からだ》を使うものがここに詰め込まれる。剣技もここに入っており、次からは剣技の試験結果も踏まえてクラス編成がされるとかされないとか、クラスの奴《やつ》らが話していた。試験のトータル結果がそのままクラス編成になるようだ。

そうして三日間の試験が終わり、試験結果が出るまでの七日間で、選択科目の受付が開始される。希望の科目担当の教師に申し込み用紙を持っていくんだけれど、その申込用紙を前に、俺は困り切っていた。

「どう頑張っても八枠しか選べない……」

机で頭を抱えて悩む俺の横で、アルフォードが呆れた目を俺に向けていた。

「それ、悩む次元が皆と違う」

「だってせっかく高い金払ってるのに、選ばないとかありえねえだろ」

ジト目でアルフォードを見上げれば、アルフォードは首を傾《かし》げた。

「……そういうものか？」

「そうだよ。じゃなかったら何のために好きでもねえ勉強をしに自力で金を払ってまで学校に来てると思ってんだよ」

俺の言葉に、アルフォードは衝撃を受けたような顔をした。

「勉強が、好きじゃない……？　嘘《うそ》だろ」

「嘘なもんか。好きじゃねえよ。必要だと思うからやってるだけで。確かにこういう専門的な勉強を頭に詰め込まねえと頭を使う仕事は出来ねえなって、一通り学んでみてわかったけどさ」

「そうか……そうだよな」

アルフォードは俺の言葉に納得したように頷くと、俺の目の前に座って鞄《かばん》から紙を取り出した。

そこに何かを書き込んでいく。

「僕も出来る限り受けよう」

「俺はおまえにも同じ考えを押し付ける気はねえよ」

「そうじゃない。僕がお前に感銘を受けたんだ。何の科目を取るんだ？　僕は何にしようか。家を継ぐための科目は当たり前だけれども、確かにせっかく学園に入学したんだ。沢山のことを学ばないとな」

そう言いながら、アルフォードは申し込み用紙二枚にそれぞれ『調薬』『鍛冶』と書き込んだ。

どう見ても目を輝かせていて、思わず苦笑が洩《も》れる。

そういえばアルフォードはこの二つの授業をとても楽しそうに受けていたな、と思い出した。

最初に選んでいたのは『経営学』『統計学』『指揮系統』だったから、勉強をするという名目で自分がやりたい科目を選んだのかもしれない。

あの鍛冶の先生が「生徒確保！」と喜ぶさまが思い浮かんで、俺はちょっとだけ肩を揺らした。

クラス編成も終わり、俺とアルフォードはBクラスに上がった。上から二番目のクラスだ。そして心機一転、選択科目も混ぜた本格的な授業が始まった。

◇◇◇

「ボルト！　これ見てくれ！」

俺はその日、初めて先生に上出来だと褒められた籠手を手にして冒険者ギルドに向かった。

腕には防御力だけはそこらへんで売っている籠手と何ら遜色《そんしょく》ない籠手が嵌《は》められている。飾りがない分そっけない見た目だけれど、均一に打たれているからしっかり装備品として使える、とお墨付きを貰《もら》えた一品だ。

「へえ、上手《うま》いもんだな。これを学校で作ったのか」

「それだけじゃない。ハイポーションも自分で作って持ってきてる」

「すげえな」

だろ、と得意げに胸を張った俺の鞄には、自作ハイポーションも沢山入っていた。買うと馬鹿にならないハイポーションだけれど、作るとなると、授業で素材が使い放題なのでいくらでも作れる。

それに調薬キットも選択科目で『調薬』を選んだ人は全員貰えるという素晴らしい特典つき。

結局俺が選んだ選択科目は『鍛冶』『調薬』『剣技』『魔方陣魔法』『歴史学』『経営学』『統計学』『魔道具構造学』の八枠になった。そのうち六枠はアルフォードと被《かぶ》っている。

アルフォードはかなり感情が顔に出るので、家に必要だと取った授業ではつまらなそうな顔をしながら受けて、学ばないとな、と後付けで申し込んだ授業の方は楽しそうに受けていた。

彼は辺境地領主の嫡子で、将来は父親の跡を継いでその辺境地の領主になるんだそうだ。

とりあえず、もし領主になったら俺を採用してくれ、とお願いしたら「いつ引き継ぐかはわからないから、それまでの間待たせてしまうので返答は出来ない」と真顔で答えられてしまった。流していいのに。

まあそれは置いておいて。

自作のハイポーションをいそいそと鞄から取り出して、ボルトに渡す。

今まで作ってみた中で一番ランクの高いハイポーションは、ボルトに渡そうと心に決めていたんだ。いつも世話になっているし、それに。

「これはルゥイが頑張って作ったやつだろ。俺が貰っていいのかよ」

「貰って欲しいんだよ。断るなよ」

しばらく受け取ろうとしなかったボルトは、俺をじっと見てから、諦《あきら》めたように溜息《ためいき》を吐《つ》いて、瓶を鞄にしまった。

しまっているときのボルトの顔が一瞬だけ緩んだのが目に入って、嫌がられてはいなかったことにほっとする。

「……なんかもったいなくて使えねえ」

そんな一言を呟《つぶや》きながら渡したハイポーションをしまうボルトに、思わず顔がにやけてしまった。

受け取ってもらえたことに大満足なまま、二人で依頼書の貼ってある掲示板のところに移動した。

最近では魔物討伐ばかり。もう全然採取はしていない。

街から近い草原に出る魔物の間引き依頼が出ていたので、ボルトとともにそれを受理してもらうと、移動を開始した。

今日はハイポーションがいつもより沢山あるから、安心して依頼を受けられる。

そこでハッと気付く。

「ハイポーションを作って売ればいいんじゃねえ？」

俺の独り言はボルトにばっちり聞かれていて、ボルトに呆《あき》れた顔をされてしまった。

「学園で作るやつは外で売るな。そこら辺注意受けてるだろ。必要なとき使え」

「あ、やっぱダメか。そうだよな、素材学園持ちだもんな」

「ちゃんと魔物討伐依頼で少しは余裕あるだろ」

「だって次納める学費貯《た》めねえといけねえだろ」

馬鹿にならない学費は、いつでも俺の懐を攻撃してくる。

飯だって一緒に行動するときはほとんどボルトの奢《おご》りだ。

「こうやって一緒に行動する時はボルトに甘えまくりだし」

「あのな。逆だよ。今まで毎日一緒にいたのが、今は週に一度しかこうして飯を食わせてやれないのが、俺としてはちょっと不満なんだよ」

察しろ、と笑いながら拗《す》ねて見せるボルトに、俺は甘えることしかできない。でも、それが心地いいと思ってしまう。こんな甘い状態、抜け出せなくなりそうで怖い。

いつものように報酬を半分にしてボルトと分ける。今日はそこまで強くない魔物だったけれど、かなりの数を倒してきたので、ドロップ品だけはたんまりあった。間引き討伐は報酬額はそこまで高くはないけれど、そのドロップ品を売ることで報酬に上乗せされるのでけっこうな額を手に入れることができる。

金額を数えながら顔が緩む。

次の休みまでの昼飯代くらいなら一日で稼げるまでには成長している、と思う。ボルトの腕には遠く及ばないけれど。

確認を終えると、それを懐にしまってチラリとボルトを覗《のぞ》き見《み》た。

ボルトが本気を出したらどれだけ強いんだろう。

剣技の上級者である教師の動きを見て、俺はボルトの強さが改めてわかった。

ボルトは身体がぶれることなく剣を振るう。俺ら素人は剣を振った後に重心が悪くフラフラするけれど、ボルトはいつでも瞬時に動けるような剣の振り方をする。そして、多分教師より強い、と思う。剣の動きが粗野な言動と反してとても綺麗《きれい》だった。初めから動きは綺麗だと思っていたけれど、剣のことを学んでからは、よりボルトのちぐはぐな強さが少しずつわかってきた。

けれど、ボルトは俺と会う前のことは全く口にしない。

知りたいけれど、それを聞いたことで離れていってしまうくらいなら、今の関係の方がいいのかな、なんて俺はちょっとだけ溜息《ためいき》を吐いたのだった。

五、俺とボルトの馴《な》れ初《そ》め

俺とボルトが出会ったのは、俺が冒険者ギルドに本登録をしにいった時だった。

それまでも仮登録をして細々と簡単な依頼をこなしてはいたけれど、孤児院を出なければならなくなったのでそれだけでは学園に行くお金どころか食べていくのすらやっとという状況になってしまった俺は、本登録最初の依頼を前に固まってしまった。

まともな武器もなく、まともな装備もない。

それどころか今日寝る場所もご飯もない状態で採取の依頼を受けたところで、その日暮らしすらままならないことに、気付いてしまった。

最低ランクの宿をとると、一泊二千ガルほど。食事代で五百から千ガル。それが一日二回。節約しても一日約三千ガル近く必要になる。対して、採取の仕事は一日フルに採取しても千五百ガルになればいい方。たまに他の子供に採られていたりすると、そこからぐっと値が下がってしまう。

討伐依頼は、ブロンズランクの者が倒せる程度の魔物でも一匹討伐ごとに約二千ガル以上。さらに魔石、ドロップ品が手に入り、それも金に換えられる。最低ランクの魔物でも、数匹倒せば数日は暮らしていけるし、上手くすれば貯金も貯まる。

でも、と俺は持ち物を思い浮かべて溜息を吐いた。

孤児院から持ち出すことが出来るのは、自身の着替えと、自身の金で入手した物のみ。院長のお情けでほんの少しの現金と、数日分の食べ物は貰えるけれど、それだけ。

武器なんて孤児院にはなく、俺が辛うじて持っていたのは小さな錆《さ》びたナイフと、誰が使ったかわからないような古くて耐久性の落ちた胸と腕の防具のみ。これでは魔物にみすみす殺してくれと言っているようなものだとは自分でもわかっていた。

そして野宿……と考え、溜息を吐く。

村での野宿を選択すれば、俺たち孤児は村人に何を取られても文句を言えず、森で一人野宿すればそれは死ににゆくようなものだ。それに季節が悪いと凍死しかねない。

森で一晩明かす場合、誰かとパーティーを組んで順に見張りを立てないと、朝になったら魔物に食い散らかされた死体が一体出来上がってしまう。

村から村に向かう道は、魔物除《よ》けの樹が植えられているのでかなり安心だけれど、森の奥に進むとその樹の効力も一気に落ちる。

面白いことに、その樹が放つ魔物の嫌いな香りは、強い魔物程強く感じるらしく、弱い魔物はそこまで魔除けの効力を受けないらしい。だからこそ、弱い魔物が村近くに存在して、強い魔物は離れて生存しているんだそうだ。そして、俺たちが住んでいた村の周りの森は、奥に行くとかなり強い魔物が出ると言われている。もちろん俺はまだ行ったことはないけれど。

俺が目にしている依頼書には、その魔物の最弱と言われている『スロウラビット』の討伐及びドロップ品納品という内容が書かれている。

スロウラビットとは、丸々としていて動きが遅く、魔物の中でも一番倒しやすいと言われている魔物だ。でも力が強いので、反撃された場合、当たり所が悪ければ、骨折したりもするらしい。ドロップ品は『兎《うさぎ》肉』『小さな魔石』、そして、ごくたまに『兎の霜降り肉』が出る。レアドロップ品はかなり高く買い取って貰えて、一気に所持金が増える。

以前村の柵《さく》を直している時にスロウラビットに遭遇して、直したばかりの柵に体当たりしてきた時に簡単に柵が壊れたのを見ているので、正直最弱と言われても少しは怖い。

それにナイフ一本で倒せるかというと、それもまた疑問だ。剣だったら問題なくスパっといけるんだろうけれど……ナイフの場合一撃なんかじゃ絶対に息の根を止めることなんて無理だろうから。刃の長さ的に。それに俺の持っているナイフは手入れもあまりまともに出来ていないので、切れ味もいまいち。

険しい顔で悩んでいると、後ろから「おい」と声を掛けられた。

振り返ると、声を掛けてきたのは、いつも酒代だけ稼いでは酒場で飲み明かしているごろつき冒険者だった。

「何討伐依頼なんて見てるんだよ。そっちは成人してからの依頼だぞ。孤児はいつもみたいに早く薬草提出して孤児院に帰れっての」

その言葉に、一緒に飲んでいる男たちがガハハと笑い声を上げる。

中には、数年前まで一緒に孤児院にいた男も混じっていた。孤児院内でも似たような態度だったのであまり傍《そば》には近寄らなかったけれど。

「リーダー、ダメっすよ。そいつも多分十六になって成人したからって孤児院から追い出された口だろ。そのうち無理な討伐依頼受けておっ死《ち》ぬのが関の山っすよ。俺みたいにいい奴《やつ》らに出会えない限りな」

昼間どころか朝から飲んだくれている男がいい奴なわけない、と呆れながらそのかつての兄弟を見ていると、「てめえ」と俺に絡んできた男が俺の胸倉を摑《つか》んだ。

「ああ？　細っこいけどなかなかいい面構えしてるじゃねえか。俺が拾ってやろうか」

「リーダー、そいつ腕力ねえから使えねえよ」

「お前は黙ってろよ。腕力がなくてもこの顔だったらなかなか楽しめんだろ」

「そっちかよ。そいつぁあいいや」

またもガハハと笑う男たちの会話に、無意識に眉間《みけん》に皺《しわ》が寄る。

「断る」

俺が一言そう言うと、目の前の男は俺が断ったことが理解できないような顔つきで俺を見下ろしてきた。

頭一つは違う大きさの男は、まるで威圧するように「はぁ？」と表情を険しくした。

「今、なんて言った」

「断る、と言った」

俺を使って楽しむっていうのは、多分俺の身体《からだ》をいいように使うってことだというのはわかる。

孤児院で昨日成人の儀を受けさせられたから、おとといまでは守られていた貞操は今は自分が守らなければならない。むしろ今が一番こういう奴にとって狙い目なのかもしれない。

人族は、成人の儀を受けない相手に性的なことをすると、どんな理由であれ合意があったとしても重罪になるから、仮登録の時は絡まれなかったんだろう。

もしかしたら、横にいるかつての兄弟が、そろそろ俺も追い出されるってことをこの下卑た野郎に伝えたから、今日はこうして絡まれたのかもしれない。

今までも、こいつは俺をよく欲望の込められた濁った目で見ていたのは気付いていたから。

ここで頷《うなず》けば、こいつらに食わして貰《もら》ったりして、ただ生きていくだけならできるかもしれない。

誰かの傘下に入るのもまた、一つの手ではあるから。

……そう、ただ何も考えずに生きていくだけなら。

そんなのはくそ食らえだ。

頷いた瞬間、俺はこいつにどこかで犯されて単なる玩具《おもちゃ》に成り下がる。

たとえここで殴られても殺されても、俺はこいつの玩具になりたいとは思わなかった。

一番手本にしたくない生き方をしている奴らだ。

そんな俺の気持ちが顔に出たのか、男はニヤリと嗤《わら》った。

「お前断れると思ってんのか。俺様はシルバーランクだぜ。お前みたいなくそ生意気な目つきの奴でもちゃぁんと可愛がって育ててやるって言ってんだよ」

俺を宙吊《ちゅうづ》りにしたまま舌舐《したな》めずりした男の周りでは、男の傘下の奴らが手を叩《たた》いて盛り上がっている。

「リーダー一体そいつをどんな風に育てんだよ」

「リーダー好みの淫乱《いんらん》に育てるんじゃねえの？」

「ギャハハハ、そりゃあいい」

あまりに醜悪な騒ぎに嫌気が差しながら、俺ははっきりと答えた。

「断る」

俺が繰り返した瞬間、男はぐっと拳《こぶし》に力を入れて、俺の頬めがけてその拳を繰り出した。

目から火花が出るかと思う程の衝撃に襲われ、殴られた勢いで後ろに飛び、カウンターに背中がガツンとぶつかる。

口の中に鉄の味が広がったことで、ようやく一連の流れを理解できた。

さっさと男から離れたほうがいいのはわかっていても、殴られたところと背中の痛みで、身体が思うように動かなかった。

「冒険者ギルド内での私闘は禁じられています！」

さっき俺の本登録をしてくれた職員が、カウンター越しに男に注意する。

気弱そうな見た目と声で、それでも勇気を振り絞って注意する職員に、男は「はぁ？」と肩を竦《すく》めた。

「私闘なんかじゃねえよ。先輩が後輩に指導してるだけだ」

「無理な勧誘も冒険者規約に違反します」

「ああ？　無理じゃねえよ。な、喜んでるよな」

全てのやり取りを職員に見られていたのにも拘《かか》わらず、男は堂々とそう言い放った。

「な、そうだろ。喜んでるって言えよ」

倒れ込んだままの俺を引《ひ》き摺《ず》り上げ、男は酒臭い顔を近づけてきた。不快感に顔が歪《ゆが》む。

「さっきから断ってる！」

「喜んでるって言えよこらぁ！」

男がもう一度手を振り上げたのを視界に捉《とら》え、また殴られる、と歯を食いしばりその衝撃に耐えようとしていると、職員が慌ててカウンターの奥から出て来て、細い身体でその腕を掴み、果敢に「ダメです」と再度男に注意した。

「うるせえ！　新人受付のくせに出しゃばってくるんじゃねえよ！」

男が乱暴に職員を振り払うと、職員は飛んでいってガツンとカウンターにぶち当たり倒れ込んだ。打ち所が悪かったのか、目が閉じられていて、意識がないようだった。

「むしゃくしゃする。おい新人。ここのギルドは格上の奴の言うことは絶対なんだよ。さっさと来いよ」

「断る！」

俺を持ち上げる男の腕を叩きながら、ありったけの声で叫ぶ。

視界の隅には、俺を助けようとしてくれた職員が倒れている。

普段から昼間はほぼごろつき以外出入りがないギルドだ。職員だって二、三人しかいない。今は運悪く他の職員がいない状態で、すでにここは無法地帯と化していた。

誰彼なく暴力を振るって何とも思わない目の前の男に反吐《へど》が出そうだった。そして、そんな男に全く敵《かな》わない自分自身にも。

手足を振り回し、男の腕から逃げようとする。

けれど男の太い腕はびくともしなくて、悔しくて血が出るほどに唇を噛《か》み締《し》めた。

すると、ギルドの入り口から「ほう」と声が聞こえた。

「その手を離せよ、ゼム。そのガキを殺す気かよ」

「ボルト……！　何でこんな時間にここにいるんだよ！」

「いちゃ悪いのかよ。ちょっと依頼の齟齬《そご》があったから聞きに来たんだけど……ミランくんをやったのはお前か？」

「勝手にこけたんだよ！」

「こいつが！　職員に……っ、ぐぅっ」

目の前に現れた冒険者に、男は焦ったように誤魔化す。そして、俺が叫ぶと、その言葉を遮るように喉《のど》もとを締めあげられた。

ふざけるな！　離せ！　俺の叫びは全て呻《うめ》き声《ごえ》に変わり、絞められた喉に空気が通らず、息が苦しくなってくる。それでも必死で暴れていると、いきなりどさっと身体が落ちた。したたかに身体を打ち、くぐもった悲鳴が俺の口から洩《も》れる。

床に寝転がり、何とか目をあけると。

目の前には、男の腕がゴロンと落ちていた。

「ぎゃあああああ！　て、てめえ、俺の腕を……っ！」

「格上の言うことは絶対なんだろ。俺は、手を離せと言った。でもお前は離さなかった。じゃあ、罰を受けるのは当たり前だよなあ！」

ダラダラと垂れて床を汚していく血を目の前にして、俺はただ、呆然《ぼうぜん》と目の前の腕を見ていた。

身体が痛いし、口の中は鉄臭くて不味《まず》いし、最悪だ。

ぺっと口の中にあった血を全て吐き出すと、目の前に手が差し伸べられた。

「大丈夫か？　お前さん、ここら辺の出身なのか？　まだこの依頼板を見るには早いだろ」

載せてもいない手を摑まれて、引き起こされる。ふらついた身体を支えられて、目を覗《のぞ》き込《こ》まれると、ボルトと呼ばれた男は首を傾《かし》げた。

「さっきと目の色が違う……。まさかな。でもこの髪の色……」

わけのわからないことを呟《つぶや》き、ボルトはいきなり俺の口に瓶をあてがった。

口の中に液体が溢《あふ》れる。

たまらず嚥下《えんか》すると、スゥっと身体の痛みが引いていった。

もしかして、と視線をずらしてボルトの手を見ると、そこにはハイポーションの瓶があった。

苦くて甘い微妙な味が口の中に広がっていく。初めて飲んだハイポーションは、お世辞にも美味《うま》いとは言えなかった。

どこの子だ、送っていく、という言葉に、自分の歳《とし》と境遇、今日本登録したことを話すと、ボルトは気絶していた職員にも同じようにハイポーションを飲ませて回復させ、そのまま俺の了解もなしに俺とのパーティー編成をその職員に手続きさせた。

職員は、ホッとしたような顔をして、「ボルトさんと組むのなら安心です」と俺に向かって微笑《ほほえ》んだ。ってことは、さっきの奴ほど悪い奴ではない、のか？　躊躇《ためら》いなく腕を切ったけれど。助けてくれたし。

「お前は今日から俺と仲間な」

「勝手に決めるなよ」

「もう手続きは済ませちまったし、俺、新人指導ってしてみたかったんだよな。世話してやるよ」

「そんなことして、俺から金を取ろうにも俺文無しだぞ」

「新人から金を取ろうなんて思ってねえよ。さっきの奴らは最底辺の奴らだ。通報されたらギルドカードの剝奪《はくだつ》もありうることをやらかしてる。そんなんじゃねえよ。あんなんされても絶対に折れなかったお前に純粋に興味があるんだよ」

「……信じらんねえ」

どんどんと進んでいく話についていけなくて、ジト目でボルトを見上げると、ボルトはそんな俺を見て苦笑した。

「まあ、今会ったばっかりだからな。でもなあ、俺はゴールドだから、一応お前の世話くらいはどうってことないくらい強いし金はあるんだ。何なら金貸そうか？」

「強いのは、まあ、わからなくはないけど、金は借りねえ。返せねえから」

俺の言葉に、ボルトはふっと面白そうに目を細めた。

「そういう強がりは嫌いじゃない。そうだな……金を貸すのはやめた。一緒に金を増やそう」

「増やす……」

今日初めてギルドに登録したような、まだ仮登録の採取や手伝いくらいしかしたことがなかった俺に、ボルトは躊躇いなくそう言った。

俺がボルトと一緒に行動してボルトの金を増やせるとは思わないけれど、ここで突っぱねる程の余裕は俺にはなかった。

ボルトが男の腕を切った時に、その切り口やためらいのなさ、そしてその鋭い目つきと動きに、俺とは次元の違う強さだというのはわかってはいた。

もし一緒に、討伐とかをできれば、剣の技術を盗めるかもしれない。採取だけじゃなくて、もっとちゃんとした依頼を受けられるかもしれない。そんなちょっとした打算も働いたので、俺は、ボルトとのパーティー編成にはそれ以上異を唱えなかった。この男と一緒にいたら、少なくとも受かったばかりの上級学園に払える金が貯《た》まるかもしれない。学園が始まる前に。

一緒に行動を始めて、そんな打算は早々に打ち砕かれることになった。しかも思いもしない上方向に。

俺が金を貯めているのを知ると、魔物のランクを上げて更に金を稼ぎ、俺は横でハイポーションを片手に待機しているだけなのに、必ず半分の報酬を渡してくる。戦闘を見るのも勉強だと言って。

魔物討伐はだいたいボルトが行った。俺はただ近くにいるだけ。手を出す暇もないほどボルトは素早く魔物を倒してしまう。そしてドロップ品を「俺、これ大量に持ってるからいらねえ」と俺に渡し、好きに売れよと興味ない顔をする。

正直、どうしてこんなに良くしてくれるのかわからなかった。

打算込みで一緒に行動していた自分が恥だと思い始めるのは早かった。そして、俺がボルトのそんな行動に絆《ほだ》されたのは、わりとすぐだった。

学園に納める金が貯まる頃には、もうすでに俺はボルトのことを特別な目で見ている自覚はあったし、特別な感情が芽生えていたのも自覚していた。

六、新クラスでも問題勃発《ぼっぱつ》

新しいクラスは、流石《さすが》上から二番目というか、最初のクラスよりも苛烈《かれつ》な競争が待っていた。

選択授業の時間はまだいいけれど、必修科目の授業は酷《ひど》かった。

誰かが少しでも間違うと皆が寄ってたかって揚げ足を取ってその人物を引き摺り落とそうとする。

そうやって競争相手を潰《つぶ》して最終的に一番上のクラスに行きたいという、俺から見たら何とも間違った情熱を授業にぶつける人たちが大半を占めた。

アルフォードはある程度そういうことに慣れているのか、むしろその点に関しては当たり前だろう、という顔をしている。育ちのいい奴《やつ》らって性格捩《ね》じれまくってないか？　ちょっと関わり合いたくないな、と厳しい顔つきのクラスメイトたちに、俺は遠い目を向けた。

そして今回のクラスは、既に出自で最下層だから、と逆に俺は全く絡まれなくなった。ある意味楽だった。けれど、今度はそこそこ身分の高いアルフォードが攻撃対象になった。

ある日、アルフォードと共に教室に入ると、数人の先生と、青い顔をした生徒が教室の真ん中に集まっていた。

俺たちが登校したのを見るや、視線を険しくする。

「アルフォード・デル・フランティーノ。こちらに来なさい」

名指しで呼ばれ、アルフォードはキリッとした顔で返事をして、先生たちに近付いていった。

そこで出されたのは、ボロボロに切り刻まれた教科書。

一冊千六百ガルもするやつだ。勿体《もったい》ない。

その教科書の惨状にショックを受けていると、先生はとんでもないことを言い出した。

「この教科書の持ち主が、君がこれをやったと言っている。何か言うことはないか」

「やっておりません」

はっきりと、躊躇いなく答えるアルフォードに、教科書の持ち主が唇を噛む。

「しかし、君がこれを破損しているところを見たと証言する生徒が複数名いる」

「やっていません」

まっすぐ先生を見ながら否定するアルフォードに、先生たちは眉間《みけん》の皺《しわ》を深くした。

その教科書は昨日も授業で使ったものだ。

俺はザッと教室を見回した。忌ま忌ましげな顔つきでアルフォードを見ているクラスメイト、ニヤニヤとして「あいつもう終わったな」と楽しそうに呟くクラスメイト、我関せずで教科書を読んでいるクラスメイトが目に入る。

「本当にやっていないのか」

「そんなことをする意義を見出《みいだ》せません」

「そうか……」

先生たちは溜息《ためいき》を吐《つ》くと、今度は教科書の持ち主と、多分「アルフォードがやっているのを見ました」と言ったであろう奴らを順に見回した。

「しかしこちらは証言をする生徒がいる。君は何かやっていないという証明は出来るか」

「できません」

アルフォードは、本当に馬鹿正直に答えた。思わず吹き出しそうになる。

関わる気はなかったんだけどな、と思いながら、俺は「はい」と手を上げた。

「ルゥイ。お前には関係のないことだ」

「俺が証言します。アルフォードが教科書をズタボロにしていない証言」

「ルゥイ」

フッとアルフォードが眉根《まゆね》を寄せた。

目が「関わるな」と言っている。

それに気付かないふりをして、俺は言葉を続けた。

「昨日は必修授業三枠、昼食を挟んで午後から選択授業四枠ありました。昨日の選択授業は『鍛冶《かじ》』『経営学』『調薬』『統計学』でした。俺は、アルフォードと全く同じ授業を取っていて、朝から寮に戻るまで行動を共にしていました。選択授業が終わり、放課後は二人で第二書庫で母国語の勉強をし、上級生のシェン先輩と共に学園を後にしています。アルフォードが教科書をそんな風にする時間は全くありません」

「もう一度学園に戻ってきたのかもしれないだろ」

どこからか声が飛ぶ。

けれど先生は険しい表情のまま、何も言わずに俺を見ていた。

「俺たちが学園を出たのは、閉園時間ギリギリで、学園の鍵《かぎ》を閉めるのをこの目で見ています。その後ここに入ったら、警報が鳴りその場で捕まると聞きました。でもアルフォードは捕まっていないし、消灯まで俺の部屋で寛《くつろ》いでいました」

「そんな孤児の話を誰が信じるんだよ」

「黙れ」

野次を飛ばす生徒を、先生が一喝した。

そして、教室の中にいる全員を見回すようにゆっくりと視線を動かすと、最後に手に持ったボロボロの教科書に視線を落とした。

「ここの学生であるからには、孤児だろうと王太子だろうと発言の重さは同じだ。それがわからないなら、もう一度入学試験からやり直せ」

先生の一言に、生徒たちは全員口をつぐんだ。

「アルフォード、ルゥイ、レナード、ガレット、アルフレッド、アルバート、ドラッド。今から生徒指導室へ向かいなさい」

名指しで呼ばれた人たちはきっとアルフォードが教科書を破損したと証言した奴らなんだろうな、と思いながら、俺も呼ばれたので返事をする。

先を歩く先生の後ろにぞろぞろと名前を呼ばれた生徒が続く。

一時限目の授業が受けられなくなったな、と溜息を吐きながら俺も移動しようと踵《きびす》を返したら、アルフォードが俺の腕を摑《つか》んできた。

そして、ぐ、と一度だけ唇を嚙《か》んでから、顔を上げた。

「どうして口を挟んだんだ。これは僕に売られた喧嘩《けんか》だ」

「だって俺、完璧《かんぺき》証言できるから。昨日はトイレだって一緒に行動してただろ。偶然にも」

「そうだけど！　お前の立場がこれ以上悪くなったら僕は」

「あのさあ」

多分巻き込んだ自分に憤っているだろうアルフォードの言葉を遮ると、俺はアルフォードの背中をポン、と叩《たた》いた。

「アルフォードさ、俺がいろいろ言われた時、一人でカリカリしてただろ」

「あ、ああ」

「俺、今、まんまその気分なんだよ。こういうのほんと嫌い。誰かを追い落とそうとするならそれはそれでいいけど、あの教科書一冊千六百ガルするんだよ。俺の昼飯四食分なんだよ。そんな高価な物をこんなくだらないことのためにボロボロにしやがって、あまつさえそれをやってもいない奴になすり付けてさ、ありえないんだけど」

ふんすと鼻息荒く思ったことを零《こぼ》すと、アルフォードはぽかんとした顔になった。

「は……？」

「貴族ってのはこういうの普通なのか？　上に立つ奴って、そういう卑怯《ひきょう》な性格じゃないとやっていけないのか？　だったらアルフォード。お前に貴族は合わねえよ。性格全然悪くねえもん」

家を継ぐんじゃなくて才能ある『調薬』で生計を立てれば？　と振り返ると、アルフォードは足を止めて、目を丸くして俺を見ていた。

一瞬後、アルフォードは、ふ、と変な声を上げた。

「ふは……、教科書の値段……！　お前の気になるところはそこか。あはは、待ってくれ。あはははは」

声を出して笑い始めたアルフォードに、前を歩いていた先生とクラスメイトたちが何事だと振り返る。

「授業が始まる。アルフォード。静かに歩け」

「はい、すみません」

先生に注意されても、肩をゆすりながら口を押さえて歩くアルフォードに、俺もつられて口角を上げた。


生徒指導室に入ると、そこにはいい服を着た男性とかなり上背のある獅子《しし》の獣人がいた。

アルフォードが一番後ろから入って、ドアを静かに閉める。

「では、先ほどの言い分をここでもう一度説明してくれ。彼らは学園の代表の者たちだ。生徒を処分せねばならない事案の場合必ず立ち会ってもらっている」

先生に促されて、教室ではニヤニヤしていた奴が口を開く。自信満々に、堂々と。

「私は、アルフォード君が教科書をずたずたにしているのをこの目で見ました」

「僕も見ました。昨日の放課後、一人教室にいたので何をしているのかと思ったら、手にその教科書を持っていました」

「あの、僕……今朝《けさ》教室に入ったら、この教科書が机に置かれていて……」

「教科書をこんな風にするなんて、最低だと思います。彼の処分をお願いします」

「僕は、もしかしたら隣の孤児に唆されたんじゃないかと思うので、恩赦を与えてあげてもいいと思います」

次々と語られる証言に、呆《あき》れた目を向ける。ありもしないことを堂々とここまで言えるって、ある意味図太いよな。悪徳領主的な何かになりそう。

「アルフォード、ルゥイ、お前たちは」

「やっていません」

先生に促されて、アルフォードはさっきの奴ら以上に堂々と答えた。

「俺らはそんなことをする暇なんてありません。俺はアルフォードと昨日一日中ずっと行動を共にしていたので、証言できます」

最後に俺もそう答えると、獣人が一つ頷《うなず》いた。

「知っているだろうか、私たち種族の特性を」

低い声で、獣人が口を開ける。

「この世にいるあらゆる種族のことは、下級学校でほんのさわりだけ、そして上級学校で細かく習う。たしか君たちは一年の後期に必修科目で習うことになるはずだな。ということは、君たちはまだ獣人の特性を知らないんだね。だからこそ、そんなに堂々としていられる」

フフ、と地を這《は》うような笑い声を零した獣人は、穏やかな顔のまま、俺たちを見回した。

「私たち獣人族はな、悪意ある者、真実ではないでたらめを言う者がはっきりとわかるんだ」

獣人の言葉に、見事に今まで勝ち誇っていた奴らの顔色が変わった。

「獣人たちは大抵の者が、そういう悪感情がわかる。身に纏《まと》う魔素の色だったり、魂の輝きだったり、匂いだったり。私は魂の色を見分けている。知っているか？　魂はとても正直なんだ。口と脳が絶対にばれないだろうという嘘《うそ》を言っても、魂だけは怯《おび》えるんだ。自分が間違ったことを言っている、と」

獣人は一度言葉を止めると、俺たちを糾弾していた生徒たちを、まるで獲物を狙う獅子のような光を帯びた瞳《ひとみ》で見つめた。

「そこの五人、処分は追って申し渡す。こちらの二人は、災難だったな。毎年のことで、私たちも困り果てているんだ。獣人の特性を習った後ならば、私が前に出た瞬間に解決するのだが」

困ったものだ、と本当に困った顔をして溜息を吐く獣人を見ながら、俺はちょっとだけ目を輝かせていた。他種族の特性とか、面白そうだ。半年後まで待てるかな。

半年後、楽しみ。

うん、楽しみ……その前に来年の学費の支払いが待ってるんだけどな……。

現実を思い出して、俺は半眼になった。払えなければ否応なく退学になる。

学園はとても楽しい。知らなかった知識を身に付けるのはすごく楽しいことだ。特に鍛冶調薬。

でも学校をやめさせられたら、俺はもう炉を使う伝手《つて》がない。調薬の場合、道具は持ち出してもいいのか。それとも返さないといけないのか。返さなくていいならいいんだけど。

なかなか思うように貯まらない金に想いを馳《は》せていると、先生に促されて青い顔をした生徒たちが生徒指導室を出ていった。

ハッと顔を上げると、そこには獣人ともう一人、そして俺とアルフォードだけが残った。

「すまないね、授業をサボらせてしまって」

立派な服を着た人は、そこにあったソファーを、俺とアルフォードに勧めてくれた。

言われた通りにアルフォードと並んでソファーに座ると、その人と獣人も目の前のソファーに座った。

獣人の身体《からだ》が大きいからか、テーブルひとつ分の距離が、ずいぶん近く感じた。

「改めて、私はこの学園の理事をしている者だ。こちらの獅子獣人は、私のパートナーだ。君たちにだけ残って貰《もら》ったのは、どうしても君たち二人に訊《き》きたいことがあったからだよ」

理事長と名乗った男性が俺たちの目の前に差し出したのは、俺とアルフォードの選択授業申込用紙だった。

「訊きたいというのは他でもない。選択授業のことだ。これだけギチギチに詰め込んで、息を抜く暇はあるのかい？」

息を抜く暇、という聞き慣れない言葉に、俺は首を傾《かし》げた。

「どういう意味ですか？」

本気でわからずにそう訊くと、理事長はおやおや、と困ったような顔になった。

「人間、ずっと張りつめた生活をしていては、そのうち心身ともに疲弊してしまう。こうしてずっとぎゅうぎゅうに授業を詰めていては、ホッとできる時間はないんじゃないかと思ってね。だからこそ最低枠を決めているんだよ。最低その枠分を取れば、進級できる、と。体調はどうだい？」

「どこもなんともないです」

「僕……私も全く不都合ありません」

俺たちが答えると、理事長はニコッと笑ってうんうん、と頷いた。そして、どうかな、と獣人に視線を向けた。

獣人はその視線を受けて頷くと、アルフォードの頭にポン、と大きな手を置いた。

「君はちょっと無理しているな。疲れているようだ。先程の騒動も原因の一つだろう。休日は少しゆっくりと休むことを推奨する」

「……はい」

疲れている、と言われて、アルフォードはちょっとだけショックを受けた顔をした。

獣人はわしわしとアルフォードの柔らかそうな髪を掻《か》き混ぜると、今度は俺に視線を移した。

澄んだ瞳が俺を見据える。確かに、この目を見ているとなんでも見透かされそうな気がする。

「君は……どうやら休むということを知らないらしい。そして、遊ぶ、ということも。君はまだ若い。身体もまだ作られていない。たまには隣の友人と街に遊びに行くのもいいかもしれないな」

「街に？　でも食料はここで出るし、服もだいぶあります。街に行って何をするんですか？」

俺の返答に、獣人と理事長は顔を見合わせて肩を竦《すく》めた。

「そこからか。コメート村の孤児院にはそれほど資金が行っていないのか？」

「調べるよう要請を出しましょう」

「頼む。街に行って、何をするか……だったな。普通の若者は買い物や甘味を楽しみ、娯楽施設ではしゃいで来るようだが」

「その遊びって全て金を使うやつじゃないですか……ごめん、アルフォード、遊びには行けそうにない」

「お前の懐具合は知っているから誘ってないだろ。僕も遊びは苦手だから、まったく問題ない」

遊びに行くくらいなら勉強しているよ、とフンスと鼻息を荒くしたアルフォードに感動していると、目の前の獣人が小さく笑った。

「どうせここに通うなら、目いっぱい学んで楽しんでもらえたらいいのだが……たまにああいった勘違いをした生徒たちが出てくるのが困りものだな」

はぁ、と盛大に溜息《ためいき》を吐《つ》く獣人に、俺は曖昧《あいまい》に頷いた。

公平な理事長とそのパートナーの言動に好感が持てて、やっぱりやめたくはないなあ、と少しだけさっきより前向きになる。休日は討伐頑張ろう。密《ひそ》かに気合いを入れていると、目の前に小さな瓶が置かれた。

「これを飲んで、心身ともに少しでも回復してから二時限目に備えて欲しい」

なんだろう、と思って瓶を手に取って覗《のぞ》いていると、サッと飲んだアルフォードが「スタミナポーションだ」と呟《つぶや》いた。

なるほどこれがスタミナポーション。店に売っているのを見た時は、こんな色じゃなかった気がするけれど、と蓋《ふた》を開けると、ふわっと優しい花の香りがした。

一気に飲むと、胸の辺りがほんのり熱くなり、少しだけ気分がよくなった。身体も軽い気がする。

「美味《うま》い」

思わず呟くと、アルフォードが呆れたような目を向けてきた。だって美味いんだもん。ハイポーションとは全然違うよ。


二人で生徒指導室を後にして、二時限目から授業を受ける。今日の午後は一枠だけアルフォードと別れているので、奴らが実行したのが昨日で良かったと、わりと本気で思った。なかなか一日中一緒にいる時なんてないから。

でも放課後はアルフォードも一緒に書庫で勉強を始めたし、そうなると必然的に帰りも一緒、寮の晩御飯も一緒に取っている。その後シャワーを浴びたら、消灯時間までアルフォードは俺の部屋で寛《くつろ》ぐことが多い。

ちゃんと床が見えて、ベッド以外にも寛ぐスペースがあるのがいいらしい。

確かに、身体を横にして荷物の間を通り抜けても、ベッドの上くらいしか広い場所がないアルフォードの部屋は寛げる雰囲気ではない。

机の上にも本やよくわからない物が沢山あり、全て母親がアルフォードのことを思って置いていった物だからと廃棄することも家に送り返すことも出来ないようだ。

場所を提供する代わりに、俺はアルフォードの部屋にある本を借りている。こうして一緒にいる時間を改めて考えてみると、アルフォードとはかなり長い時間一緒にいるのは確かだ。

会話はけっこう少なくて、二人とも思い思いのことをしている。邪魔にならないのが不思議でならない。孤児院では誰か必ず傍《そば》にいたし、チビが騒いでいるとうるさく思ったり、騒ぐなら向こうに行ってやってほしいとかなりの頻度で思っていたのに。アルフォードにはそんなことを思ったことは一度もなかった。

今俺の手にあるのは、種族別特性が書かれた本。領主になるには、あらゆる種族に関わらないとならないので、種族ごとの特性や掟《おきて》、習慣などは絶対に覚えなければならないから、とアルフォードの部屋に置かれていたのを借りた。領主も大変だな。

アルフォードはまだその本を読んでいなかったらしいけれど、今日獣人に会ったこと、そしてその特性を聞いたことで何かを刺激されたらしく、ちょこんと床に座って似たような本を読んでいる。

「今日会った獅子の獣人族の方、素晴らしかったな」

ふと顔をあげて、アルフォードが目をキラキラさせながらそう呟いた。

本に視線を落としていた俺は、そのまま「何が」と声を出す。すると思った以上に興奮した声が返ってきた。

「あの鬣《たてがみ》！　そしてあの貫禄《かんろく》！　何というか、ああいうオーラが上に立つ者のオーラなのかもしれないな。僕にはああいう雰囲気は出せそうもないけれど、憧《あこが》れるな」

「そうか？　なんかあの目に見られると心の底まで暴かれそうで落ち着かねえけど」

目を輝かせているアルフォードにそう返すと、アルフォードはとてもいい笑顔で続けた。

「何も後ろめたいことをしていなければ、獣人族程頼りになり信頼できる者はいないそうだ。互いに嘘を吐いたらわかるから、そもそも相手を騙《だま》そうとする獣人もいないようだし」

頬を紅潮させて「あの大きな身体にも憧れるし、聡明《そうめい》そうな瞳が素晴らしい」などと獣人を褒めまくるアルフォードは、どうやら一目であの獅子《しし》の獣人が気に入ったらしい。

「どうやら獣人の国にはフォルトゥナ国から行けるようだな。一度行ってみたいなあ……」

宙に目を向けたアルフォードは、そのキラキラした瞳を一瞬にして曇らせて、ぽつり、と零《こぼ》した。

「まあ、僕には、無理だろうけれど……」

俺は椅子の向きを変えると、アルフォードに向き直った。

「なんで無理なんだよ」

「だって僕は領主の嫡男だから。家の跡を継がないといけない。他に兄弟もいないからな。僕が他の国に渡りたいなんて言い出したら、両親が悲しむし困る」

僕が代々伝わる土地を守って行かなければならないんだ、と誇らしげに、でも少しだけ寂しそうに口にしたアルフォードは、瞳をキラキラさせながら語った夢を今の一瞬で諦《あきら》めたようだった。

跡継ぎとか、そういうものなのかな、と俺は首を傾げた。完璧《かんぺき》自由な俺には、全く想像のつかない世界だ。

国を出るとか出ないとか、そんなこと考えたこともなかった。それだけ俺の世界は視野が狭いんだろう。

でも、と睫毛《まつげ》を伏せるアルフォードを見ていて、ふと思う。

「じゃあさ、代わりに俺が獣人の国に行って、どんなところか見てこようか」

「え……っ」

アルフォードは、俺の言葉にバッと顔を上げた。

「アルフォードは携帯端末魔道具持ってんだろ。俺だってそのうち稼げば持てるようになるだろうから、そしたら獣人の国に行って町の様子を端末で送ってやるよ。やり方わからねえけど。そういうの出来るんだろ」

「出来る……持ってる……っていうか、本当に……？」

「嘘吐いてどうするんだよ。いつになるとは断言できねえけど、いつかは行くことにする」

「……ありがとう。はは、嬉《うれ》しい……いいなあ」

お礼の後に続いた言葉は、きっと混じりっ気なしの本音。

手に持った本をギュッと抱きしめて、「楽しみに待ってる。でも、僕も行きたいなあ」と本音をボロボロと零し始めた。それを苦笑しながら聞く。でも、じゃあ一緒に行こうとは言えない。アルフォードがどんな立場でどんなものを背負っているのか俺には想像もつかないから。

◇◇◇

「獣人の国に行くにはどうしたらいいか、ボルトは知ってるか？」

次の休日、俺はボルトにそんな質問を投げかけた。

ボルトはちょっとだけ驚いた顔をした後、面白そうに口元を緩めた。

「知ってるが、行きたいのか？」

「うん。行く」

「お、断言しやがった。じゃあ教えてやろう」

ボルトの次の言葉を待っていると、ボルトはとてつもなく現実的な行き方を教えてくれた。

「まずは、大陸北東のソルベ連合国まで汽車と馬車と馬を駆使して向かうだろ。ここノルデン国からはソレイル大国を抜けていかないといけねえから、汽車代馬車代馬代及び国境での通行料でだいたい七十万ガルくらいかかる」

「え……」

「それに宿代飯代を入れると、そうだな。ソルベ連合国の乗船所まで行くのに全部で百三十万ガルくらいだな。そこから色々な審査を受けて合格すると初めて船に乗ってフォルトゥナ国に入れるんだが、あそこは今入国料がかなり高くなってるから、審査料船賃入国料全てで約六十万ガル」

「マジかよ……」

「無事フォルトゥナ国に入れたら、今度は中央の聖域の麓《ふもと》までは徒歩。でもこれは野宿が入るから、あまり金はかからねえな。フォルトゥナ国自体はそこまでデカくはねえから、乗船所から聖域まで徒歩で三日。乗船所からの魔導汽車は聖域をぐるっと迂回《うかい》して西回りに各町にしか向かわないから、獣人のところに行くなら徒歩がいいかもな。もしくは、魔導汽車でぐるっと町を回って、聖域に近い町から馬で一日。その場合汽車代はお高め。こっちの大陸よりはだいぶ高い」

「おお……」

段々と顔が引きつっていく俺を、ボルトが楽しそうに目を細めながら、先を続ける。

「無事聖域の神殿に着いたら、今度は獣人による入国検査だ。それは金はかからねえが、合格するのは至難の業だな。なにせ獣人にはったりは通じねえから」

「な……なるほど。トータル百九十万ガル以上……来年の学費の……約四倍……」

頭の中にゼロが大量に飛び交い、行ける気がしねえ、と俺は虚《うつ》ろな目をボルトに向けた。

ボルトは俺の顔を見て、ぶっと噴き出すと、頭をわしわしと掻き回した。

「ってのが、通常の道」

「ってことは、通常じゃない道ってのもあるのか？」

「あるにはあるな」

「それって百九十万ガルもかからない道か？」

「ああ。ほぼタダ。ただし、本当に一握りの資格のある奴《やつ》らしか使えない道だ」

フッとボルトは真顔になって、ぐしゃぐしゃになった俺の髪を指で梳《す》いた。

「一度向こうに行っちまえばあとは転移の魔方陣魔法で一瞬で跳べるようになるな。魔方陣魔法、勉強するんだろ」

頑張れよ、とエールを送ってくれるボルトに、俺は眉《まゆ》を寄せた。だってその一回が気の遠くなるような金がかかる。いつかは絶対に行こうと思うけれど、すぐに行くのは無理かも、と俺は心の中でアルフォードに謝った。先立つものがないから。もう一つの道ってのは、魔方陣魔法の転移でってことだろ。俺はまだ魔方陣魔法自体ほぼ知らないから、そっちはまず使えないと思おう。

気を取り直して、俺はボルトを見上げた。

「今日は何の依頼を受ける？　討伐？　採取？」

「んー、そうだな」

ボルトに訊《き》くと、ボルトは顎《あご》を指でさすりながら、依頼板から目を逸《そ》らした。

「ふむ……ルゥイはさ、学校とギルドの両立でかなり気を張ってると思うんだが……提案なんだけど、たまには依頼以外のことをしてみねえか？」

「依頼以外のこと？」

「ああ」

ボルトは俺の手をとると、まるで手を繋《つな》ぐようにして、その行動に驚いている俺を依頼板よりもさらに奥の掲示板に連れていった。

そこは、冒険者ギルドが請け負っている講習一覧が書かれている掲示板だった。村にいた時は、金を出してまで受けても意味のないような講習が二つほどしか掲げられていなかったけれど、流石《さすが》大規模な街というか、かなりの数があった。

「これだこれだ。前にルゥイが選択授業のことを教えてくれただろ。でもお前、古代魔道語取ってなかっただろ。魔方陣魔法の基本は古代魔道語だ。下級学校で習うような古代魔道語は本当にさわり程度で役に立たねえから、ここで講習受けようぜ」

「へ？」

ボルトの提案に、俺は間抜けな声をあげてしまった。

ボルトが指し示した先にある講習名は『上級古代魔道語』だった。

「古代魔道語って、必修科目にもあるけど」

本当に必要なのかと首を傾《かし》げていると、ボルトがわかってないなぁと言うように俺の肩をポンと叩《たた》いた。

「それをさらに突き詰めるのが、選択科目の古代魔道語なんだよなあ。それと同等の講習をここで受けることが出来る。全二回だけのものだが、それを受ければ次から冒険者ギルド保管の古代魔道語の書物を閲覧できるようになるんだ。知らなかっただろ」

「う、うん……」

じゃあ今日は息抜きがてら講習受けようぜ、と鼻歌交じりで受付に向かうボルトの後を追いながら、俺はボルトにいつも背中を押してもらっているような不思議な気持ちになった。

ボルトと共に、冒険者ギルド内にある大会議室の講習会場内に行くと、ぽつりぽつりと椅子に腰かける人たちがいた。

村では誰かが講習を受けたなんて聞いたこともないし、そもそも講習自体本当にやっていたのかすら怪しいけれど、街ではわりと皆気軽に受けるみたいだ。

講習料はかかるけれど、その料金を払う価値はある、とボルトは断言した。

時間になると、目の前に厚めの冊子が配られた。中身は古代魔道語の辞書のような物だった。

「ルゥイ、そのテキストな、講習代の中に料金が含まれてるから、持って帰れよ」

「え、でもこのテキスト、普通に買うと講習代より高いよな」

「そこがギルドのいい所。講習を受けるとある程度はこっちにメリットがあるように計らってくれるんだよ。他の講習でも、かかった料金以上のものが手に入る。知識とか、こういった物とかな」

ボルトの言葉に目を輝かせながら中を見ると、簡単な単語から難しい単語までけっこうな種類が載っていた。学校の教科書のように綺麗《きれい》な製本ではないけれど、内容はそれ以上な気がして胸が弾む。

「皆、揃《そろ》った？　講義始めるよ」

声がしたので顔を上げると、耳の尖《とが》った青年がドアから入ってきた。

その尖った耳に少しの間目を奪われた。

エルフ族だ、とつい口に出してしまう。

これだけ沢山人のいる街ですら、エルフ族の姿は見かけない。

実物のエルフ族を見たのは初めてだった。アルフォードに借りた本の中に、エルフ族は長命で耳が尖っているということが書かれていたけれど、読むのと実際に見るのとでは全然印象が違う。

とても気難しく、静かな種族だと思っていたエルフ族の青年は、とても朗らかな声で、にこやかに講義を開始した。

「皆、『上級古代魔道語』の講習を受けに来てくれてありがとう。これを受けるってことは、皆魔方陣魔法の腕を上げたいってことかな。だったら、『魔方陣魔法展開理論』の講義も受けることをお奨《すす》めするよ。あれを受ければ自分でより良い魔方陣魔法を構築できるようになる、かもしれないから。でも、そのためには古代魔道語の知識を深めなければならない」

そっちの講習も受け付けてるから、ぜひ取ってね、別料金だけど、とエルフの青年はにこやかに笑った。

「じゃあ早速、テキストの十四ページ開いてみて。そこに『守る』ってあるでしょ。でもその言葉って実は言葉としては弱いんだよね。じゃあ今度はテキストの四十九ページ。そこにある『防護』『防御』を読んでみて。どれも『守る』より強い守護の言葉なんだよね。でも、この二つは下級古代魔道語じゃ習わない。なぜなら、文字が複雑だから。まずは複雑な文字の書き方のコツを覚えようか」

朗らかに講義を始めるエルフに、俺は我に返って慌てて指示されたページを開く。

学校で習う授業の進み方とは全く違うその講義は、かなり手の動きが慌ただしい。

最初のページを開いたと思うと、今度は後ろの方へと飛ぶ。一瞬でも聞き逃すとそれだけでわからなくなりそうだ。

気を引き締めて、俺はテキストに集中することにした。

開いたページを目で追うと、確かに文字がいきなり複雑になっており、『防護』『防御』と言われてもまず読めなかった。

エルフの説明が進む中、ふとボルトが気になってちらりと横を見ると、ボルトは机に頬杖《ほおづえ》をついて、ペラペラとヤル気なさそうにテキストを開いていた。

「ボルト、ボルト。真面目《まじめ》に受けなくていいのか？」

そっと囁《ささや》くと、ボルトはニヤリと笑って、俺はいいんだよ、と小声で返してきた。

「だってこの講義、数年前にも受けてるからな」

「じゃあ何で金払ってここにいるんだよ。講義代もったいねえだろ」

「ルゥイが勉強を頑張る姿を見られるなら講義代くらいどうってことないだろ。学校の奴らだけがルゥイのそういう姿を見てるなんてちょっと悔しいじゃねえか」

ボルトの言葉に、俺は思わず嘆息した。なんだよその変な理由は。それで安くない講習代を、しかも俺の分までさらっと払っちゃうなんて。

「後で払う」

「だったら早く転移の魔方陣魔法を覚えて俺に楽させてくれ」

せめて借りを作らないようになんて思っても、こうしてボルトは借りたことにもさせてくれないのが少し悔しい。

くそ。ボルト、本当は俺の講義代を持つためだけに自分も受けたんじゃないか。俺を甘やかしすぎだろ。

そして俺の勉強する姿が見たいとか、ただ単なる言い訳にしても嬉しすぎるんだよ。あとが怖いからやめてくれ。

ああもうこれだからボルトは、と心の中で悪態を吐《つ》いた俺は、それ以上のことを考えるのをやめて、講義に集中することにした。

◇◇◇

講義が終わると、本当に「テキストは持ち帰って復習してね」と言われて、俺はありがたくそれを鞄に詰め込んだ。

ボルトは自分用のテキストをちらりと見てから、どさっとそれを俺の前に置いた。

「ここの売店で売れば多少の小金にはなるから、やるよ。俺はもう持ってるし」

「だから、ボルト俺を甘やかしすぎだろ？」

思わず声を出すと、ボルトは何が面白かったのか声に出して笑いだした。

「なんでこんなもんで甘やかされてるとか思うんだよ。保護者がする最低限のことだぜ」

「保護者……」

何気ないボルトの一言に、俺の胸がツキンと痛んだ。でも、そうだよな。保護者……なんだよな。

俺はボルトに対して全然違う感情を持っていても、ボルトにとっては俺は保護すべき子供にしか見えてないんだよな。

未《いま》だ成長しきらない小柄な細い身体《からだ》を見下ろして、俺は溜息《ためいき》を呑《の》み込《こ》んだ。

一体俺はボルトに何を期待しているんだろう。ボルトが優しすぎるから、勘違いしそうだ。

ああ、恥ずかしい。さすがにこんな貧相なガキ相手にボルトが何かしらの欲望を感じるなんて、あり得ないよな。

……じゃあ、どんな風になったら、ボルトの目を俺に向けることができるのか。……保護者的立場以外の、感情のこもった目を。

今まで誰かにそんな感情を持ったこともなかった俺にとって、その問題はとてつもなく難しいことに感じた。

むむむ、と眉間《みけん》に皺《しわ》を寄せていると、いきなりガシッと肩に腕を回された。

「さ、講義も終わったし、ここ出るぞ。まだ時間はあるから、ちょっと俺に付き合え。買い物しないといけねえし、行きたい場所があるんだよ」

落ち込む間もなく、俺はボルトに街に連行されてしまった。

まずは雑貨を扱う店に向かったボルトは、棚にあるハイポーションとマジックハイポーションを大量に買い込んだ。ランクSのそれはかなり高くて、俺が目を白黒させている間に俺の鞄《かばん》にも詰め込まれてしまった。曰《いわ》く、パーティーメンバーが危険にさらされないようにするのはリーダーの務めだそうだ。

そんな理屈で、色々な依頼をこなす際に必要になる小物を二人分買い揃えたボルトは、俺のパンパンになった鞄に満足そうに頷《うなず》いた。

「これからは一泊の野営込みで遠出もするから、揃えておかないとな」

「だからってボルトが全部買うのは違うだろ」

「いいや？　リーダーの方針だからこれでいいの」

ニヤリと笑うボルトに、やっぱり保護者なんだな、と溜息を呑み込む。嬉《うれ》しいけれど、素直に喜べないのが辛《つら》い。

そんな気分の俺に気付いているのかいないのか、ボルトは笑顔のまま、俺の背中を押した。

「次は腹減ったからなんか食いに行くぞ」

「あ、干し肉とかは俺持ってるけど」

「違うって。店だよ店。美味《うま》そうなんだけど、俺一人じゃちょっと行けねえところがあるんだよ。ルゥイと一緒ならきっと入れるから付き合え」

「え、一人では行けない店……？」

「たまにはそういうところで食ってみたいだろ」

そう言うボルトに手を引かれて連れて行かれたのは、確かに初めて見る店だった。

薄い黄色の壁に、茶色のドア。プレートには花が飾られていて『ドルティエ』という文字が入っている。

ドアを開けると、ふわっと甘い香りが漂ってきた。

丸いテーブルが数卓並んでいて、椅子にはレースをあしらったクッションが置いてある。

パステル系の配色の可愛らしい内装に戸惑《とまど》っていると、ボルトは俺を促して近くの椅子に座り、早速何かを注文した。

飾られているヒラヒラのレースのカーテンが、俺たちの姿にあまりにも似つかわしくなくて、居心地が悪い。今日は講習だからと装備を解いていてよかったかもしれない。革鎧《かわよろい》とかを身につけたような汚い身なりで入れる店じゃない。

そわそわしていると、特に動揺もなくどっしりと構えているボルトの前に、とても可愛らしく飾られたパンケーキが運ばれてきた。

「……昼飯、それ？」

「ダメか？　こういうところって、俺みたいなゴツいおっさん一人では入りづらいんだよなあ。だから、可愛いルゥイを道連れにしたんだ。美味《うま》そうだな！　実はこういうふわっふわした甘い物食いたい気分だったんだよ。ルゥイも食えよ。きっとひとつじゃ足りねえだろうから、追加しろよー。誘った俺の奢《おご》りだ。なにせこんな場所に付き合わせちまってるからなあ。居心地悪いだろ。落ち着かねえ顔してる」

ボルトは俺の鼻を一度摘《つま》むと、いただきまーすとフォークを手に取った。

綺麗に飾り付けられたペスカの実の甘い香りが鼻を刺激する。

大口を開けてパンケーキを頬張るボルトを羨《うらや》ましそうに見ていると、俺の前にも皿が置かれた。

まるで塔のように重ねられた四枚のパンケーキには、白い粉と葉っぱと果物《くだもの》が沢山添えられていて、クリームがたっぷり載っていた。ボルトの前に置かれたものとはまた別のパンケーキだった。

甘い香りが鼻を刺激する。

「これ……俺が食ってもいいの？」

「残さず食えよ。残すのはそれを作ってくれた人に失礼だからな」

「でも……こういうのって、特別な時じゃないと食べられないんじゃ」

恐る恐るフォークでクリームを突いてみると、抵抗もなくフォークが沈み込んでいく。そのあまりの手ごたえのなさに驚いてフォークを持ち上げると、フォークの先に白いクリームがついた。

その俺の行動が面白かったのか、ボルトはふはっと吹き出した。

「じゃあ、今日がその特別な日でいいんじゃねえの。俺とルゥイの初めての甘味記念日。そうだよなあ、ずっと野営料理とか肉料理とか干し肉とかそんなもんばっか一緒に食ってたもんなあ。それに初めての、って響きがなんかいい感じじゃねえか。ほら、大事な記念日だ。沢山食えよ」

「記念日……」

だから、その何気なくそういうことを言うのをやめて欲しい。

ニッと笑うボルトの顔から目を逸《そ》らし、熱くなりそうな頬をそっと手の甲で拭《ぬぐ》う振りをして隠す。

記念日なんて……ボルトにとってはなんてことない日でも、俺にとっては一生ものの記念日になるから。今日のこと、忘れられなくなる。こんな贅沢《ぜいたく》に慣れちゃったらどうしよう。

チラリとボルトを覗《のぞ》き見《み》て、ドキドキするのを悟られていないか気にしながらパンケーキにフォークを刺す。一口分を切り取って、ドキドキしながら口に入れると、入れた瞬間甘いふわふわはシュワッと口の中で溶けてなくなった。残ったのは、とても甘い味と、仄《ほの》かな果物の香り。歯ごたえはまったくなかった。

「……」

もう一口口に入れると、またふわっと消えていく。

え、これ、食べ物なの？　そう思って顔を上げると、ボルトがニヤニヤしながら俺の顔を見ていた。

「美味いか？」

「う、美味い……甘い。こんなに甘い食べ物がこの世にあったんだ……美味い」

ポロリと本音が零《こぼ》れる。夢見心地ってこういう気持ちのことを言うんだろうか。口の中に甘い味が広がるたびに顔が緩んでいく気がする。

「……っ、可愛い顔して。ちゃんと追加頼めよ」

苦笑するボルトに、うんうん頷いて、もうひとかけら口に運ぶ。

「……何これ。夢のような食べ物……ボルトと同じくらい好き」

本音がボロボロ零れていく。

何言ってんだよ、と頬をつつかれても、気にならない。

こんなに甘い食べ物、初めて食べた。俺の大好物になりそうだ。

感動的な食感と味に、フォークを持つ手が止まらなくなる。

「こういうの、俺、食べていいんだ」

ぽつりと零すと、ボルトのデカい手が俺の頭をわしわしと掻《か》き回《まわ》した。

「いつでも奢ってやるよ」

いつでも、というボルトの声が胸に染み込んで、とっても幸せな気分が、更に幸せに染まった。

七、俺とボルトとの関係性

「ふうん、買い物をして甘いのを食べに行ったと。しかもそれ、相手の奢り。デートかな？」

「デートですね」

目の前でシェンさんとアルフォードが顔を合わせておかしなことを言っている。

「ルゥイにそんな相手いたんだ。へえ、ふうん、知らなかったよ」

「そんな相手って、パーティーメンバーだから。それに、デートじゃないから」

「聞く限り、ルゥイとその相手の人って相思相愛って感じだよ」

シェンさんがにこやかに告げる言葉に、俺は目の前の本に突っ伏した。

デートだったら最高に嬉しかったんだけど。

俺の下敷きになった本は、パンケーキのレシピ本。

あの味が忘れられなくて、第二書庫でパンケーキのレシピを探していたら、シェンさんがそれっぽい本を次々用意してくれたのはいいんだけれど……。

『ドルティエ』かあ。あそこハードル高いよね。アル君行ったことある？」

「いえ、僕はあまり街を歩いたことがなくて」

「ほんとにー？　アル君とだったら入れるかなあ。それともルゥイ俺と一緒に行く？　俺も行ってみたいのに、あのファンシーな店の外観が鉄の防御に見えて俺にはハードルが高すぎるんだよね」

「そんなことないと思いますよ。だって先輩見ようによっては女性に見えなくもない気がしますから」

「迂遠《うえん》すぎて笑う。それにその褒め言葉嬉しくないから」

二人のやり取りに溜息を吐《つ》きつつ、俺はパンケーキレシピを頭に入れていった。一概にパンケーキと言っても、種類は多様。何層にもなっている物から、何かの形を模した物、上に載せるトッピング別など、一冊の本になるほどのレシピ数に、心が躍った。

「小麦粉と卵とミルクと砂糖か」

「材料だけじゃないよ。道具も揃《そろ》えないといけないんじゃないかな」

「全部雑貨屋で揃うけれど」

「購買でも揃うよ。あと、選択『調理』はパンケーキが必須《ひっす》らしいから、来年あたり取ってみたら?」

「材料代と道具代かあ……」

よし、今はレシピを覚えることに集中しよう。そしていつか、自分であの幸せの味が作れるようになる日を夢見よう。そしてもし、ボルトに作る機会があったら、食べさせてみたい。ボルトに美味いなんて言ってもらえたら、どれだけ嬉しいか。

野営中はあの甘い香りが魔物を呼び込んでしまうから、作る機会なんてそうそうないとは思うけれど。思うだけならタダだ。

口の中で一瞬で蕩《とろ》けるあの不思議な食感、そして、感動する俺を見る優しい顔つきのボルト。そして初めて甘味を食べた記念日。

……ボルトに惚《ほ》れ直した記念日だ。

レシピに目を向けていても、ついつい頭を過《よぎ》るのは、あの店での光景。すべてが夢のようで、俺が俺であることを忘れそうになった。

うっとりしてはハッと我に返るを繰り返し、気付けばもうすぐ学園が閉まる時間になっていた。


孤児院を出て、この学園の寮に入って、ボルトと共に自分である程度稼ぐようになって、ようやくわかったことがある。

俺は今まで、ずっと不自由に生きてきたのかもしれない。

その状況下にいると、自分が不自由だというのはわからないけれど、一歩外に出ると実感できる。

お腹いっぱいのご飯を食べられるなんて、考えてもみなかった。少ない材料で孤児たちの飯作り、洗濯、俺より小さい奴の世話、孤児院維持のための小金を稼ぐ仕事、どれもこれも、自らやりたいと思いながらやったことはなかった。息の抜ける時間がなかったんだ。

狭い部屋は子供たちで溢《あふ》れ、掛ける布団がないから数人で寄り添い、泣きわめくチビたちがいると大人たちが年長組に黙らせろ、と不機嫌そうに命令する。

俺みたいに物心つく前から孤児院にいたならまだいい。それが当たり前だと思っていたから。

でも、途中から事情があって連れてこられてきたチビは、現状を受け入れるまでは泣き続けたり、心を壊しそうになったり、外に逃げてしまったりと、気持ちが追い付かないようだった。毎日の仕事が、孤児院に入った次の日から全て肩に乗ってくるから。入った瞬間から甘えが許されなくなる。俺は孤児院を出てすぐにボルトに出会ったから幸運だったけれど、ギルドで会ったあの孤児院で一緒だった奴みたいにごろつきまがいになる奴も多いと聞く。本当にほぼ何もない状態で放り出されるのだから。

俺は今、雨風凌《しの》げる場所にいて、とても頼りになるリーダーがいて、そして、友人がいる。勉強だって好きな時に出来て、あんな甘くて美味《おい》しい食べ物をいつだって食べられる。

「贅沢だよなあ……」

思わず呟《つぶや》くと、俺の隣で魔物の肉を頬張っていたアルフォードが驚いたような顔をした。

「贅沢って……お前食堂メニューじゃなくて売店で売ってるパンで贅沢なんて言ってたら、何も食べられなくなるだろ。って、もしかして持ち合わせもない状態なのか？　大丈夫か？」

「いやいや、そうじゃねえって」

独り言だよ、と苦笑すると、アルフォードは「だったらいいけど」と不審げに俺を見ていた。

「ねえルゥイ。僕このサラダあんまり好きじゃないんだ。ごめん、食べてくれないか」

そっと差し出してきたのは、いつもは目をキラキラさせて食べている、卵のサラダ。

もしかして、俺が野菜を食べてないんじゃないかとか心配しているとか。

「それ、アルフォードの好物だろ」

「い、今は食べたい気分じゃないんだ！　頼むから食べてくれ！」

ぐいっと皿を押し付けられて、俺は思わず笑いを零してしまった。

いつでもアルフォードは言い訳が下手《へた》くそだ。その下手くそさが嬉《うれ》しくて、笑ってしまう。

本当に、贅沢すぎる。こんなに俺を心配してくれる友人がいるなんて、ちょっと前までは考えられなかった。

クックッと笑っていると、後ろから俺を呼ぶ声が聞こえてきた。

「一年Bクラスのルゥイ君はいるか」

「はい、俺です」

多分先生だろう人の呼び声に応えると、その人は俺の方に近寄って来て、「食事中すまない」と本当に申し訳なさそうな顔をした。

「食事が終わったら、一度生徒指導室に行って貰《もら》えないだろうか」

「生徒指導室ですか」

「ああ。場所はわかるか」

「わかります」

頷《うなず》くと、その人はホッとしたような顔をして、去っていった。

「呼び出された」

「そのようだね。ほら、急いでそのサラダを食べて行ってこいよ」

「俺が食べるのか」

「当たり前だろう。僕はもうそれをお前にあげると決めたんだ。少しは栄養を取らないと、大きくなれないだろ」

僕はお前より少しは大きいからね、とわけのわからない理屈を述べて、アルフォードはサラダ以外の皿を返すために席を立った。

ポツンと残ったサラダとフォークに肩を揺らすと、アルフォードの背中にお礼を言ってから、フォークを手に取った。

卵サラダも好物になりそうだよ。


『農学』の授業に行くというアルフォードと別れて、俺は生徒指導室に向かった。

心当たりは何もない。無意識に何かしたかな、と首を捻《ひね》りつつ生徒指導室のドアをノックすると、中から入室を促す声が聞こえた。

部屋に入ると、理事長とそのパートナーの獣人が待っていた。

「すまないね、授業を一つ潰《つぶ》してしまって。埋め合わせは必ずしよう」

「いえ、大丈夫です」

座って、と席に促されて、俺は理事長の前に腰を下ろした。

「君に来て貰ったのは、訊《き》きたいことと確認したいことがあったからだ」

「訊きたいこと……ですか？」

特に理事長のような偉い人に訊かれるような知識は俺にはないんだけど。

怪訝《けげん》な顔をしていると、目の前にいい香りのカップが置かれた。

「まず、訊きたいことというのはほかでもない。君の育った孤児院や、その周辺の村についてだ」

「孤児院ですか……？　そこら辺の孤児院とそんなに変わりはないと思いますけど……」

その質問に首を傾《かし》げながらも、淹《い》れたてのお茶の香りに顔がほころぶ。

どうぞと勧められて、ありがたくそれを飲みながら、俺は次々と理事長の質問に答えていく。

孤児院ではどういう生活をしていたのか。

子供を守る大人はどうしていたのか。

村人たちの孤児院に対する態度。

村の中での子供たちの状態。

どうしてあんな寂れた村の孤児院に興味を持ったのかはわからないけれど、これでもしあそこのガキたちの待遇がよくなるならいいかと、隠すことなく全てをありのまま話した。

「……なるほどな。わかった。ありがとう……始まりの村付近だというのに」

「嘆かわしいな。さぞ守護樹が荒れていることだろう」

「見えているだろうからな」

頷きあっている二人の会話内容が気になり、俺はそっと手を上げる。

「その始まりの村というのは、なんなんですか？」

俺の質問に、二人は一度会話を止《や》めて、俺に視線を向けた。

「昔、この大陸は人の住めない大陸だったということは知っているかい？」

「はい。この間書庫で読みました」

「そうか。君が住んでいたコメート村は、この大陸で一番最初に人が活動できるようになった村のすぐ近くなんだよ。今では他の街や国のほうが発展してしまって、そういう歴史は埋もれてしまっているけれどね」

「じゃあ、守護樹というのは？」

「あの村からそう離れていない場所に、人族の入れない場所があるのは知っているかい？」

「下級学校で習ったことならあったような、なかったような……」

覚えている知識を総動員しても、あの村から近い場所の守護樹というものは記憶になかった。

首を捻れば、理事長がふむ、と一旦《いったん》席を立って、奥の棚から一冊の本を手にして戻ってきた。

その本を開いて、俺の目の前に置く。

そこには、国の境界も何も記されていない、真っ黒な地図が描かれていた。

「なんか……不思議な地図ですね」

その地図に見入りながら呟くと、理事長は「そうだろう」とその地図を指さした。

理事長の指さした場所だけは、黒く塗られていない。

「ここが、フォルトゥナ国だ。そして、こちらの黒く塗られた場所は、とても強い魔物の跋扈《ばっこ》する生命の活動が維持できない穢《けが》れた土地だった」

俺たちが住んでいる大陸は、全てが真っ黒に塗られていた。

うわあ、と眉《まゆ》を寄せて地図を見ていると、今度は理事長の指が大陸の北側に移動した。

「ここにこのアーンバル上級学園がある『ペルラ街』がある。そして、ここには君が今まで過ごした『コメート村』がある。そして、ここ」

　理事長は、コメート村のさらに上の方に指を動かした。真っ黒で何も書かれていない、目印すらない地図の上。けれど、理事長の指は迷いがなかった。

「ここに、この大陸の礎となる『守護樹』と呼ばれる大樹があるんだ。とても重要な樹で、だからこそ、人はその聖域に入ることは出来ない。あらゆる者が入ることすら出来ない結界に守られているんだ」

「知らなかった……」

「その守護樹がこの大陸の再出発の地なんだよ。そして、守護樹はそこに根付いたその瞬間から今もなお、この大陸を守っている。それなのに、そのお膝元《ひざもと》とも言えるこの地が廃れていくというのを聞くのはとても寂しいことだね」

　理事長の話は、俺が聞いたこともないようなことだった。そんな初めて知った事実に、少しだけ苦い物がこみ上げるような気がした。

　そんな重要な場所なのに、あれだけ寂れてしまうのか。

　けれど、人は大きな街に流れる。あの村付近はもう長らく人の流れができていなかった気がするから、仕方がないのかもしれない。そもそも守護樹の場所は誰も入れないと言うし。

　溜息《ためいき》を呑《の》み込《こ》んで、少しだけ温《ぬる》くなった茶をすする。

　スッとする味が口の中を抜けて、思考がクリアになった気がした。

「冒険者ギルドの内情は既に報告が上がっていたが……」

「まったく、ギルドは何をしているのか……」

はぁ、と顔を見合わせて溜息を吐《つ》いた理事長と獣人は、俺と目が合い、すまないと苦笑した。

「呼び出したのはこちらだというのに何やら脱線してしまったね」

「いえ。大丈夫です。知らなかったことを聞けたんで、雑学の授業だと思っておきます」

「そうだね。そう言ってもらえると助かるよ。では、貴重なルゥイ君の時間を無駄にしてしまってはいけないし、次にいこうか。もう一つ質問してもいいかい？」

質問はこれで終わりにするから、と男性は穏やかな笑顔を俺に向けた。

「君は、どうして上級学校に進学しようと思ったんだい？」

予想外の質問に、俺は目をしばたたかせた。

どうしてそういうことを訊くんだろう。やはり孤児は受け入れられない、なんて言われるのかな。

そんなちょっとした不安を抑え込んで、俺は口を開いた。

「小さいころ、孤児院の近くを通った旅の人に『上級学校に行けば未来に道が拓《ひら》ける』と言われたので、その言葉を信じました」

「近くを通った旅の人……」

「おかしいと思われるかもしれません。実際に周りの大人は悪い大人に唆されたんだと、やめておけと、身の程をわきまえろと俺を窘《たしな》めました。でも、俺はなぜかその人の言葉に嘘《うそ》はないような気がして。……だから、下級学校で必死に勉強して、この学校を受けられました。村で試験を受けられる上級学校がここしかなかったので。あの頃は遠出なんてできませんでしたし」

実際に、あの頃の俺たち孤児は一銭も金を持っていなかった。働いて得た金は、全て孤児院の維持に使われた。それでも食事が足りない時はそっと森に入って木の実を食べたし、そのせいで魔物に食われてしまったチビもいる。

だからこそ、単なる通りすがりの人の言葉一つで金のかかる上級学校に行くと言い出した俺は、周りにとってはとち狂ったとしか思えなかったと思う。

村長なんて最後まで反対していて、こんな寂れた村の人間が街になんて出たらすぐに身ぐるみ剝《は》がされると顔を顰《しか》めていた。剝がされる身ぐるみなんてないと反論すると、さらに苦い顔になった。

なんだかんだでこの学校の手配をしてくれたのは村長だけれど、ボルトに言われたことがあるからか、村を出てきてしっかりと学園に籍を置いても、村長がいい人なのかどうなのかはやっぱりわからない。

ちなみに、俺たちの世話をしていた孤児院の院長は、折檻《せっかん》こそしなかったし、ずっと一緒にいたけれど、一度もいい人だと思ったことはない。

実際この理事長たちと比べたら、悪徳と言ってもいいくらい俺たちを働かせていた。

笑い飛ばされるか呆《あき》れられるかと思った俺の話を、理事長は真剣な顔つきで受け止めた。

「ああ……君は奇跡に出会ったんだな。多分、その通りすがりの旅人は、『刻《とき》の魔術師』と昔から呼ばれている偉人だろう」

口の中で、ときのまじゅつし、と、その言葉を、反芻《はんすう》した。

俺の知らない言葉だった。

シェンさんなら知ってるかも、なんてことを考えていると、理事長はテーブルの上に開いていた地図を閉じ、獣人にそれを渡した。獣人がその本をしまっている間に、居住まいを正し、さて、と口を開いた。

「さあ、次は確認したいことだな」

「はぁ……」

改まった雰囲気に背筋を伸ばし頷くと、理事長がまっすぐ俺を見る。

「君は、この学園の学費を貯めるために休みの日はいつもギルドの依頼をこなしているそうだな。前にも思ったが、自身の身体《からだ》を休めて労《いたわ》らないと、そのうち身体が悲鳴を上げる。せっかくここまで頑張って来たのに、それは自滅行為に等しいと、私は思っている」

はぁ、と俺が気の抜けた返事をすると、理事長は苦笑した。

「君の頑張りが冒険者ギルド内で話題になってね。君が憂えなく勉学に励むため、援助をさせてほしいとの申し出があったんだよ。学費を負担してくれる人が現れたんだ。ただし、かなり厳しめの条件を飲んでもらうことになるけれど、受ける受けないはその条件を聞いてから、君の意思で選んでいいそうだ」

えんじょ、という理事長の言葉が、頭をすり抜けていく。

一度で理解できず、思わず聞き返してしまう。すると、理事長は苦笑しながら説明してくれた。

「え……それって、どういうことですか？」

「しっかりと条件を達成してもらわなければならないから、この申し出は決して施しではない、と最初に言っておこう。受ければ、学費はその申し出てくれた人が全額持つので、君は卒業までこの学園で学ぶことが出来る。そして、卒業までに条件を達成できなかった場合は、その時に改めて条件の内容を改定することになるということを打診されたんだよ。悪い話ではないと思うよ」

　理事長から語られる内容は、俺には意味不明の言葉だった。俺の学費を誰かが出す？　それで、その人のメリットは？　厳しめの条件ってどれだけ過酷なんだろう。だって、卒業までの学費ともなると、かなりの額になるのに。

　それに、俺の状況がギルドに知られてるっていうのもどうも腑《ふ》に落ちない。俺よりよほど努力してる奴《やつ》だっているし、もっと過酷な状況の奴だっているのに、どうして俺にそんな風に手を差し伸べるんだろう。

　そして、冒険者ギルドということは、ボルトとの行動なんかも見られているかもしれないってことか。ボルトから剣を教わったり、魔物の索敵方法を教わったり、薬草の種類を教わったり。そこら辺を見られてるなんてボルトが気付いて、それを嫌がったら……。

　そこまで考えて、ハッとした。

だめだ。今は俺と組んでくれているけれど、俺、足を引っ張りまくりだから、もしボルトが俺に愛想を尽かしてパーティー解消なんてことになったら、いやだとも言えない立場だ。

　ここ最近特に俺を甘やかしてくれるから、それにあぐらを掻《か》いてずっと一緒にいられると思っていたけど、それは俺の甘えだ。

　これ、俺の意思で受けていいもんなのか？　ボルトに相談とかした方がいいのか？　それとも、学園のことなんだからそこまで甘えるなって言われる案件じゃ……。

そんな考えが全て、顔に出ていたのだろう。獣人が俺の肩に大きな手をポン、と置いた。

「依頼人は、まわりに惑わされることなく、自分のことだけを考えてどうするか答えを出して欲しいと言っていたよ。それは、今実際に組んでいるパートナーのことも入っているということだ。まずは条件を話す。それを踏まえて、学費を出してもらうかどうか考えるのが一番だと思う」

低い落ち着いた声に、俺はホッと息を吐いて、顔を上げた。

まわりに惑わされるって、俺、今ボルトのことしか考えてなかった。それを忘れろってことなんだろうか。それはちょっと難しいけれど、確かにまずは条件次第、と自分に言い聞かせた。

「……そうします」

頷《うなず》くと、二人とも満足そうに笑った。


学費を払ってもらう代わりの条件。

それは、毎日剣の鍛錬を欠かさないこと。

それと、卒業までに、一度はゴールドクラスの大型魔物を討伐すること。パーティーでの討伐可。

要するに実績を残すということらしい。

そして卒業までに冒険者ギルドのランクをゴールドまで上げること。最後は、来年の選択科目で『帝王学』を取ること。

鍛錬は毎日やっているので苦じゃないし、選択科目で『帝王学』を取るのは特に問題ない。でも、冒険者ギルドのランクを二年強でゴールドまで上げるのはかなり大変なんじゃないだろうか。それってボルトと並び立つってことだろ。

――ボルトと並び立つ。

フッと湧いたその言葉の響きに、俺は一瞬思考が停止した。

ボルトの横に並び立てるなら、気合入れて頑張れる。大変だけど、それはとても甘美な響きでもって、俺を誘《いざな》った。

これを受けたら、余計なことを気にすることなくランクアップに専念できるだろうか。学園で知識を蓄え、剣の腕を上げて。そして、ボルトと並び立てるようになれるのか。

「これを受ければ、依頼報酬はすべて防具と武器に回すことが出来る。そうなれば、今以上に強い魔物とも対峙《たいじ》することが出来るようになる。身を護る物をしっかり調えることで、さらに大胆に腕を磨くことも出来るようになる」

追い打ちのように、理事長がそんなことを言う。

そうか。授業料だけじゃなくて、武器防具にも金を掛けないといけないのか。確かに、どれだけ授業や書物で知識を得ても俺は素人だし、節約のために自分で打ったものはそこら辺で売っている安い防具よりも性能は劣る。そっちに時間を掛けるのと、腕を上げるのとどっちに時間を割くかの違いか。

一度目を伏せて、よし、と顔を上げた。

自分のことだけ考えると、答えは自《おの》ずと出てきた。

「条件、呑みます」

俺の答えに、二人は満足そうに頷いた。

学園側から提示された援助を受けることにした俺は、授業料を出してくれるのが誰なのか理事長に訊《き》くと、理事長は「匿名でと言われたんだ」と、名を明かしてはくれなかった。

「我々の信頼を得ている人物だから、たとえ条件を達成できなくても、酷《ひど》い条件にはならないから大丈夫だよ」

そう言われても、目の前の二人ですら今日で二度目の顔合わせだ。

まだ信頼しているわけじゃないけれど、少なくとも獣人は嘘を吐かないという知識を信じ、俺は頭を下げた。

放課後、アルフォードと共に書庫に行くと、いつもの如《ごと》くシェンさんが一人で本を読んでいた。

新しい装丁の本は、今日入ってきた物らしい。それをまずは自分で読んでから、内容に合った棚に片付けるんだという。役得役得、と悪い顔でシェンさんが笑っていたのを素直に羨《うらや》ましいと思ってしまった。

さっき生徒指導室で気になった話をすると、シェンさんは紙にサラサラとメモを書いて渡してくれた。

「大体この棚番号のところに『刻の魔術師』の伝承の書かれた本があるよ。冊数は少ないけどね」

お礼を言って早速その棚のところに向かうと、背表紙から『刻の魔術師』に関する題名の本を手にして席に戻る。

アルフォードも探してくれたらしく、俺が机に戻ってくると、『刻の魔術師』関連の本が数冊、すでにそこに置かれていた。アルフォード自身は相変わらず獣人の本を手にしていた。獣人の国の法全書を難しい顔をして読んでいる。

シェンさんは新しい本をニコニコしながら読んでいたので、三人で静かに読書時間を閉園ギリギリまで堪能した。

あの未来を示してくれた通りすがりの旅人は、やっぱり『刻の魔術師』のようだ。

神出鬼没で、ふらりと人前に出てきては、気まぐれに予言とも取れる言葉を残していくらしい。そして、その言葉に従った者は、災難を回避できたり、名が売れたりしたという、実例が書かれていた。確かに俺に声を掛けた時もそんな感じだったよな、とあの時のことを思い出す。ふらりと村に現れて、村をゆったり散歩し、興味津々で集まる村人たちを笑顔で躱《かわ》し、そしてふらりといなくなったあの旅人。

ハーフエルフだと本には書かれているけれど、記憶にある限り、あのフードの横から見えていた耳は普通の人族と同じ耳だった気がする。だってエルフの耳が付いていたら、絶対に記憶に残っているはずだから。

顔を覚えているわけではない。けれど、あの妙に心の落ち着く心地よい声は、今でも心の中ですぐに再生可能なほど俺の中に残っている。

「今日のメニューは何だろうね」

「先輩いつもメニュー見ないんですか？　入り口に一週間のメニューが掲げられていますよ」

「えー、アル君は見てるんだ。あれね、見ない人の方が圧倒的に多いよ。むしろ見るのは食いしん坊……」

「僕は食いしん坊じゃありません！」

「アルフォードは食いしん坊じゃねえよな。ただ、好物がいつ出るかチェックを欠かさないだけだもんな」

俺が横から口を挟むと、アルフォードは真っ赤になって「ち、違う！」と口ごもりながら否定した。シェンさんが笑いながら「そんな口調で言ったら肯定してるようなもんだよ」とアルフォードをからかって、俺もつられるように笑う。

ふと、アルフォードと目が合った。

フッとアルフォードの目が細くなった気がしたけれど、確認しようとすると、アルフォードは「しりません！」とずんずん先に進んで行ってしまった。

でも、ちょっと聞こえちゃったんだよ、アルフォードが今小声で呟《つぶや》いた言葉。

「ようやくルゥイが本気で笑った」と。俺、そんなに笑ってなかったのかな、なんて、アルフォードの後ろ姿を眺めながら首を傾《かし》げたのだった。

◇◇◇

好きなことは、と訊かれたら、読書、と躊躇《ためら》いなく答える。

でも、好きなことと得意なことはまた別らしい、ということを俺は『剣技』の授業で思い知った。

孤児院では剣なんて危ない物は一つもなかったので、木刀で剣の稽古《けいこ》をすることすらなかった。

外に出て初めて重たい剣を持って、四苦八苦しながら魔物を倒して、剣なんて好きじゃないと思った。魔物を切る感触も、好きじゃなかった。

それでもボルトの横に立っていたくて毎日剣を振ると、好きじゃなかった剣も手に馴染《なじ》むような気がしてきた。それにちゃんと腕が上がっていくんだという実感があるのは正直嫌いじゃない。

でも、やっぱり放課後の読書が学園での楽しみで。

その日の授業中、なぜか剣が軽かった。手に馴染んでいなかった練習用の鉄の剣が、いつもよりも扱いやすい気がした。

型をなぞり、相手と手合わせを、という教師のかけ声と共に、俺はAクラスの奴と向き合った。

授業の手合わせの相手は、出来る限り様々な者と対峙する、というのをこの剣技の教師は掲げているらしく、毎回相手は違う。今日の相手も今まで一度も手合わせしたことがなく、俺より大分上背があり、身体も鍛えられているのがパッと見ただけでわかる相手だった。

開始前に目を合わせると、そいつはいつもまわりから向けられる蔑《さげす》むような視線を俺に向けて、見下しているのが手に取るようにわかった。

小さいし力もなさそうに見えるから、それは仕方ないと思う。それに、打ち合い力比べになったら多分俺が負けるのもわかっている。でも、これは剣技であり、力比べじゃないということを、相手はわかっていない。

相手が剣を構えるのを見て、そこそこ強そうだな、と冷静に判断する。

「始め！」

合図と共に飛び出してきた相手の一撃目を剣で止めると、その力強さに手がビリビリと痺《しび》れた。見た目通りの馬鹿力に、少しだけ眉《まゆ》が寄る。正面から向かっても押し負けるのは一瞬でわかった。

全身を使って剣を弾《はじ》き返し、すぐに後ろに飛んで距離を稼ぐ。さらに踏み込んで来たので、足を使い相手の剣をかいくぐり、素早く懐に入って剣を首に向けた。

「やめ！　勝者、ルゥイ」

一本目はあっさりと俺が取った。侮っていた俺に一本取られて、相手はかなり頭に来たようだった。大ぶりの攻撃だから案外避けるのは難しくなかった。

怒り狂った相手はさらに直線的で大ぶりな攻撃しかしなくなったので、俺はさっきと同じように避けて避けて隙を見て懐に入った。と同時に相手の口が何かを呟いた。それは、確かに風魔法の発動詠唱だった。しまったと思ったときには足が浮き、踏ん張ることもできずに後ろに投げ出される。しりもちをついたところで、頬に衝撃と熱が走った。

肩に熱い液体が垂れる感触と、服が濡《ぬ》れていく感覚で、頬が切られたんだということがわかった。

相手はむしろ手加減したような顔で俺を見下ろしていた。

基本、『剣技』の授業中は純粋に剣の腕を磨くという方針が掲げてあるので、魔法の使用は禁止されている。こんな手を使うとは思わなかった。

「油断した」

呟けば、相手は口を歪《ゆが》めて、努めて大声で俺に声を掛けてきた。

「何足を滑らせてるんだよ、なっさけねえ。そもそもちょこまか動きやがって。正々堂々戦えねえのか」

俺が自分で足を滑らせたかのように声高に俺を貶《おとし》めた相手は、フンと鼻を鳴らすと「早く立てよ、三本目出来ねえだろ」と顎《あご》で俺を促した。

頬がじりじりし、数少ない服が血にまみれていく。

血って時間が経《た》つと落ちにくくなるんだよ。いってえし。

俺はサッと立ち上がり、剣を構えた。

「お前もさっさと構えろよ。三本目やるんだろ」

正々堂々と。口だけを動かし、挑発する。

魔物相手に正々堂々なんて笑っちまうけれど、今の相手は人族だったっけ。魔物でも魔法を使う奴《やつ》はいるらしいから、かえって勉強になった。今のは俺が油断したから一本取られた。

剣を構えながら、俺は自分が酷く冷静なことに、心の隅で驚いていた。

相手が足を踏み出した瞬間、俺も片足を前に出し、踏ん張った。

やっぱりなぜか今日は身体《からだ》が軽かった。剣を持つ手がいつもより馴染み、心なしか熱い気がする。

いける、とよくわからない確信があり、俺は身体の動くままに剣を振るった。

ブオンと剣から風が吹いたような錯覚に陥ると同時に、相手の頬に俺と同じような傷がついていた。

もちろん、まだお互い剣が届く位置にはいない。

相手は、目を見開いて俺を見ていた。

いつの間にやら後ろに立っていた先生が、俺の肩をポンと叩《たた》いて剣を下ろさせる。

「終了。三本目はルゥイの勝利だ」

「今のは……」

「今のが『剣技』というものだ。魔力を消費して、剣をさらに強い物にするという技だ。流石《さすが》現役冒険者だな。もうスラッシュをマスターするとは」

「スラッシュ……」

なるほど、剣技か。確かに、さっきまでとても軽かった身体は、少しだけ怠《だる》いような、全力で走った後のような動悸《どうき》がした。

「ルゥイには剣の才能があるようだな」

「そう……なんですか」

教師にそう言われても、実感が湧かなかった。なにせ剣を持ってからまだそれほど経っていないから。そう答えると、先生は「それが才能ってもんだ」と笑った。

「その顔、救護室に行って治してもらってこい。ドウマもだ。ただしドウマ、お前は顔を治して貰《もら》ったら、ここに戻ってくるように。次の授業があってもだ」

いいな、と言われて、俺と相手……ドウマは返事をしてその場を後にした。

ドウマと並んで救護室に向かう。というか行く場所が同じだから自《おの》ずと並んでしまう。

またさっきみたいな目で見られるのもいい気分じゃないので敢《あ》えて声を掛けず視線も向けずにいると、校舎に入ったところで、ドウマから声を掛けられた。

「現役の冒険者って、本当だったのか……？　じゃあ、あの噂《うわさ》は」

その声に、俺に対する侮蔑《ぶべつ》の色はなく、少し拍子抜けした。

「噂がどの噂かわからないけれど、多分どれも本当じゃね？」

「でもじゃあ、剣を持って一年にも満たないって……」

「それも本当。孤児院ではナイフ以外の刃物は持っちゃいけないから」

「……」

俺の言葉に、ドウマはちょっと黙り込んだ。それをいいことに、だんまりで廊下を歩く。

今更押さえるのももう遅いだろうと頬の傷をそのままに歩いているので、ダラダラと血が垂れっぱなしだ。洗って落ちるといいんだけれど。そう考えると段々と腹が立ってきた。

服だってただじゃないんだ。この服は安いけれど、それでも食堂の二食分くらいはするんだ。替えもあと数枚くらいしかないから、貴重な一枚なんだぞ。あ、でも俺が貧乏なのは皆が知っているから、多少シミのついた服を着ていても誰もなんとも思わないかもしれない。よし、それで行こう。

そんなことをつらつら考えていると、「さっきの」という呟きが聞こえた。

「どうやって出したんだ、『剣技』を」

独り言かと思って黙っていたら、盛大な溜息《ためいき》が聞こえてきた。

「卑怯《ひきょう》な手を使ったのは悪かったよ。だから無視しないでくれ」

謝罪の言葉と共に「なあ」と声を掛けられたので、ようやく話しかけられているんだと気付いてドウマの方に顔を向けると、へにょりと情けない顔をしたドウマと目が合った。

「その、さっきは本当に悪かった。授業ごときで負けるなんて情けなくて……でもちょこまか動いて逃げてばっかりのお前も悪いんだぞ。騎士は逃げるのは善しとしないんだからな」

「それ、マジで言ってんの？」

思わず呆《あき》れた声を出すと、ドウマは渋面を作り、「当たり前だろ」と返してきた。

「俺の父はこの国の近衛騎士団の副団長をしていて、その教えを俺たち兄弟は叩き込まれてるんだ。兄二人は剣の腕も立ち、剣技も身に付けて、上級学校卒業後は無事騎士として国に仕えているんだけど、俺は未《いま》だに剣技を出すことが出来ないんだよ、情けないことに。この学園を卒業するまでに剣技が出来ないときっと父に顔向け出来ないな――」

「あーはいはい。切羽詰まってたんだ。大変だなあ、いい家だと」

まだまだ続きそうだったので適当に相槌《あいづち》を打つと、途端にギッと睨《にら》まれてしまう。

でもそんなお家のことを孤児だって公言してはばからない俺に言ってどうするんだよって話だ。

「『剣技』の授業でお前が卑怯な逃げばかりしてるから……！」

「今授業中だっての。他の教室の迷惑になるだろ、うるさいな。それにもう救護室。おら、入れよ、騎士様」

ちょうど救護室に着いたのでドアを開けて後ろから蹴《け》りを入れると、ドウマは油断していたのか、前につんのめりながら部屋の中に突っ込んでいった。ノックし忘れたけれど、仕方ない。

ガミガミ文句を言われる中、先に養護教師にポーションで治してもらった俺は、さっさと救護室を出た。

廊下を歩いているうちに授業終了の鐘が鳴ったのでそのまま教室に向かう。

次の授業の用意をしていると、『剣技』の授業を終えて戻ってきたアルフォードがまっすぐ俺の前にやってきた。

俺の頬を見て、ほっとしたような顔をする。

「綺麗《きれい》に治ってる」

「そうだな。でも頬の傷くらい残っても別にいいんだけど」

「僕の心情的にあまりよくないからやめて欲しい」

「なんだよ、アルフォードの心情的にって」

「自分が怪我《けが》をする分には我慢できるけれど、他の人が怪我をしているのを見るのはちょっと苦手なんだ」

顔を顰《しか》めて目を逸《そ》らしながらそんなことを言うアルフォードに、俺は同情の眼差《まなざ》しを向けた。

なんていうか、色々と知れば知るほど、アルフォードって領主に向いてない性格のような気がする。十を助けるために一を切り捨てるってことが出来なさそう。あ、でもむしろ他人《ひと》の痛みのわかる穏健派の領主になるのか。アルフォード自身は苦労しそうだけれども。

『鍛冶《かじ》』の教科書を手に、並んで廊下を歩きながらふと外を見ると、ドウマが一人闘技場を走っていた。

やっぱり魔法を使ったのは先生にはバレていたらしい。

「アルフォード、お前すげえな。鍛冶の才能あるんじゃねえの」

アルフォードが仕上げたナイフを、鍛冶担当の先生が盛大に褒める。まるで鍛冶スキルでも持ってるんじゃないかと思うくらいに綺麗に仕上がったアルフォードのナイフは、そこら辺の店で売っている物よりも切れ味がよさそうだった。

褒められたアルフォードは盛大に照れている。でもとても嬉《うれ》しそうだ。

「才能があるかはわかりませんが、鍛冶はとても楽しいと思います」

「そりゃよかった。アルフォードは片手剣を打てるようになるのも早そうだな」

「頑張ります！」

ニコニコと気合を入れるアルフォードの頭をわしわしと撫《な》でた先生は、今度は俺の方にやってきた。

「ルゥイも綺麗に出来てる。この間打った物よりいいんじゃないか？」

「そうだといいんですけど」

「ここら辺をもう少し平らに打ってみろ。それだけで強度が上がるから」

「はい」

指で指された場所は、ちょっとだけ厚いかな？　と気になっていた場所だった。そこを重点的に打ち、磨き上げる。

今使っている物よりも上の籠手《こて》が出来て、俺たちは満ち足りた気分で授業を終えた。


次の休日、俺は新しい籠手を手に、腰に剣を下げ、出かける準備をした。

胸当てをして、頑丈な魔物の皮で作られたローブを羽織り、長めのブーツに足を通す。

魔物狩りの定番の格好だ。

自作ハイポーションの数を確認して部屋を出ると、同時に隣の部屋から出て来たアルフォードと鉢合わせた。

「これから冒険者ギルド？」

「ああ。食費稼がないとな」

「そっか。怪我するなよ」

「いや、それは何ともいえねえけど。魔物倒しに行くんだし」

「それでもだ！」

魔物狩りをしに行くのに怪我をするなんておかしいだろとつい笑いながらツッコむと、アルフォードはむっとした顔をしたあと、はっとしたように振り返った。

「あ、じゃあ待っててくれ。この間の授業でランクAのハイポーションが作れたんだ。それを持って行ってくれ」

「は？　ランクA？」

驚いて動きを止めている間に、アルフォードはサッと自室に入って瓶を数本手にして戻ってきた。

確か最初に調薬の先生が「ランクの高いアイテムは、徐々に腕が上がっていくにつれてようやく作れるようになるものだ」って言ってたような……。

四本のハイポーションを渡されて、俺は改めてまじまじとアルフォードを見た。

もしかしたらとてつもなく手先が器用なのかもしれない。領主としてよりモノづくりの職人としての方が大成しそうだ。

でも本人にそのつもりが全くないっていうのが何ともじれったい気がする。

そこらへんは本当に何もわからないから、無責任なことは言えないけれど。

「……ありがとう」

「痛そうな傷を見るくらいなら、僕が作った物をお前にあげるから。自分で作った物も持っているんだろう。いいか、すぐ治すんだぞ。傷を放っておくと血が流れ過ぎて最悪命を落とすんだからな！」

「わかったから。そろそろ時間ギリギリだから、行くな」

「ああ。気を付けて」

顔を顰めて手を振るアルフォードがちょっとおかしくて、廊下を曲がる時チラッと後ろを見たら、アルフォードはまだ俺を見送っていた。その顔が本当に心配そうで、なんだか胸が温かくなって、自然と顔が綻《ほころ》んだ。


いつもよりも大きなウルフ型の魔物が木の間を走る。

それに負けないように足を動かし、剣を振るう。振るった剣の先から斬撃が飛び、魔物がひるむ。

ボルトが足止めのための魔法を飛ばし、ひるんでいた魔物がそれにかかって足を止めた瞬間、二人で一気に近付き、機動の要《かなめ》、足を切り落とす。

落ちた足はすぐさま光となって消えて行き、魔物が痛みのためか威嚇のためか、咆哮《ほうこう》を上げる。

最初は小さな魔物の骨を断つのも苦労した俺の腕は、だいぶ力がついてきたのか、大きめの魔物も難なく断つことが出来るようになってきた。身体《からだ》の動きも軽い。

ボルトが胴体を、俺が首を断ち、魔物は光となって宙に消えていった。

ふう、と肩の力を抜くと、ボルトが近付いてきて、俺の髪をぐしゃぐしゃと手で掻《か》き混ぜた。

「いつの間に腕上げてたんだよ。とうとう剣技使えるようになったのか」

「うん。この間授業でたまたま出たからその感覚をさらって練習してみた」

「そっかそっか……ちゃんと飯も食わねえと身体は作られないから、依頼もこなしたことだし、飯食いに行くか」

「うん」

　がしっと肩を組まれて、ボルトの腕の硬さに心臓が跳ねる。

　怪我してないか、と胴体を手でまさぐられ、胸の奥から熱い何かが湧き上がりそうになって慌て「ない」と答える。

　ぞわぞわするこの気持ちのままにボルトに腕を回せたら、どんな気分になるんだろう。でも、ボルトの横に立って肩を並べていたい気持ちの方が強いから、それをすることは出来ない。

　じっと見つめていたら、ボルトが「そんな目で見るなよ」と苦笑しながら俺の目を手で隠した。

「何を食いたい？　この間、タレの美味《うま》い肉屋を見つけたんだけど、それにするか？　それとも甘い物でも食うか？」

「ボルトは何が食いたいんだよ」

「俺は肉だな。がっつり食いたい」

「じゃあ肉屋で決まりじゃん」

　出来れば高くないところで、と伝えると、ボルトはばっかだなあ、と再び俺の髪をぐしゃぐしゃにした。

「俺の奢《おご》りに決まってんだろ」

「なんでだよ」

「ルゥイを餌付けしたいから」

「餌付け？」

「なんつうか、孤高の聖獣みてえに周りを冷静に観察する珍獣を手懐《てなず》けたいっつうか、可愛がりたいっつうか、純粋に腹いっぱい飯を食わせてえんだよ。あ、あれだ。庇護欲《ひごよく》をそそられるっていうのか？」

「いや俺に訊《き》かれても」

手懐けるって。もう餌付けされてるよ。最初のうちにすでに絆《ほだ》されてるよ。俺が唯一心を許せることが出来るとしたら、ボルトしかいないよ。

出そうになる溜息《ためいき》を呑《の》み込《こ》んで視線を上げると、今度は優しく髪が指で梳《す》かれた。

「……ほんっと綺麗な色だよな、ルゥイの髪の色」

「赤毛なんてそこらへんにゴロゴロいるだろ」

「いや、この髪の色は特別だ」

「なんだよそれ」

自分で前髪を引っ張って、鮮やかな赤い髪に視線を向ける。

なにがどう特別なのか、俺にはさっぱりわからない。

ボルトは俺の髪をいじりながら、目を細めて微笑を浮かべている。

その顔は今まで見たことがないような表情で、俺は何やら胸がざわめいた。

俺がボルトの特別だからこの髪が特別で……なんて訳はないから、もしかして、ボルトはこんな髪の色の誰かを特別に思っているのかもしれない。

もしかしたら、ボルトの心の中に、こんな色の髪を持つ誰かがいるのかもしれない。懐かしいとかそんな顔じゃなくて、懐《なつ》かしそうな、苦しそうな、複雑な微笑。

俺がそんな顔をさせている訳じゃないのが、なんだか悔しい。

胸がズキン、と痛みを訴える。

そういえばボルトはよく俺の髪を触るよな。その特別な誰かを思い出しているんだろうか。

ボルトのことなんて、本当にちょっとしかわからないけれど、でも。

ボルトの大事な人のことだけは聞きたくないなあ、と思い、出そうになった溜息を呑み込んだ。

◇◇◇

冒険者ギルドのランクがブロンズからシルバーに上がった。

どうやら俺にはやっぱり剣の才能があったらしい。

まだ一年の後期。座学の方はそこそこ、でも、剣の方は学年で一、二を争う腕前となった、らしい。

剣技の先生が言うには、先生とそこそこ渡り合える一年は他に数人しかいないんだそうだ。

選択科目で見ていても、『剣技』を発動できる奴《やつ》がまず少ない。

アルフォードは剣が得意ではないらしく、未《いま》だに型の注意を受けている。相手を傷つけてしまうのではと思うとなかなか思いっきり剣を振れないんだそうだ。だったら剣技を受けなければいいのに、と言ったら、アルフォードは真顔で「それは出来ない」ときっぱりと答えていた。

土地を治める者として、ある程度の威厳と知識と腕を持たなければならないんだとか。もし隣国との戦争になったりしたら、自領の騎士隊を率いて先頭で戦わなければならないって。

「人には向き不向きというものがあってな」

「僕が弱いのは知っている！」

「アルフォードは弱いんじゃなくて、優しすぎるんだろ。先頭に立って目の前の人を切りつける命令なんて出せないんじゃないのか？」

「そうなったら、アルフォードの軍は全滅だな」

俺たちの会話に、ドウマが割り込んできた。

ドウマはどうしても『剣技』を身につけたいと言って、あの後俺に頭を下げて教えを乞《こ》うてから、少しずつ話をするようになった。

騎士団命なガチガチの頑固頭なのには辟易《へきえき》したけれど、今では少しだけ柔軟になり、だいぶ話せるようになって、たまに授業で手合わせもするようになった。

初めてドウマが『剣技』を使えた時に、感極まったドウマが俺の胴体に腕を回し持ち上げ、グルグル回し始めた時には本気で殺意を覚えたのは未だ忘れていない。嬉しかったのはわかるけど、俺を巻き込むな。

ドウマの言葉に、アルフォードは一度俯《うつむ》いてから、しっかりとドウマをまっすぐ見据えて言った。

「……その時は、僕は自分の務めを全うするだけだ」

「想像しただけで涙目になってるのにか。アルフォード、それは甘すぎるだろう。そんな甘い気持ちで騎士たちが付いてくるわけないだろう」

「……これからそれを培っていく！」

言い合う二人を俺は少しだけ冷めた目で見ていた。

俺にとっては将来あるかわからない戦よりも、当座の飯の方が大事だから。

二人の意見は、戦の先頭に立って、指揮をする者の視線であり、俺の立場はそこから依頼を受けて、戦場を掻《か》き回す下っ端の冒険者でしかない。だから、俺が口を挟むのは憚《はばか》られる。

使われる方としては、確かにアルフォードよりはドウマが先頭に立った方が士気が上がる気はするけれど。平時にはアルフォードに上に立って欲しいかも、なんて無責任に思っていた。

でも実際に戦争が始まってしまったら、きっとこんな風に悠長に学んだり話してなんていられないんだろうということはわかる。

「でも、僕は争いごとなんてない誰もが豊かな領地にしていきたいんだ」

「豊かだってなんだって騎士団は必要だろ」

「必要だとは思うけれど、君の言葉は自ら戦を仕掛けていこうとしているようにも聞こえる。そんなんじゃ領民は疲弊して土地は痩《や》せていくばかりだろう」

「そんなこと……！」

「はいはいストップ。今授業中。違う立場で言い争いすることほど不毛なことはないから。ドウマ、俺と手合わせしてくれよ」

ひたすら平行線をたどろうとしていた二人の会話をぶった切り、俺はドウマの首根っこを捕まえて闘技場の真ん中に引《ひ》き摺《ず》っていった。

向き合って剣を向け、打ち合う。相手の動きを読んで踏み込んで、最小限の力で急所を突く。

俺の剣技はほぼ全てボルトに教わったものだ。

ドウマの剣を飛ばしながら、あまりの呆気《あっけ》なさに溜息《ためいき》が洩《も》れる。

先生は俺を称賛してくるけれど、俺はまだまだ弱い。だって、ボルトにはまだ遠く及ばない。

ボルトに並び立つにはもっと強くならなければならないんだと思う。だから、学園でたとえ剣技の成績がよくても、俺自身はまったく納得できなかった。


学費を貯《た》めなくてよくなった分、俺は手に入れた金でいい武器を購入するようになった。

武器が違うと今までとは世界が違う。苦労して叩《たた》き切っていた魔物の骨を難なく砕き、難なく切り落とせるようになり、動きも制限されることがなくなった。

そして、武器の善し悪《あ》しを教えてもらい、どれもいい所悪い所があると知った。攻撃力が高いから単純に強い武器、とはいかないところが凄《すご》く面白い。

そうなると、もっといい武器が欲しくなる。

そうやって何度か武器を変えるのを、ボルトは「いい経験だ」と言って見守っていてくれた。

そんな経験は、全てボルトが横で俺に指導してくれたからこそできたことだ。

剣を腰に差しながら振り返ると、風が髪を揺らした。

これだけ動いて身体が温まっていても、そろそろ風は冷たくなってきている。
ボルトとパーティーを組んで、もうすぐ一年が過ぎようとしていた。

八、学園行事で情報入手

この学園では、年に一度騎士団と協力して街やその周辺の森の見回りをする行事がある。開催される時期はその年によって変わってくるようで、今年はあと二か月ほどで二学年に上がるという時期に開催されることになった。

俺たち一年生は、街の中の騎士手伝いが主になる。二年は外壁周辺から森手前までの見回り、三年は森の中の見回り兼魔物の討伐になる。冒険者も手伝いに入るらしいので、もしボルトが依頼を受けていたとしたら森の見回りがちょっとうらやましいと思う。ボルトが学園依頼を受けたのかはわからないけれど。

一年生でも、腕に自信のある者は街の中を騎士団と共に警邏《けいら》しながら見回り、事務作業のほうが得意な者は騎士団内部で書類仕事の手伝いをする、といった具合で様々な場所に別れて作業をすることになる。

俺とドウマは街の見回りで、アルフォードは騎士団内部で書類整理の手伝いをすることになった。

街の中巡回は、あまりトラブルはないらしいんだけど、それも場所によるようだ。

「お前たち、私たちの指示には必ず従うこと。もしトラブルがあった場合、状況を見定めながら、私たちに報告すること。先に手を出すのは絶対にだめだ」

「はい！」

一通りの説明を受けた後、街の巡回地区の割り当てを決められた。

治安のいい場所と悪い場所があり、俺がよく活用する冒険者ギルド付近は冒険者が溢《あふ》れているということで、治安が悪い方に分類されている。

俺からしてみたら、あの村にいる冒険者たちを知っているせいか、ここのギルド付近はむしろ治安がいい方に入ると思うんだけど。あそこでは冒険者が治安を悪くしており、ここでは冒険者たちが荒くれ者を排除してくれている。雲泥の差だ。

俺はまんまと治安の悪い方、つまり冒険者ギルド付近を見回る班に回された。

ドウマは地位が高めなので、もっと治安のいい方に回されている。地位で場所を決めるとか俺にしてみたらほんとかよって感じだけれど、爵位の高い奴らはそういう系の問題を起こしがちだとかなんだとか。

俺の他に同地区を割り当てられた生徒は、二人。どこぞの子爵家の三男と男爵家の次男だそうだ。二人は嫌な場所に割り当てられた、と不満顔をしている。

俺たちと一緒に回ることになった騎士はそんな二人を見て苦笑していた。このコースを巡回する生徒は毎年こうなんだそうだ。

「では、そろそろ巡回に行くぞ。問題があれば私に相談すること。たとえ冒険者に揶揄《からか》われても、ムキになって突っかかっていくな。いいな」

ついてこい、と進み始めた騎士の後をぞろぞろついて行く。

街の端にある騎士の詰め所からギルドまでは少し遠く、普段は巡回場所までは馬に乗るそうだ。

でも今日は徒歩。俺はいつものことなのでなんとも思わないけれど、二人の生徒は不満たらたらだ。

「巡回場所まで馬車とか出さないのかよ」

「徒歩って巡回する時間がなくなるんじゃないのか。非効率的だ」

生徒たちの言い分に、騎士はまたしても苦笑していた。まるで子供たちを引率する教師のような表情だった。まあ、そのまんまなんだけど。

騎士は騎士隊服を、俺たちは学園の制服を着ての行動だ。

俺はボルトに冒険者ギルドで会えたらラッキーなのにな、なんて気楽に考えながら、まわりに合わせて歩を進めた。

小一時間ほど進んだところで、ようやく割り当てられた巡回場所に着いた。そこで改めて巡回の順路を説明される。

まずは騎士団の防具を整備する防具屋、そして騎士団の武器を作る鍛冶屋《かじや》。最後に冒険者ギルドを回り、問題がないか目で見て耳で聞いて確認し、問題があるようならそれを解決するんだそうだ。

騎士団と付き合いのある店にはしっかりと顔を出して、不埒《ふらち》な真似《まね》をする客を牽制《けんせい》する。そして店の者との交流を図り、街の問題を相談しやすいように顔を繋《つな》いでいく。たしかに店と騎士が仲悪かったら商売も見回りもやりにくいことこの上ないよな。

騎士の後ろを歩きながら、俺にとって武器屋や防具屋に顔を繋いでもらえるのはラッキー以外の何物でもないな、なんて超個人的なことを考えてほくそ笑む。学園の行事も捨てたものじゃない。

騎士は、まずギルド通りの端の方にある防具屋に向かった。前にボルトと一緒に防具を選んだところだった。顔繋ぎの意味ねえじゃん、とちょっとだけがっかりする。

騎士の後から店に入ると、見慣れた店員がぱっと目を輝かせた。

「おわあ、ルゥイ君じゃないか。なんか不備でもあった？　防具はそろそろ馴染《なじ》んだ？　ちょっと待ってて、副隊長……騎士様と話をしたら伺うから……て、えっ、学生服着てる。なんで？」

前に来たときにも対応してくれた店員は、俺の格好を見て首を捻《ひね》る。

「今日はその騎士様と一緒に街の巡回なんだ」

説明すると、店員さんは「おおー」と声を上げた。

「アーンバル学園の生徒だったんだ。いつも冒険者装備だったから知らなかったよ。あー、だからボルトさんと一緒にいるのが週末だけなんだね。ボルトさんは昨日も来たよ。今日は指名依頼だからって革鎧《かわよろい》の調整したんだよ」

そうなんだ、などと和やかに話していると、騎士が目を丸くして俺と店員を交互に見た。

「なんだ、お前ら知り合いだったのか」

騎士の言葉に、店員は「はぁ？」と素《す》っ頓狂《とんきょう》な声を上げた。

「なに言ってんすか副隊長様。この子この間シルバーランクになった子っすよ。前に話したじゃないっすか。ボルトさんのところのたった一年でシルバーになった期待の星だって」

「シルバーランク……！」

店員の言葉に、全員が目を剝《む》いた。特に子爵家と男爵家の坊ちゃんたちが目玉が落ちそうな程に目を見開いて俺を見ていた。必須も選択も一緒のクラスになったことはないから今まで交流はなかったけれど、片方がそっと近寄ってきて小さな声で質問してきた。

「冒険者って……なあ、噂《うわさ》は本当だったのか？」

そっと聞かれて、どの噂かわからず首を捻《ひね》る。

「あれだよあれ。孤児だとか冒険者だとか金がなくて昼抜いてるとか、休みの日は冒険者ギルドで稼がないと暮らしていけないとか自力で学費を稼いでるとか訳わからない噂が乱立してるけど」

出回っている噂を丁寧に教えてくれたので、それまだ学園で出回ってるのか、と驚く。

「どれも本当」

そっと答えると、その声が聞こえたらしい騎士と店員が何やら複雑な顔をした。

冒険者なんてそんなもんだろ、と変な顔をする二人に呆《あき》れていると、生徒二人が少し興奮したように話し始めた。

「じゃあ剣の腕がすごいのもうなずけるよな」

「ああ。ドウマ様くらい強いんだろ？」

二人は周りを気にもせず、何やらフレンドリーな様子でぐいぐい来た。

「ドウマに憧《あこが》れてるなら、一緒に剣技の授業受ければよかったんじゃねえ？」

「あの授業は人気だし、それに辛《つら》いって話だから敢《あ》えて取らなかったんだよ」

二人が剣技を取っていないのは、最低限の授業しか取っていないかららしい。

詰め込めるだけ詰め込んだ俺とアルフォードが少数派なのはわかっていたけれど、本当に最低限しか取らない生徒もいたんだと少し不思議に思う。

授業がなくて空いている時間は何をしているんだろう。

素朴な疑問を二人に投げかける前に、騎士に次行くぞと声を掛けられてしまった。

店を出て、次の鍛冶屋に行く途中、騎士はまじまじと俺を見下ろしてきた。

俺より頭一つ分高い身長に、分厚い身体《からだ》。鎧を着てなおスマートに歩を進める騎士は体力もかなりあるんだろう。その目つきは、俺を見定めているかのようで、ほんの少しだけうんざりした。

「君が、ボルトさんと組んでいる冒険者か」

「ボルトを知ってるんですか？」

「ああ。何度か騎士団に誘ってるんだが、毎回すげなく断られてるな。彼の剣は騎士の動きに似ているから、昔騎士をしていたんだと勝手に思っていたが……君は経緯を知っていたりするのか？」

「……いえ」

言葉に詰まって視線を逸《そ》らす。

確かに、ボルトの剣技はかなり綺麗《きれい》で、くすぶっている冒険者たちのような粗野な剣とは違う。

けれど、答えたくないんじゃなくて、答えられないのが、少しだけ胸に刺さった。

ボルトの過去は俺も詳しいわけじゃない。むしろほぼ知らないと言っていい。

……たとえ知っていたとしても、ボルトが教えないことを俺が教えるわけがない。

騎士に答えた訳ではなく、そう心の中で吐き捨てる。

いつか俺にも話してくれるんだろうか。

黙り込んだ俺に騎士もそれ以上突っ込むことはなく、すぐに次の目的地である鍛冶屋に着いた。

その鍛冶屋は、前から気になっていたけれど、上級者向けだからもう少し腕が上がってからとボルトに言われていて、まだ入ったことのなかった場所だ。

「ここは私たち騎士団も武器の調整を頼むところだ。君たちがもし騎士団に入るとしたら、今から顔を覚えて貰《もら》うのも悪くないぞ」

「はい」

すっかり気安い感じにリラックスした二人のいい返事に頷《うなず》いた騎士は、早速店の中に足を踏み入れた。

「よう店主。景気はどうだい？」

騎士が親しげに声を掛けると、奥からガタイのいい男が出てきた。顔には皺《しわ》が刻まれ、すでに老齢といっても差し支えない見た目なのに、身体はがっちりとしていて、醸し出す雰囲気は年を感じさせない人だった。

その鍛冶屋の店主は騎士の後から店に入ってきた俺たちを見ると、ニヤリと笑った。

「おう、アーンバルの生徒か。もうそんな時期か」

「今年は少し遅めだったよ。私たちのほうがなかなか都合がつかなくてね」

「おめえらも色々大変だな。手入れは小分けで頼むぞ」

「ああ」

にこやかに話す二人の横で、俺は壁に掛けられた剣をそっと見た。

値段は付いていない。でもどれも恐ろしく切れ味のよさそうな刃をしていて、俺の全財産を使っても買えそうもないすごそうな剣だった。

「どれくらい稼いだら買えるんだろ……」

溜息《ためいき》を吐《つ》きながら視線を戻すと、いつの間にやら俺の横に来ていた鍛冶屋の店主とばっちり目が合ってしまった。気配にまったく気付かなかった。かなりの手練《てだれ》か俺の気配察知がまだまだ未熟か。両方かもしれない。

少しだけ自分の力量のなさに落ち込みながら店主を見上げると、店主はニヤリと口元を歪《ゆが》めた。

「あれが気になるか」

「ものすごく気になります。どれくらい稼いだら手に入れられるかなって」

ふむ、と店主は腕組みをして、そうだなあ、と考え始めた。

「ありゃあ、ある程度の魔力がないと使いこなせない剣だ。魔剣まではいかないが、ワンランク下くらいのグレードだな。相性がバッチリだと二度と他の剣を使えなくなる。実力をはき違えた輩《やから》には売れねえ剣だな」

「うっわ思った以上にすごかった。店主さんが打ったんですか？」

「おう。ここにあるものはだいたい俺が作った。程度の低いのはむこうの武器屋に流してるな。あっちは俺の弟子の店なんだ」

店主が指さした方向は、俺が懇意にしている武器屋のある方向だった。

「なるほど。だから上級者用なのか……」

「お。よくわかったな。腕のない奴《やつ》がここの剣を使っちまったら、剣の強さを自分の強さと勘違いしちまって伸びしろを縮めちまうのさ。だからこいつらは俺の眼鏡《めがね》にかなう奴らにしか売らねえのよ」

なるほどと納得して頷く。確かに、この剣を俺が使ってサクサク魔物を倒したら、強くなったと勘違いしてしまいそうだ。じゃあ俺はここにある剣をいつ買えるようになるんだろう。

ほんとボルトの言うことはいつでも正しいな、と感心していると、店主が俺の腰にある剣に目を向けた。騎士団から借りた鍛錬用の剣だ。

「お前さんはもう少し筋力をつけた方がいいな。でも瞬発力は悪くねえ。身軽だからか」

「今絶賛トレーニング中です」

「まあ学生なんだし気長にな。ああでも、ほれ、そこにいる副隊長に稽古《けいこ》つけて貰えば腕も上がるぞ」

店主の指さした方を見れば、騎士が肩を竦《すく》めていた。この店主に認められているからには、きっとあの騎士も強いんだろう。なにせ副隊長と呼ばれているくらいだ。

学生を連れて行くのに騎士一人だけだと少ないんじゃと思っていたけれど、思った以上に出来る人だったらしい。

「や、俺にはもう剣を教えてくれる人がいるんで」

俺の言葉に、店主は面白そうに顔を緩めた。

「騎士団の副隊長殿よりも腕のいい剣の師匠なんているのか。面白い。そいつはなんていう名だ？」

「知ってるかはわからないけど、ボルトっていう……」

冒険者で、と続けようと思った瞬間、店主は「おお」と驚いたような声を出した。

「お前さん、もしやボルトの秘蔵っ子か？」

「へ？」

店主の口からもボルトの名が出て、こっちが驚く。

「なんで？」

「それはこっちの台詞《せりふ》だ。なんでボルトの秘蔵っ子が学生服着て副隊長と街歩いてんだよ」

「店主さんもボルトを知ってるんですか？」

「あいつは多分今このペルラ街《がい》で一番有名な冒険者だぞ」

店主の言葉に驚いて「一番……」と呟《つぶや》けば、店主は苦笑しておいおいと腕を組んだ。

騎士は他の二人に店の中に飾ってある剣の説明をしている。二人も瞳を輝かせて剣を見ていることから、こっちの話は聞いてはいないみたいだった。

視線を店主に戻すと、俺はそっと訊《き》いてみた。

「そんなにボルトって有名なんですか？」

「有名も何も。ここは『アーンバル上級学園』がある学生街だろ。そんなところに普通はゴールドランクの冒険者が長居なんてしねえんだよ。治安はいいし、来る依頼は大物じゃなくて学生中心のものがほとんどだ。今日なんかも学生のお守りで森に出てる冒険者もいるんだぞ。そんなところでゴールドランクが活躍なんて出来る訳ねえ。普通は王都や中央王国に行くもんなんだよ。それなのにボルトはここに留まってるだろ。皆ゴールドランクの動向には注意を向けるさ。上得意になる客だしな」

店主は肩を竦めて教えてくれた。

「そっか、そうだよな……でも、じゃあなんでボルトは……」

ここにいて、俺が休みの時には一緒に依頼を受けてくれるんだろう。

俺がボルトを嫌にならない限り、一緒にいてくれると言っていたことを嘘《うそ》だとは思わないけれど。

俺のことは気にせずせっかくの学校を楽しめ、ってボルトは笑って言ってくれたけれど、俺のせいでやりたいことも出来ないんじゃ……。

だってもう、学園に入って一年近くになる。

そろそろボルトもやりたいことが出てくるかもしれない。

「なんでボルトは動かないんだろう」

「そりゃ、お前さんがいるからだろ」

俺の独り言に、店主が呆れたような声を上げる。これは、いい意味に取ればいいのかそれとも俺が原因で、ということなのか。

「俺が未熟だから……？　それとも、俺がボルトと一緒にいたいって我《わ》が儘《まま》言うから、とか……？」

ボルトとパーティーを組んでもう一年近く経《た》つけれど、今はまだ胸を張って相棒だと言えるほどの力がないから。でもそれは、腕を上げればいいのかランクを上げればいいのかすらわかっていなくて。一応、冒険者ギルドに本登録してから一年でシルバーランクになるのは、かなり早いらしい。けれどそれは俺だけの実力とはとても言えず、ボルトがいたからとしか言いようがない。

そんな状態で、俺のためにここでまだ一緒に冒険者活動をしてくれ、なんて、図々しく頼んでいいのかな。

俺はずっと一緒にいたいくらいボルトに惚《ほ》れてる自覚あるけれど、いつもボルトが俺を見る目は保護者視線なんだもんな。これで、もう少し関係が進んでいたりすれば、逆にこんなことを悩まなくてもいいのかな。……進む訳ないけど。

はぁ、と小さく溜息を零《こぼ》せば、それを店主に聞きとがめられた。

「なぁに溜息吐いてんだよ。いっつもボルトはお前さんのことを自慢してるぞ。この間シルバーランクになったんだって？　ボルトが嬉《うれ》しそうに成長が楽しみだなんて、聞いてるこっちが呆れちまうくらい喜んでたんだからな。それなのに紹介してくれねえときた。あいつは独占欲の塊かもしれんな」

「そんなまさか……」

独占欲なんてあるわけない、と視線を落とせば、店主はポンと大きくて皺や傷の多い手を、俺の頭に載せた。

「自慢ばっかりで見せてもくれねえあいつの相棒のことはずっと気になってたんだが、こんな形でお目にかかることになるとは。世間は狭いな」

かっかっかと笑いながら俺の頭に載せた手でポンポン叩《たた》く。

「そんだけ自慢すんなら一度会わせろって言ってんのにボルトの奴、出し惜しみしやがって。今度一緒に顔出しやがれ」

「でも俺、まだ剣の腕がいまいちだからこの店は早いってボルトに」

「そりゃあボルトは剣でごまかされることなくちゃんとお前さんに実力を付けさせたいからだろ。可愛がられてるよな。でも別に剣を買いに来なくてもいいだろ。ボルトのサブの剣を預かってんだ。出来上がってるから取りに来いって伝えておいてくれ」

「それどう考えても俺が伝えるよりボルトがここに取りに来る方が早いよ」

　一応次に会ったときには伝えるけど、と店主を見上げてから、壁の剣をもう一度眺める。

「あの剣もボルトだったら使いこなせるんだろうなあ」

「逆にあいつにはこの剣は物足りねえだろうな。もっと尖《とが》った性能の剣でもあいつの腕なら使いこなせる。そんな奴に育てられてるんだ。自信持て」

「自信かぁ……」

「ほらほら自信なさそうな顔してるぞ。期待のルーキー」

　背中をバン！　と叩いて、店主は店の奥にいる騎士たちの方に行ってしまった。

　言いたいことだけ言いやがって、と思いつつ、思い返せば店主の言葉は俺を元気づけるものばかりだった。自信かぁ。今一番俺の欲しいものかもしれない。

　大きな背中を視線で追えば、店主は目を輝かせている二人の生徒にも、俺にやったように背中をバンバン叩いていた。

　とりあえず、ボルトが俺のことを周りに話しているって知れたのはいいとしよう。まだ俺を手元に置いて育ててくれるってことだもんな。

――俺のせいでここから動けないなんてことは。それは、ボルトに直接訊かないと、どうしようもない。……答えが怖くて訊ける気がしないけれど。

もう一度吐きそうになった溜息を呑《の》み込《こ》み、壁に飾られた剣を見上げる。

これを使いこなせるようになったら、ボルトの庇護下《ひごか》から出て、ちゃんとボルトの相棒だって名乗れるのかな。それとも、ここの剣は俺には物足りないくらいだ、なんて言われるようにならないとだめかな。

とりあえず目標はここの剣を買えるくらいになること。

それくらいできないと、自信なんて持てない。

よし、と頷《うなず》いて、俺は騎士たちに合流した。

「お前ら遊びじゃないんだからな」

そんな風に騎士に注意されるほどに鍛冶屋《かじや》の店主と話し込んだあと、店主に見送られながら俺たちは騎士に連れられて次の店に向かった。

子爵家と男爵家の二人は、最初に出ていた文句は引っ込んで、目を輝かせながら絶対将来あの鍛冶屋で武器を注文する、と息巻いていた。いつの間にやら、二人の学園卒業後の目標が騎士になっている。そして騎士の後ろを歩くその姿が、少しだけ誇らしげだった。さっきの店で何かあったんだろうか。情操教育か……？

ゴクリとつばを飲み込んで騎士を見れば、目が合ってニヤリとされてしまった。

鍛冶屋からギルド通りの広場に出ると、騎士は道沿いの露店で立ち止まった。

「巡回の途中、腹が減ったらちゃんと食うこと。腹が減っているといざという時に力が出ないからな」

そう言いながら騎士が露店で売っていたパンを俺たちに買って渡してくれる。

少し硬いパンの背に切り込みが入っており、そこには焼かれた肉が挟まっている。

俺もよく買うパンだった。

いつもより肉が多い気がするのは、騎士と冒険者との違いなんだろうか。露店のおっさんの態度もいつもよりも丁寧な気がする。

そっと様子をうかがっていたら、おっさんはいつもはない愛想を騎士に振りまいていた。

「食べたら、次は冒険者ギルドに行くぞ」

騎士が最後のひと欠片《かけら》を口に放り込み、俺たちを急《せ》かす。

「学生を連れて行くと毎年必ず一人は絡んでくる冒険者がいるから、気を引き締めろよ。建物の中での乱闘は御法度だ。しょっ引くはずが自分たちがしょっ引かれたらしゃれにならないからな」

脅しを掛けるように騎士が俺の横に立っている二人の生徒に視線を向ける。

「か、絡まれるって、どういった感じにですか……?」

心なしか顔色を悪くしながら子爵家の三男が訊くと、騎士はニヤリと笑った。

「まずはガキ扱いだな。坊主は家に帰って母ちゃんのおっぱい吸ってときな、ってのは常套句《じょうとうく》だ。大抵ここで、学生が反発してしまう。それを楽しんでいる性悪なおっさんが大量にいる。な、ルゥイ君」

「いや、そこで俺に振られても……」

ジト目で騎士を見上げると、騎士は豪快に笑って、びびっている生徒たちの背中をポンポンと叩いた。


冒険者ギルドは閑散としていた。それもそのはず、今は昼過ぎ。皆は朝一で依頼を受けて、今まさに依頼をこなしている最中の時間だ。

受付嬢もかなり暇そうにしている。

そして顔を上げ、ドアを開けた騎士を目にした受付嬢は、目に見えて表情を輝かせた。その変化を見てしまって、何やら見ちゃいけないものを見た気分になる。

「副隊長様！　今年も学生たちのお世話お疲れ様です！　待ってましたよ！　今年は三名ですね！

……あれ、ルゥイ君？」

「っす」

俺が頭を下げると、受付嬢はうわーうわーと言いながら俺を頭からつま先までじろじろ見て、何やら楽しそうに笑った。

「すごく似合ってるわ。その制服、ボルトさんに買って貰《もら》ったんでしたっけ」

「まあ、そんな感じ」

「ボルトさんに見せたことあるんですか？」

「そういえばないかも」

そういうのはお披露目するものでしょ、と受付嬢にツッコまれつつ二人で話をしている間に、騎士は二人に施設内を説明している。その仕事はここで俺と話している受付嬢の役目じゃないのかな。

あれいいの？　と騎士たちを指さして受付嬢に訊いていると、併設された食堂から俺と同じシルバーランクのセバルという男が顔を出した。

セバルは問題になるような悪い奴《やつ》ではない。ただ、新人を揶揄《からか》うのがとても好きで、俺もここに来た当初は散々揶揄われ、その都度ボルトに軽くいなされていた。ギルド職員いわく、世話焼きらしく、新人を見ると放っておけなくて、一緒に依頼を受けたりしているらしい。悪い人じゃないのはわかるけれど、揶揄いの限度は知らないので、だいぶウザい。

今日もあからさまに楽しそうな顔をしている。揶揄う気満々か。

「おうおう副隊長じゃねえか。何だ今日は。ねんねの坊主の世話か？　騎士団様も毎年学生の世話なんて大変だな。忙しいだろうから俺が代わりに世話してやるよ」

騎士は苦笑いで口を挟まず様子を見ている。

のそりと出てきた体の大きな冒険者に、生徒二人は固まった。

「今年は何人だ？　副団長様が出てくるなんて、よほどの問題児なのか？」

んん？　と身を屈《かが》めて子爵家の三男の顔をセバルが覗《のぞ》き込《こ》む。

三男はかちんと固まった後、助けを求めるように俺に視線を向けた。

その視線を追って、セバルの視線が俺に向く。

途端にその口からグフッという汚い音が漏れた。

「ルゥイじゃねえか……っ、似合わねえ格好しやがって、お前冒険者はどうしたんだよ。ボルトと同じゴールドを目指すとか青臭く言ってたのは嘘だったたってのか」

「うるせぇぞセバル」

そんなことお前の前で言ったことねえよ、とセバルを睨《にら》みつけると、セバルはニヤリと笑って、なるほどな、と一人頷いていた。

「ボルトに追いつける気がしねえから、学園なんてお上品なもんに通ってんのかぁ」

俺を揶揄っているのはわかっているけれど、少しだけ頭に血が上った俺は、とりあえず手に魔力を込めてセバルに近付き、その力を込めた拳《こぶし》を振りぬいた。

今、一番言われたくない言葉だった。ここで反応するのはよくないっていうのはちゃんと理解しているけれど、だからと言って我慢する気はサラサラない。

とてもいい手ごたえがして、目の前のセバルの巨体がずりずりと地面にはいつくばっていく。

綺麗《きれい》に鳩尾《みぞおち》に拳が決まり、一撃でセバルが撃沈する。

「副隊長、巡回を邪魔するうるせえ奴を黙らせました」

きりっと見上げれば、騎士が顔を手で覆って盛大に溜息《ためいき》を吐《つ》くのが目に入った。

すぐに復活したセバルを引き連れて、俺たちは冒険者ギルドの個室に通された。

初めて入る個室は案外狭く、俺たち五人が入るとそれだけで手狭に感じる。

一応応接ソファとテーブルがあり、商談はできそうだけれど、ここはたぶん一般の商談用個室なんだと思う。

「すまないな、セバル。今年は特に血気逸《はや》った生徒でな」

「いや、ルゥイとは知らねえ仲じゃねえし、気にすんな」

「赤の他人っす」

騎士ではなく俺がそう返せば、セバルが苦笑した。

一連のやり取りに、一緒にいた二人の生徒はだいぶビビっている。

「ルゥイ君も謝罪を」

騎士に促されて、俺はしれっと口を開いた。

「謝罪するようなことはしていません」

「今日は手を出すのは御法度だと初めに注意したはずだ。君は今日は冒険者ギルド員ではなく、私の下にいる。騎士としての行動をと言っているんだ」

「騎士は侮辱されても謝罪するんですか。それは知りませんでした」

諭すように言われても、どうしてもあのセバルの言葉だけは許せなくて、反発する。

別に学園に通う理由は、どんなことを言われても気にしない。けれど。

――ボルトに追いつけない。

自覚しているからこそ、聞きたくない。認めたくない。

ボルトがすごい人なのはもとから知っているし、そんなボルトに追いつきたい、肩を並べたいというのは俺の目標で。けれど、その目標はまだとても手の届かない遠いところにあって。

でも、絶対にそこに手を届かせようとするのをへし折りに来るなら、俺はそれを受けて立たなければならない。

ギラリとセバルに視線を向ければ、セバルはなぜか楽しそうな顔をしていた。

「いやあ、若いねえ」

殴られたことなど忘れたように、セバルはくっくっくっと笑った。

「俺も本当はそっちの二人に絡もうと思ったんだけどな」

セバルに指さされ、二人はヒッと顔を青くした。

「ボルトといないルゥイなんて激レアなんでな。ついだ、つい」

「なんだよ激レアって。最近はそんなにボルトと一緒にいるわけじゃ……」

「何言ってんだよ。ルゥイがここに来るときはいつでもボルトと一緒だろ。一人で立ってんのなんて見たことねえよ」

「……」

言われて気付く。

確かに学園の日以外、つまり休みの日は朝から晩まですべてボルトと一緒だ。それこそ、宿もボルトのところに転がり込むから、学園が始まる日の前の夜までずっと。

最近は週に二日しか会えなかったから、ボルトとかなり距離が開いている気がしていたし、全然会えていない気がしていたけれど。

「ルゥイ君はボルトさんによほど気に入られてるんだな」

騎士が肩を竦《すく》めてそんなことを言う。

今日一日騎士と共に店を回ってきたけれど、皆が皆ボルトの名を口に出す。

ボルトがここまで皆に注目されていたなんて、今日の今日まで知らなかった。

「ルゥイがいるときなんてボルトはべったりだぜ。俺らが入る隙もねえよ」

セバルの言葉に、俺は心の中で否定した。逆だよ。俺が、ボルトにべったりなんだよ。

ボルトが文句を言わないのをいいことに。

視線をセバルから外せば、騎士が口を開いた。

「さ、そろそろギルド職員を呼んで、まとめるぞ。それが終わればここから騎士団詰所に戻って解散だ。最後まで嫌がらずに歩けよ」

その騎士の言葉が聞こえたのか、タイミングよくドアが開いて、ギルド職員が部屋に入ってきた。

俺に一発で伸《の》されたセバルを指さして笑ったあと、ニヤニヤ顔で俺を見ながら、職員は「ほらほら、今日一日くらい自分の部下をちゃんとまとめてくださいよ」と騎士すらも揶揄った。

「今日は見回りお疲れ様です。ルゥイ君がこのコースなのは想定外でしたが、まあ貴族たちのことは貴族の生徒にお任せして、お仕事をしてしまいましょう」

職員は冒険者ギルドの流れが書かれた紙を俺たちに渡し、騎士が必要になる場合の注意事項や、ギルド内の規律のことなどを説明してくれた。

「学園を卒業したあと、ここでの就業も斡旋《あっせん》していますので、是非我が冒険者ギルドへ」

「……」

ものすごく小さな声で、子爵家の三男と男爵家の次男が返事をする。いや、ほぼ聞こえなかったので返事をしたとは言えないかもしれない。

なるほど。冒険者ギルドの職員っていう道もあるわけか。

渡された紙を見ながら、俺は村のギルドを思い出し、ないわ、と首を横に振った。

少しの間そこで話をし、職員と騎士が話をまとめたところで、ようやく終わりとなった。

セバルは一緒の席に着くことはなく、扉に背を預けて腕を組んでいたので、もしかしたら見張りか何かをしていたのかもしれない。

騎士たちと共にぞろぞろ個室から出ると、最後に部屋から出てきたセバルが俺の背中をポンと叩《たた》いて、小さい声で「今日のわびに飯奢《おご》るから帰り寄れよ」なんて言ってきたので「やだ」と一蹴《いっしゅう》し、冒険者ギルドを出る。

その背後では、とうとうルゥイに一撃でやられたと大盛り上がりに盛り上がるセバルの仲間たちの声が聞こえていて、騎士が忍び笑う。でも俺は聞かなかったことにした。

「なあ、怖くないのか？」

帰り道、子爵家の三男にそう訊《き》かれ、首を傾《かし》げる。

「どこが怖いんだ？」

「だってああいう荒くれ者に絡まれるとか、普通ないだろ……」

俺は日常茶飯事だよ、と答えれば、なぜか「お前すごいな」と感嘆の声をあげられてしまった。

「すごいも何も。言ったろ、俺は貴族じゃなくて、孤児だから。ああいうのに絡まれて育ってきたようなもんなんだよ。やられる前にやれって孤児院の上の奴に教わって育ったからさ」

溜息と共にそう教えれば、今度は男爵家の次男がふっと視線を落として呟《つぶや》いた。

「実は俺んち結構貧乏な男爵家でさ。兄さんが家を継いだら俺、騎士になるか家を出て自分で身を立てないといけなくて。もし学園を卒業してから就職先がなかったら、冒険者になるしかないとか兄さんに言われててさ。どんなところかと思ったけど……なんか、やっぱり俺には無理かも」

「それを俺に言ってどうするんだよ」

言う相手を間違えてると溜息を吐くと、男爵家の次男は「だって」と口を尖《とが》らせた。

「君みたいに強い人でもあんな大人に絡まれるんだろ。だったらやっぱり俺は騎士になって身を立てることにする。副隊長は歓迎するって言ってくれたし」

「僕も騎士団に入ろう。継ぐ爵位もないし。副隊長様は大歓迎とおっしゃってくださったし」

時刻は夕刻。そろそろ街は帰ってくる冒険者と家に帰る街の住民で溢《あふ》れ返っている。

騎士団詰め所に行くには、このギルドのある大通りを抜けた後、もう少し先から少し人通りの少なくなる道を一時間ほど進む。

なるほど騎士へのスカウトはこうやって学生行事の時に行うのか。もしかして、ギルド付近を回る生徒は、下級貴族の次男とか三男とかそこら辺なのかもな。そうすれば後くされなく騎士団に勧誘できるから。

悠々と前を行く騎士の背中に視線を向けると、ちょうど振り返った騎士と目が合ってしまった。

その口が一瞬ニヤリと持ち上がったのは、俺の思考を読んだからではないと思いたい。

しばらくは人波を掻《か》き分けるように歩を進め、人の流れがなくなってきたところで、騎士は二人を振り返った。

「今日はどうだった」

「とても、ためになりました。将来を見据える指針になりました」

「僕も、改めて、色々考えさせられる日でした」

二人は真面目《まじめ》くさった答えを騎士に返した。

騎士はふむ、と頷《うなず》いて、俺にも話を振った。

「ルゥイ君は、今日一日冒険者ではない者の視点から冒険者ギルドを見て、どう思った」

「ボルトはすごいんだなと改めて思いました」

俺も真面目くさって答えると、騎士はふふっと声に出して笑った。

「皆それぞれ実りある一日だったようだな。そしてルゥイ君。君もな」

「何のことだかわかりません」

確かに、今日一日でかなり考えさせられた。セバルに図星を突かれて手が出てしまうほどに。

ボルトがこの街でどんな風に過ごしているのかを垣間見ることが出来たのはよかった。

けれど、ボルトの背中はさらに大きく、その背中を預けてもらえるようになるのはかなり困難なんじゃないかということがわかってしまった。

一年でシルバーランク。当たり前じゃないか。隣にはゴールドランクのボルトがいるんだから。

最初はボルトだけが魔物を討伐し、戦い方を見せてくれた。俺も魔物を倒せるようになったら、今度はボルトがちゃんと俺に討伐できそうな強さの魔物を見極めて、安全な状態で討伐させてくれた。危ないときはボルトが助けてくれて、傷も治してくれて。おんぶに抱っこで。これで一年経《た》ってもブロンズだったら俺はもうボルトの横になんている資格もない。今もあるのかは疑問だけれど。

学園の授業料は冒険者ギルド関係者の誰かが厚意で援助してくれた。もちろん学園にいる間にゴールドランクになれとか、かなりの無理難題を出されたけれど。

でも、今日街の中を巡回したおかげで、『学費が問題なくなったから休みの日も依頼を受けずに勉強する』、という選択肢はなくなった。俺は、たとえ上級学校を卒業しても、ボルトと一緒にいたい。これは一時的な感情なのかどうかわからないけれど、それでも、この気持ちは絶対に嘘《うそ》じゃない。

どれだけいい職があろうと、俺はボルトと一緒にゴールドランクの冒険者として、ボルトの隣でやっていきたい。

それを自覚できたのはよかった。明日からも頑張ろう。

せめて、ボルトの背中を俺が守れるくらいに。

そう気合いを入れた俺が次の休みにボルトにされた提案は、俺の心をぐらぐらと揺さぶるものだった。

九、調べたら……どうなるんだ

目の前には俺の背丈の倍はある鹿型魔物。左右に広がった角全てが武器となり、俊敏な動きと合わせてかなりの難易度を誇る魔物だ。

「気高き風の精霊よ、俺たちの周囲に力を纏《まと》わせ、その速さを見せつけろ！　超風速《ハイスピード》！」

ボルトの詠唱で俺とボルトの動きが格段に良くなる。

俺がシルバーに上がった時点で、ボルトはガンガン魔法を使うようになった。今までは剣に集中して教えるかのように、ひたすら剣で魔物を倒していたけれど、今度は補助魔法を使って魔物を倒す方法を俺に詰め込み始めた。今までよりも格段に魔物を討伐しやすくなった。けれど、俺は未《いま》だに自分以外の人に補助魔法を掛けることに成功していない。

でも自分の身体《からだ》に身体強化の魔法をかける分には、詠唱もなく簡単に出来た。

これはあれだ。前に冒険者ギルドでセバルに一撃入れた時にやったことの応用だった。セバルを一撃で仕留められたのは、身体強化の魔法のおかげだった。

目の前の素早い魔物よりも速く動き、お互い一撃で身体を半分にする。ボルトが首を斬り、俺が胴体を斬ると、魔物はそのまま光となった。

「参った。この強さの魔物でももうルゥイには物足りないか」

「そうでもない。ボルトの補助がないと多分苦戦するから」

ドロップ品を確認しながらボルトの言葉を否定すると、ボルトは「あのな」と溜息《ためいき》を吐《つ》いた。

「補助魔法一回ぽっちでこれだけデカい魔物を半分にするってのは、剣持って一年の奴《やつ》には普通無理だからな？　あの魔物、シルバーランクでも上位に位置する強さの魔物だぞ」

「補助魔法と剣がいいからじゃないのか？　この剣、すごく切れ味がいいから」

ボルトは、それに対して何か言いたげに口を開き、しかし何も言わずに口を閉じてガリガリと頭を掻いた。

剣を鞘《さや》にしまうと、よし、と手を打つ。

「ずっとどうするか迷ってたんだが、ルゥイ、自分の魔力値って知ってみたくないか？」

「魔力値？　ああ、あの、ギルドで有料で調べられるってやつ？　別に戦えるなら知らなくてもいいけど」

そんなことに金使いたくねえし、という俺の呟きはしっかりと拾われていたらしい。

ボルトはふと真顔になって、まっすぐに俺を見た。

「俺が出すよ。俺がルゥイの魔力値を知りたいんだ。ルゥイの成長が早すぎて、正直戸惑《とまど》ってるけどな」

「俺が成長するのはダメなのか？」

「そういうんじゃねえよ……だってお前、一人前になったら、独り立ちだって視野に入れるだろ。ってかもともと俺が無理やり世話焼いてるようなもんだ。ルゥイに一人で自分の力を試したい、なんて言われてみろ。俺はいい顔して先輩ぶってお前を手放さないといけない」

「え……それって……」

ボルトの言葉に俺は固まった。

どういう意味に取っていいのか、全くわからなかった。だって、魔力値を測ろうと言い出したのはボルトで、俺の魔力値を知りたいと言ってるのもボルトだ。ってことは、心の中ではそろそろ俺を手放そうとしているってこと、なんだろうか。

魔力値が低かったら一緒にいられるのか。それとも、どうやっても俺と離れたいのか。

初めて、ずっと一緒にいたいと思った人が、俺にとってはボルトだった。

俺に向けてくれる笑顔が好きで、俺が何かを出来ると我が事のように喜んでくれるのが好きで。頑張ったな、なんて頭をガシガシと掻き混ぜる掌《てのひら》が好きで。俺が怪我《けが》をすると、ちょっとだけ焦ったような声で「仕方ねえなあ」なんて高いハイポーションを惜しげもなく使ってくれるのが好きで。

その後少しだけ後悔したような顔をするボルトに、もう二度と怪我はしないと心に誓うくらい、落ち込む顔をさせたくなくて。

こんなに早く、ボルトと離れないといけない日が来るなんて。この間、せめてボルトの背中を守れるくらいには強くなって、絶対にボルトと一緒にいようと気合いを入れたばかりなのに。

自慢のルーキーじゃなくて、自慢の相棒になりたいと、思ったばかりだったのに。

じん、と鼻の奥が痛くなった。

こんな感覚、ずっと昔にあったきりだ。

「おい？　ルゥイ？　たかが魔力値測定に何泣いてんだよ！　そんな痛いとか怖いもんじゃねえっ

て！　なあ、どうしたんだ？」

おろおろと俺の顔を覗《のぞ》き込《こ》んだり焦ったように背中をさすってきたりするボルトの行動を見て、俺はようやく自分の目から涙が零《こぼ》れているんだということを自覚した。

不覚にも、俺はボルトの目の前で泣いてしまった。

泣くなんて何年ぶりだろう。小さいころに俺の飯を年上の奴に食われた時に大泣きしながらそいつをグーパンチして以来じゃないだろうか。

熱くなる目頭と、反対に冷えていく、心。

零れていく涙は、想定外過ぎて止めることも出来ない。

ボルトがこれだけ慌てた顔をしているのが俺のせいなのは嬉《うれ》しいけれど、でも、ボルトと離れることを考えたら、全然まったく嬉しくない。

視線を下に向けたら、視線の先にボルトの上着が目に入り、手が伸びる。

ボルトの服を摑《つか》む俺の手は、自分で見ても庇護下《ひごか》にいる子供の行動としか見えなくて、その繋《つな》がれた手にもがっかりする。これだから、ボルトが保護者の顔をせざるを得ないんだ。

離さないと、そう思っても、意に反して絶対にボルトの上着を離せない。嫌だ。離れたくない。

「……魔力低かったら、パーティー解消しなくていいのか……？」

けれど、口を開いて飛び出した言葉は、より俺の幼さを強調しているようで、自分でも情けなくなった。情けない俺では、ボルトは嫌がるかもしれない。それはわかっても、零れ出る言葉は、止めることができなかった。

「あ？」

「だったら俺、魔力値少なくていい。俺がどんなだったらボルトはまだ俺とパーティー組んだままでいてくれる……？　魔力高かったら、独り立ちしないと、だめなのか……？」

何かを手にすること、自分のものにすることなんて、どうしたらいいのかわからない。

でも、こんな風に泣いて我《わ》が儘《まま》言ったところでどうしようもないのは知っているし、そんな感情は既に自分の中にはないと思っていた。けれど。

「俺……ボルトと一緒にいたい……っ」

ぐす、と鼻が鳴る。久しぶりに感情が揺さぶられて自分で抑えるのが難しい。でも、一方では頭の片隅でやけに冷静に「こんな風にガキみたいに泣き喚《わめ》いたって最悪な状態にしかなるわけない」と諦《あきら》める気持ちもある。

「バ……ッカだな……っ、いや、馬鹿なのは俺か」

ボルトはあーもう、とやけくそのように叫ぶと、羽織っていた使い古されたローブで俺の身体を包み、袖《そで》で顔をごしごしと拭《ふ》いた。

土埃《つちぼこり》のついた服の袖で顔を拭かれ、それが口に入り、けほ、と咳《せき》が洩《も》れる。

「あ、わり、こんなもんで拭いたから顔が真っ黒だ。とりあえず討伐報告して、その顔を洗うか」

「……うん。ごめん」

真っ黒な顔で泣き喚く自分はどれほど滑稽《こっけい》なのか。

ローブ越しに抱きしめられた身体はその力強い腕に喜んでいるのに、ボルトの服を未だに掴んでいる自分の手は情けなくて眩暈《めまい》がしそうになる。そんな相反する気持ちがキシキシと音を立て、胸が痛くなる。

その痛みがさらに涙を溢れさせたので、俺はボルトから距離をとるために、ボルトの身体をぐいと押した。

そして、自分の袖でぐいと顔を拭《ぬぐ》う。少しだけ濡《ぬ》れた袖が、俺をまだガキだと知らしめる。

一つ呼吸をすると、俺はボルトを見上げた。

「さっきの我が儘は聞き流して欲しい。気の迷いだから。忘れてくれ」

必死で普段の顔を作りながらそう言うと、ボルトは困ったような顔で一歩距離を置いてくれた。

「まあ、落ち着くためにも飯でも食いながら色々話すか。とりあえずこれだけは言っておくけどな。ルゥイ。俺は、ルゥイとパーティー解消する気はねえよ、今は」

「ん、じゃあ、解消したくなったら伝えて欲しい。その時は……笑って別れるから」

泣いて、喚いて、胸の痛みを知って、自分の葛藤《かっとう》と幼さを知ったからこそ、今の一言はとてつもなく気力を使わなければならなかった。

けれど、今まで生きてきた通り、そういうものは最初からなかったと思えばいい。大丈夫。一人でも生きて行ける……。

そう小さく呟《つぶや》くと、もう一度ボルトの腕に強引に抱き込まれた。

「あのな。俺らは本当にもう少しお互いの話をした方がいいのかもな。ルゥイの腕もだいぶ上がったことだし。本当は、ルゥイが学校を卒業して、ゴールドになるまで待つ気でいたんだが……思った以上にルゥイの成長が早すぎて、俺のほうが戸惑ってるんだよ」

　ふぅ、というボルトの吐息がローブ越しに聞こえる。

　ボルトの手が、俺の襟足の髪を優しく梳《す》く。それは子供が癇癪《かんしゃく》を起こしてあやされる時の動きとは違う気がした。

「ただし、話をして、俺のことが信用できなくなったら、その時は逆にルゥイが俺に言ってくれ。パーティー解消したいって」

「そんなこと俺が言うわけない」

「いや、もしかしたら言いたくなるかもしれねえだろ。ほら、とりあえず街に戻るぞ。そして、俺の宿に来い。今日は外泊届けは出してるのか？」

「うん。大物を狩るって言ってたから、もしかしたら日を跨《また》ぐかもと思って」

「思った以上にサクッと終わっちまったけどな」

　苦笑するボルトの表情はいつもと変わりなく、俺の気持ちもさっきよりはだいぶ落ち着いた。

　ボルトは俺を腕から解放すると、今度はそっと手を繋いで、歩き出した。この手繋ぎは、保護者としてなのか、それとも違う気持ちがあるのか。わからないけれど、振り払う気にはならなかった。

「ボルトが強すぎるのがいけない」

「俺じゃねえよ。ルゥイがだよ」

　軽口を叩《たた》きながら、俺はボルトに手を引かれるまま足を動かした。

冒険者ギルドに着くと、二人で大物討伐完了を報告した。

ギルドカードに魔物討伐時の魔素が登録されるので、倒していないのに倒したと虚偽を報告することは出来ない。皆携帯端末型魔道具でギルドに登録しているみたいだけれど、俺には端末を買う余裕はないのでカードを使っている。ちなみにボルトが携帯端末を弄《いじ》っているのも見たことはない。持っているとは思うんだけれども。

討伐報酬をもらい、魔物のドロップ品を換金してもらっていると、ボルトが腕を引いた。

「あと、こいつの魔力値を測ってもらいたいんだ」

「魔力値測定は平常時ですと二万ガルかかりますが」

「ほいよ」

ボルトは懐から二万ガルを出して、受付に払った。

奥の部屋へお願いします、と案内されて、俺とボルトは受付の後についていった。

ギルドの奥の部屋には、よくわからない魔道具がいくつも置いてあった。振り返ってドアを見ると、魔方陣魔法が描かれていて、『防音』『秘匿』みたいな文字が読める。けれど、高度過ぎてどんな効果の魔方陣なのかは全くわからなかった。この間の騎士との巡回で入った部屋とは、確実に一線を画する部屋だった。

受付に椅子を勧められたので座ると、ボルトはちょっと離れた壁に背を預けて、腕を組んだ。それだけでボルトの気配が弱まる。

お待ちくださいと言われたのでそのまま何も言わずに待っていると、ドアがノックされた。返事も待たずに開いたドアから、前に講義をしていたエルフが顔を出した。入れ違いに、受付は出ていった。

「ごめん、待たせた？　ちょっと待ってね。魔方陣起動するから」

エルフはそう言うと、部屋のドアをしっかりと閉めて魔方陣に魔力を込めた。魔方陣が淡く光り、部屋の中に何かがピンと張られた気配がした。

「ここでの話は外に漏れなくなったから、肩の力を抜いていいよ。君がルゥイ君だね。この間講義受けてくれたよね。ありがとう。古代魔道語は上達した？」

にこやかに言葉を発するエルフに、俺は口を挟めずにただぽかんと顔を見ることしかできなかった。

「あ、ごめん。俺ね、こっちの大陸の冒険者ギルド統括代理をしてます。後ろでぬぼーっと突っ立ってるボルトとは旧知の仲だから、安心して」

「はあ……」

間の抜けた返事を返す俺に微笑《ほほえ》むと、統括代理は目の前に魔道具をどんと置いた。

「さて。説明させてもらうね。魔力測定は、文字通りルゥイ君の魔力値を調べます。その後、ちょっと調べさせて欲しいことがあって」

「……魔力値だけじゃねえの？」

訝《いぶか》しげに眉《まゆ》を顰《ひそ》めると、統括代理は俺の様子を見て目をまん丸にしてから、半眼でボルトに視線を向けた。

「ねえボルト。この子に何の話もしてないの？」

「してねえな」

「なんでだよ」

「まだ確証は得てねえし、知らねえなら知らねえ方がいいと思ってたから」

「一年も一緒にいるのに？」

「そういう個人情報は秘匿だろ」

ポンポン飛び交うやり取りに、統括代理の言った旧知の仲だということは本当なのがわかる。

冒険者ギルドのゴールドランクだから上とも繋がってるとか。でも、旧知の仲って、もっと親しいってこと、なんだろうか。俺にしていない話って一体なんだ。何も知らないし、聞いていない。

ふとまた不安が胸に湧き上がる。

でも、なんとなく感じていたのは、ボルトが実は俺のことを誰かと勘違いしてるんじゃないか、ということ。ボルトの中にいる赤毛の誰かとか、それに関する人と。

俺は単なる孤児で、それ以外の何者でもないはずなのに、ボルトは時々俺の髪を切なそうに見つめているから。

俯《うつむ》いていると、顎《あご》をぐい、と上げられた。

間近にあった統括代理の綺麗《きれい》な青い瞳《ひとみ》に、情けない俺の顔が映る。

ってか、近い。近すぎだろ。

「綺麗な赤い瞳。でもほんのり奥に違う色があるね」

「感情が昂《たかぶ》ると、綺麗に緑色になる」

俺の目を覗《のぞ》き込《こ》む統括代理に、ボルトが補足的に付け足す。

「へぇ……アレキサンドライトの瞳かぁ……なるほど」

固まっていると、スッと顎から統括代理の手が離れていった。

「じゃあ、二つほど魔道具で調べさせてもらえるかな。魔力値と……血筋」

統括代理は椅子に座り直すと、くすっと笑った。

「……の前に。顔拭こうか。だいぶ真っ黒だよ。ごめんね討伐の後すぐこんなところに連れて来て。疲れたんじゃない？　体力馬鹿のボルトに付き合ってると体力尽きちゃうかもしれないから、ちゃんと辛《つら》い時は辛いって本人に言うんだよ。そういうところ鈍感だからさ」

親しげにボルトのことを語る統括代理にほんの少しだけむっとしながら、俺は首を横に振った。

「……大丈夫です」

「ほんと？」

「今日の討伐はボルトが掛けてくれた補助魔法ですぐに倒せたから、そんなに疲れてないです」

「へぇ……今日のって大角鹿《ビッグホーンディア》でしょ。簡単だったんだ。なるほどますます……」

統括代理はニコニコしながら、自身が下げている鞄《かばん》から濡れた布を差し出してくれた。

その布がとても綺麗で、どう見ても新品っぽくて手を伸ばすのを躊躇《ためら》っていると、統括代理はいきなりその布で俺の顔を拭った。

強引に俺の顔を拭きあげた布は、かなり汚くなった。こんなに汚れた顔で歩いていたのか、と少し恥ずかしく思いながら、手を差し出した。

「それ、洗濯して返します。……ありがとうございます」

俺が手を出すと、統括代理はあははと笑ってサッと鞄にしまってしまった。

「気にしないの。あとで誰かに洗ってもらうから。それより、ちょっと手を貸してくれる？　こっちの魔道具に載せてみて」

懐っこい笑顔で言われて、俺は躊躇いつつ言われた通りによくわからない魔道具に手を載せた。

すると、その魔道具が光り、手を置いたところにゲージのような物が浮き上がった。

「お、凄《すご》いじゃん。魔力値上限突破。もういいよ。これでは測り切れないみたいだね」

感嘆の声を上げる統括代理に、何が起きたのか聞こうと思って口を開くよりも先に、統括代理はまた違う魔道具を取り出した。

「あの」

「ん、何？　どこか痛かった？　次はこっちの魔道具ね。一本だけ髪の毛貰《もら》える？　本当に勇者みたいな髪の色だなあ」

「勇者……？」

鼻歌を歌いだしそうな統括代理の様子を見ながら、俺はもしかしてと、チラリとボルトの方を見た。

ボルトはまっすぐ俺を見ている。何か苦い物を食べたような顔が、胸を苦しくする。

魔力値上限突破って、俺、そんなに魔力があったのか。でも魔力があってもなくてもまだパーティーは解消されないんだよな。その苦い顔は、どんなことを思っているんだろう。もしかしなくても、ボルトがたまに見ている、俺の赤いこの髪とよく似ている相手？

二個目の魔道具を覗き込んだ統括代理は、「学校はあと二年通うんだっけ」と独り言のように小声で呟き、うん、と一つ頷《うなず》いて俺とボルトに交互に視線を向けた。

「これの結果が出るのは二年後くらいなんだ。すっごくポンコツな魔道具でね。だから今日は終わり。もう帰っても大丈夫だよ。疲れてるところをありがとう。学園を卒業した頃に結果を聞きに来て」

いきなりの言葉に、俺は虚を衝《つ》かれた。

「結果が出るのにそんなに時間かかるんですか」

思わず訊《き》いてしまうと、統括代理はうんうん頷いた。

「かかるかかる。だから、卒業まではボルトに甘えまくってね。ボルトもちゃんとルゥイ君を見つけた責任取るんだよ。途中で捨てたりしたら聖獣呼ぶからね」

「捨てるわけねえだろが」

「ま、そこらへんは信用してるけど」

統括代理は椅子から立ち上がって、机の上の魔道具を片付け始めた。そして、俺の片手を取って、その手の上に何かを置いた。

見ると、二万ガルだった。

「君の過ごした村の冒険者ギルド、あんな風になった責任は放置しちゃった俺にあるんだ。ごめんね。これから活入れと立て直しするからさ。お詫《わ》び代わりに魔力値測定無料にしておくよ。ほら、早く鞄にしまって」

　お金の載せられた手を握り込まれて、俺は眉を寄せた。

「あの村のギルドのことと、今回の魔力値測定は何の関係もないと思います。これ、受け取れません。それにこれを出したのはボルトだから」

「そういう時はありがとうってしまうものだよ」

「ルゥイはそういうのが出来ねえタイプなんだよ」

はぁ、とわざとらしい溜息《ためいき》を吐《つ》く統括代理に、ボルトが壁から背を離して口を挟む。

　歩を進めて俺の横に立ち、そっと俺の手から二万ガルを持ち上げて、統括代理の胸ポケットに捻《ね》じ込《こ》むと、ボルトはニヤリと笑った。

「小遣いは俺が直接やるからこういうのはいらねえよ。それよりもコメート村の、ホントなんとかしろよ。あのギルドマジでおかしいから」

「俺も昨日行ってきたけど、あそこおかしいなんてもんじゃないよ。ボルトに報告貰った時、コメート村の冒険者ギルドがまだ稼働してたことにまず驚いたもん。あの村も付近の村も、国には廃村として登録されてたんだよ。ちょっとこの国は上層部が腐ってきてるのかもしれないね。ギルドの名を騙《かた》って俺たちの利益をピンハネしてたみたいだし。お灸《きゅう》を据えないとね」

　俺を挟んで、二人が何やらきな臭い話を始めてしまった。

俺が聞いていい話なのかこれ。

「そんなことになってたのかよ……ってことは、あの孤児院が貧しいのも、国から援助とか貰ってなかったからってことか」

「その代わり、税金自体はほぼないに等しい額だった。あそこら辺を廃村にして、俺たちみたいな全世界共通の組織とか教会に払うお金を誤魔化してたみたいなんだよね。ちょっと教会と協力してちょろまかした分を徴収しないと調子に乗ったままだと思う。めんどくさいけどなんとかしないとね」

「王宮にいた獣人はどうした」

「なんかね、前の獣人が解雇されて以来、この国の中枢には誰一人いないみたい」

俺なんか気にもせずに恐ろしい話が進み、俺はただ気配を消すしか出来ない。

ボルトはこんな話もされる地位にいるのか。隣の位置がさらに遠くなる気がする。

だって俺は、世の中の常識や情勢なんて、本や教科書に書いてある程度しかわからないから。

「どこも中枢は似たようなもんか……」

「ソレイル大国の王様はなかなかいい奴《やつ》だったけどね。あそこはそうそう腐らないよ。でもここの王様は俺とも会おうとしなくなったからね。いっそ国から撤退しようかとも思ったけれど、あの樹があるのがこの国だからねえ……」

王様、樹、ソレイル大国。次々と恐ろしい単語が飛び出してくる。

樹っていうのは、この間理事長が話していたこの大陸発祥の地の『守護樹』のことだろうか。

本当にこんなこと俺が聞いていていいのかと統括代理に視線を向けると、その視線に気付いた統括代理がいい笑顔を返してくれた。違う、笑顔が欲しいんじゃないんだ。

「世界情勢を知ることは大事だよ。そういえばルゥイくんは携帯端末型の魔道具持ってないんだっけ。ひとつ持ってた方がいいよ。世界の情勢がかなりわかるから。ギルドの奥にある携帯端末を連結する場所でギルドが持っている公開情報は随時更新されているから、ぜひ活用して欲しい。ギルドは全国展開中だからね。学校でもそんな授業なかったっけ？　大分楽になるよ」

「マジですか」

「うん、マジ。何ならすぐに用意できるよ。ここでも取り扱ってるから。それと俺と端末番号交換しない？　何なら割引するし」

他の雑貨屋で買うよりお得だよ。ギルド員割引できるから、と押し切られて、俺は曖昧《あいまい》に頷いた。

携帯端末型魔道具なんて、今まで使ったことがなかったから、そこまで必要性は感じていなかったけれど、情勢学が何とかなるというのはちょっとだけ魅力的だと思う。でもあれって高いのでは。割り引かれたとしても、俺が持てる程度の料金なんだろうか。

考え込んでいると、ボルトが初めて俺の目の前で自分の端末を取り出した。

「ルゥイが端末持つなら、俺のデータを一番最初に入れる。何なら俺が買ってルゥイに渡してもいいな。そうだ、そうしよう。代理、ほら早く端末持ってこい」

急《せ》かすボルトに、統括代理がジト目を向ける。

「あのさボルト。なら何で今まで持たせなかったの」

「最初に持たせようとしたんだよ。連絡取りたいときにすぐ取れるからって。そしたらルゥイが必要性を感じないからいらないってすげなく断ってくれちゃってさ」

「だって端末って金掛かるじゃん。あの時は金貯《た》めるのに必死だったからそんな余裕なかったんだよ」

「そう言うと思ったから無理強いできなかったんだよ」

「「ボルト……」」

俺と統括代理が、同時にボルトの名前を呼んだ。いつでも俺の言葉を優先しようとしてくれるボルトに感激して。でも、統括代理は呆《あき》れたような顔をしていたので、きっと俺とは全然違う意味で名前を呼んだんだろう。

「じゃあわかった。ボルトの名前で契約しとくよ。今端末持ってくるから待ってて。同じ型でいいよね」

「いいよな」

二人同時に俺の方を向く。曖昧に頷くと、すぐさま統括代理は部屋を出ていった。

「ボルト、いいのか？　俺、自分で……」

「いいんだよ。俺がそうしたいんだ。だから、ルゥイがその端末を使ってる間はパーティー解消なんてしねえから、好きなだけ持っとけ」

「ボルト……」

な、と頭をくしゃっと撫《な》でられて、不意に心臓が跳ねる。

もしかして、さっき俺が取り乱した時の答えが、これなのかな。

好きなだけ持っとけってことは、俺がその端末を持ってる間はずっとボルトと一緒にいてもいいってことなのかな。

じっとボルトの方を見ると、ボルトに目元を手で覆われた。

大きくて無骨なボルトの手は、時に想像以上に優しい動きをする。

「だから、そんな目で見るなよ……」

ボルトの無骨な指の間から見えた大好きな顔は、ちょっと照れていて、俺が思っていたことは正解なのかも、と思ったらなんだか笑いがこみ上げてきた。

十、次々明かされる、衝撃の事実

ボルトの借りている部屋に入って、風呂《ふろ》で汗を流す。休日は俺も一緒に泊まることがあるから、と、ボルトはずっと二人部屋を拠点としてくれていた。

さっぱりしてベッドに座って、真新しい携帯端末型魔道具を手にする。ボルトは俺と入れ違いに風呂に入ったので、今は部屋にいない。

端末を起動すると、ボルトと統括代理の連絡先が出て来たので、それを眺める。思わずニヤけそうになるのを堪《こら》えることが出来ない。

本当は、携帯端末持つか、と訊かれたときにはすでにボルトに惚《ほ》れていたので、意味もなく連絡を入れたりしてしまいそうだったから断ったんだ。それに、あの時は今と違って、毎日一緒に行動して、一緒の部屋で寝ていたから、本当に必要ないと思っていたんだ。

今みたいに週の殆《ほとん》どを離れて行動して、学校の休日しか会えなくなるとはあの時は夢にも思っていなかったから。少し考えればわかるはずなのに、ボルトと離れて暮らすという現実を考えることを放棄していた。

でも、と俺は溜息を落とした。

これを持ってしまったからには、毎晩意味もなく連絡を入れてしまいそうだ。

だって、夜に一人でいると、ふとボルトに会いたくて会いたくて胸が苦しくなる時があるから。

そんな泣き言、ボルトには言えないけれど。

「ルゥイ、待たせたな」

不意にボルトの声がしたので、俺はサッと端末の画面を消した。

でも画面を見ていたことは気付かれたみたいで、ボルトは髪をガシガシ布で拭《ふ》きながら、苦笑した。

「そんなに喜ぶなら、もっと早めに持たせてやればよかったな」

「……こんな簡単に連絡が入れられるモノを持ったら……あの、毎日、連絡入れちまうかもしれないじゃないか」

「入れればいいんじゃねえの。ルゥイが寮に入ってから夜は暇だから。暇すぎてたまに夜狩りに行っちまうくらいに」

「夜狩りは危ないって言ってたのボルトじゃん」

「俺は強いからいいんだよ」

ふふん、と得意げな顔をして、ボルトは目の前のベッドに腰を下ろした。

向き合う形で座り、ベッドとベッドの狭い間で、俺たちの足が触れ合う。

ドキリとすると、ふっとボルトの足がほんの少しだけ俺の足と距離を取った。そのわずか数センチの距離が、寂しい。

「なあルゥイ」

ふと、ボルトが真面目《まじめ》な声を出した。

なに、と答えた自分の声が、ボルトの声に何かを感じ取ってか、微《かす》かに嗄《かす》れる。

鼓動が早くなるのを抑えようと、静かに大きく息を吸っていると、ボルトの大きな手が俺の髪に伸びてきた。

少し伸びて目にかかるほどになった前髪を指で掬《すく》い、真正面からボルトの金の瞳《ひとみ》が俺を見据える。

その距離が近くて、息が止まりそうになる。

足の距離は離したくせに、その手の距離はやけに近くて、けれどその表情には特別な感情が見えなくて、やっぱりボルトが俺に抱いている感情は保護者的なモノなんだと思い知らされる。

真顔のボルトは、小さな、本当に小さな声で呟《つぶや》いた。

「本当は、さっき代理が調べた結果は、もう出てる」

「あの、髪の毛を調べるってやつ？」

「ああ。あんなの、その場で結果を出せるやつだ。血の繋がりを調べたい相手の、髪とか血とか肉があれば」

「髪とか血とか肉……って」

ゴクリ、と喉《のど》が鳴った。

それって、もしかして。

そんな言葉は、俺の口から発することなく喉の奥に消えていく。

なんてことない結果だったら、あの場で伝えられて終わりになっていたはずで、けれど、統括代理は俺に結果を伝えなかった。ってことは……。

俺の出自は、あんな髪の毛一本でもわかってしまうほどに、有名だってことだろうか。ボルトが時たま俺の髪を見ているくらいには。

「ルゥイは知りたいか？　代理が結果は学校卒業してから、と言っていた結果を」

「知ったら、問題ありなのか？」

「知ってしまうと……というよりは、結果を公式に残してしまうと、だな。……今と同じ生活が出来なくなるかもしれない」

やっぱり、という気持ちと、なんで俺なんだ、という気持ちがぐるぐると胸の中で回る。

そして、でももし俺がボルトの知ってる赤髪の奴とまったく関係がなかったら、ボルトとの距離が今と全然違うものになるんだろう、という予感が、胸を締め付ける。

ボルトにじっと見つめられて、視線が逸《そ》らせない。

ボルトは、俺が混乱しているのに気付いていて、それでも苦い顔つきで話を続けた。俺が、聞きたくないけれど聞かなかったら絶対に後悔すると、気付いているかのように。

「ギルドでああいった魔道具を使うと、公式に証明されちまうことになる。それは、ことが重大だとなおさらだ。だから、代理はルゥイのことを想って、結果を敢《あ》えて言わなかったんだ」

「公式に証明って、俺、やっぱり何かあるのか……？」

そんな疑問を口にしながら、すでに俺は自分の出自が何やらヤバいことになっているらしいと諦《てい》念《ねん》していた。そして、ボルトはそれに何かしら絡んでいるかもしれないと。ボルトの表情と口調がそう語っている。

もしかしてあんなひなびた村にボルトが来たのも、成人して孤児院を出た俺に声を掛けたのも、ボルトは俺の出自を知っていたから……なんて疑問が頭に浮かぶ。けれど、それを打ち消すように、ボルトは苦笑した。いつもの顔で。

「ひとつだけ言っておく。俺がルゥイに会ったのは、本当に偶然だった。これだけは本当だし、ルゥイを強引にパーティーに引き入れたのは、純粋にルゥイが周りに食い散らかされて潰《つぶ》れるのを見たくない、と思ったからだ」

ボルトの瞳に、疑って悩んでおかしな顔をしている俺の姿が映っているのが見える。

「あの村に行ったのはな、大物の魔物があの村のさらに先の森に現れたから討伐してくれっていう依頼だったんだ。だから、本当に偶然だった。ルゥイが仮登録をしていた孤児だってことも、後で知ったくらいだ」

「あの時はそんな情報ギルドで出回ってなかったけど……」

「そんな情報が入らないくらいにはあのギルドはおかしかったんだ。そのこともあってそっと夜とか夜明けにギルドに顔を出していたんだけどな、途中あんまりにも情報がなさ過ぎて、おかしいぞと一旦《いったん》調査を取りやめて戻った時、ルゥイが絡まれていたんだ」

「そっと……だから俺は村でボルトを見かけたことがなかったのか」

普通は外の人が来ると騒ぎになるような村で、ゴールドランクの冒険者が来たことが知れたら、村を挙げて大騒ぎになりそうなものなのに。そう呟くと、ボルトはそうだよなと同意した。そして、フッと目を細めて視線を俺の髪に向けた。

「最初は、その赤い髪に視線が引き寄せられた。そして、格上の相手にも頑として我を通すその胆力に、感銘を受けたんだ。痩《や》せ細《ほそ》った可愛い顔のルーキーの頑張り、潰しちゃだめだって」

ボルトはそっと手を伸ばし、俺の前髪を摘《つま》むと、指に絡ませてからそっと離した。

でもな、というボルトの表情がいつも通りのボルトの苦笑だったので、ふっと肩の力が抜ける。

「振り返ったルゥイのその眼がな、俺の敬愛する人物を連想させる色で、少しだけ驚いたな。赤い瞳のはずなのに、ふっと緑がかる不思議な色。まるで、俺の故郷の宝石を思わせる瞳だった。その瞳に魅入られて、ああ、こいつと一緒にいたら、きっと……」

ボルトが俺の瞳を覗《のぞ》き込《こ》む。相変わらずボルトの金の瞳には俺が映っているから、俺の瞳にも、ボルトの哀愁漂う微笑が映っているんだろうか。だったら、ボルトは自分がどんな顔をして俺を見ているのか、自覚してくれるんだろうか。

ボルトはそこで一旦口を閉じてから、ハッと我に返り、誤魔化すように肩を竦《すく》めた。

「……きっと楽しいだろうなって。ずっと一人でやってきたけれど、俺に、育てさせてくれるだろうかって思ってな」

これは信じていいんだろうか。でも、俺が孤児院を出てすぐにボルトと出会っているので、俺の何かを調べる時間などは全くなかったはずだから、信用できる、とは思う。

きっと俺の何かに最初から気付いていたわけじゃない、そう思いたい。

「……うん。信じる」

最初のあれが計算された助けと優しさだとしたら、俺はきっと、この先誰かを信用することなんてできなくなる気がする。だから、縋《すが》る想いでボルトを信じることにした。

俺の言葉に、ボルトはホッと息を吐き、安心したように顔を緩めた。優しい顔だと、改めて思った。

「でも、じゃあ、俺は一体何なんだ？　そこまで言っておいて、卒業するまで放置か？」

「聞きたいか？」

「聞きたい」

しっかりと頷《うなず》くと、ボルトは困ったような顔をして自分の額を俺のおでこにこつんとくっつけてきた。鼻先が触れて息がかかるほど近い距離のなか、まるで壊れものでも扱うかのようにそっと俺の手をボルトの手が包んでくる。

髪の色と同じ黒い睫毛《まつげ》が、思ったよりも長いことに気付く。その長い睫毛がパサリと動き、ボルトが瞬きしたのが見えた。

――うん、近すぎる。普通にドキドキするから、少し離れて欲しい。

自分の心臓の音が聞こえてしまうのではないかという長い沈黙。それを打ち破るかのようにボルトは赤毛を優しく梳《す》くようにして顔に片手を添えてきた。

そして、俺を通して遠くを見ていたはずの瞳が、しっかりと俺を捉《とら》えた。ふっとボルトの口元が引き締まる。

その顔は、まるで大物の魔物を前にした時のように、少しだけ緊張を孕《はら》んだものだった。

「……ルゥイは、フォルトゥナ国の先代国王の、死んだと思われていた御子《みこ》だ」

囁《ささや》くような、とても小さな声で、ボルトが告げる。

「……は？」

あまりに突拍子もない内容に、俺は思わず間抜けな声をあげてしまった。

俺が、フォルトゥナ国の前の王様の、子供？

「ボルト、何言ってんだよ」

ありえない内容に、俺は思わずボルトにツッコんでいた。

それがどこをどうやったらフォルトゥナ国の王様の子供になるんだ。

だって俺は、このノルデン国の森に捨てられていた孤児だ。

それに、孤児院の世話人が、俺は生まれて間もない時に森で拾われたと言っていた。

そんな自分で歩くことも出来ない赤子がどうやってフォルトゥナ国からこの国に来るっていうんだ。

「そんなん、ボルトの思い違いだろ」

あはは、と笑うと、睫毛が触れ合いそうな距離にあるボルトの目が、スッと細くなった。

「勘違いだったらよかったよ。そうすりゃずっとルゥイと二人で冒険者やってられるからな。でも、勘違いなんかじゃねえんだ。その髪が、その瞳が、ふとあのお方そっくりになる」

「あのお方？」

「俺の家が忠誠を誓っていた王の瞳だ。感情が昂《たかぶ》ったまま魔力を使うと、ルゥイの綺麗《きれい》な赤い目が緑色になっているのは自分で気付いてるか？　その変化は、フォルトゥナ国の王家に代々伝わる瞳なんだよ」

「そんなの知らねぇよ」

あくまで真剣なボルトの口調に、まさか、と笑い飛ばせなくなる。

「そしてその赤髪。それは、フォルトゥナ国の土台を築いたと言われている勇者の血筋の髪だ。歴史学で習わなかったか？　この大陸を復活させたこの世界で最後の勇者と呼ばれたお方がフォルトゥナ国の礎となった初代フォルトゥナ国王だったということは」

「それは、一応習ったけど……それと俺とは関係ないだろ」

「関係なければ、と何度お前を見て思ったことか」

「ボルト？」

ボルトの眉《まゆ》がギュッと寄ったのが、おでこの感触でわかる。

いつまでこうしてくっついているんだろう。

話の内容が衝撃的すぎて気にならなかったけれど、ちょっとボルトの顔が近すぎてやばい。手も握られているのが追い打ちをかける。

慌てて離れようとすると、繋《つな》がれたボルトの手にぎゅっと力が入った。

ボルトの視線が、ふっと俺から外れて伏せられる。思ったよりも長い睫毛が、心なしか震えているようにも見えた。その睫毛を見ていたら、おでこの感触がなくなった。

顔を寄せているのでまだ近いけれど、少しだけ開いたその隙間に、ほっとしたと同時に寂しくなった。

「お前の血が証明されちまえば、俺たちはパートナーなんかじゃなくて、俺はお前の臣下になっちまうかもしれない」

「ボルトが俺の臣下……？　なんで」

「俺の血筋は、代々王家を守る騎士の家柄だからだ。俺も、十の時に神殿で王家に忠誠を誓った。ただし誓ったすぐ後に俺の家は没落して解体されたけどな」

神殿で、王家に忠誠を誓った。そして、俺が王家の血筋で。

臣下、騎士、一つ一つの言葉が、心に刺さる。

そういえば副隊長はなんて言っていたっけ。

ボルトの動きは騎士の剣に似ている。昔騎士をしていた……あれは副隊長が勝手に思い込んでいるだけだと思っていたけれど、当たっていたということか。

十歳に神殿で騎士の誓いを立てたって、まるっきり騎士の家に生まれましたって言ってるようなもんじゃないか。

「……どうして、誓いなんて」

「ルゥイの父親である国王の弟、つまり王弟が、王を斃《たお》して自身が国王になるために王家を乗っ取ろうとしていると同派閥の者たちが言い出し、内戦になった場合、父が王を守らなければならないからそのまま血筋が絶えてはならないと後継者として忠誠の儀を受けた。けれど、そのすぐ後、王は王弟に弑逆《しいぎゃく》され、王位簒奪《さんだつ》は成功しちまった」

次から次へと出てくるわけのわからない話に、俺は眩暈《めまい》にも似た何かを感じた。

俺という一個人の根底が揺らぐような、そんな何かを。

俺は寂れた村の孤児なんじゃないのか。王の子供とか、あり得ないだろ。

それに、父親は弟に殺されたとか、じゃあ俺がコメート村の近くの森にいたのは、どう説明できるのか。もしかしたらそれはボルトの希望が多分に入っているということだろうか。でも、ボルトは確信しているような顔をしていて。

「……わけわかんねえ」

俺が呟《つぶや》くと、ボルトは「そうだろうな」と溜息《ためいき》交じりに頷いた。


俺はボルトの知るフォルトゥナ国のことを教えて貰《もら》った。

王様はとても温厚で敬愛できる人で、ボルトの家は王様を支持していた。そこにきな臭い話が出てきて、ボルトは家督を継ぐために十歳という若さで神殿に向かい王家への忠誠を誓った。その後すぐに王弟が剣で自分以外の王族を殺し、その席を奪った挙句、王様支持だったボルトの父は王と共に亡き者にされ、家は没落。反逆の芽を摘むために本来であればボルトも処刑されるところを、命からがらフォルトゥナ国から逃げた、と。

正直、どこかの本に書かれた架空の物語の内容としか思えなかった。

そのフォルトゥナ国は王弟が王家の乗っ取りに成功して、俺の親は乗っ取られた方で。それに十歳という若さで忠誠を誓ったはずのボルトは、全てを諦《あきら》めて逃げて、こんな所にいるなんて。

まず十歳で家督を継ぐために忠誠を誓うということからして理解できなかった。

この世界において、神殿で誓うということは、それに背くことが出来なくなるように神と誓約するということだ。

神殿は、この世の理《ことわり》を司《つかさど》るところとしてとても重要で神聖な場所で、一地方にひとつは必ず建てられているというのは、俺みたいな孤児でも小さな子供でも知っている常識だ。

そして、必ず一度は皆神殿に訪れる。俺も、成人の儀を受けるために、孤児院の大人に神殿と言うにはおこがましい洞穴のような祭壇に連れていかれて、その成人の儀というものを受けた。

神殿で行われる儀式というものは、その身体《からだ》にも影響する程に大切なものだ。

例えば、成人の歳《とし》に達すると近くの神殿に行き、大人の一人として儀を受ける。それを受けないと、世界の理が成人したと認めないらしく、行動も制限されたままだ。冒険者ギルドの正式登録がその最たるモノで、この成人の儀を受けないと、ギルドは絶対に正式登録してくれない。いや、出来ないんだと職員は言っていた。どこで、誰がそれを判断するかはわからないけれど、世界の道理として定められているらしい。

それに、成人の儀を受けない限り生殖行為は出来ないらしい。確かに、成人前は下半身は単なる排泄《はいせつ》のための器官だったのに、成人の儀を受けてからは色々と変化が訪れた。女性のほうがそれは顕著だと孤児院の姉貴分の女性に教えては貰ったけれど、その違いは未《いま》だよくわからない。説明はぼかされたから。

その後、意中の相手と婚姻したいと思った場合は、今度は神殿で相手とこれから先の人生を共生できるようにするため婚姻の儀を受けると、その相手を家族として世界に知らしめることが出来るようになるとかどうとか。相手のことをちゃんと想っていないと神殿が認めないらしいので、本当に神殿は不思議なところだ。

他にも様々な儀があるらしいけれど、成人の儀で洗礼を受けただけの俺にはそこらへんのことはさっぱりわからない。

けれど、きっと、神殿には忠誠を誓う儀もあって、ボルトが受けたのはそういうのなんだと思う。ボルトがそれをどんな気持ちで受けたのかは、わからないけれど。

その忠誠を裏切ったら、ボルトに何らかの制裁があるというのは想像に難くない。もしも、俺が王様の子供だとして、その忠誠の儀を受けたせいで俺と一緒にいるんだとしたら、悔しくて悲しくて……泣きそうだ。

でも、ボルトはそういうのに気付く前から俺を見つけてくれて、手を取ってくれて……手を引いてくれて。

ぐ、と唇を噛《か》みしめると、こら、と優しく叱られた。

噛んだ唇を親指でなぞられて、ふと目を上げると、間近のボルトの綺麗な瞳《ひとみ》がまっすぐ俺を捉えていた。

薄いけれど形のいい唇は、俺の瞳を捉えると、ぐっと口角を上げた。

忠誠の義で王家に忠誠を誓ったボルトではなく、いつも、俺の背中を押してくれるボルトだった。

「……ってのは、単なる俺の憶測。まだ結果は出てねえし、俺は結果を見てねえ」

「え、でも……」

「だから、ルゥイは今は単なる俺の相棒のルゥイだよ」

目を見開いた俺の頭を、いつもやるようにボルトが掻《か》き混ぜる。

「俺の勝手な憶測でルゥイを混乱させちまったお詫《わ》びに、今なら何でも教えてやるよ。何か俺に訊《き》きたいことはないか？」

ボルトは、前に俺がした質問に答えられなかったこと、実は今も気にしているのかも知れない。

ボルトの顔を見て、フッと肩の力が抜ける。

ボルトは憶測なんて言ってるけれど、きっと真実なんだろうと思う。だからって、俺がどこかの偉い人の血を引いていることで今後何か特別なことがあるとは思わないし、未だに半信半疑だけれど。

すでに御家乗っ取りが成功したってことは、たとえ俺が本物の王子だとしても、戻れるような場所はもうないってことだろ。じゃあもう俺がそうだとしても関係ないんじゃないかな。

それをボルトはわかってるのかな。知られたら今までのようには生きられないって言ってたけど。大げさじゃないかと思わなくもない。

でもきっと、現状を知るボルトはそうじゃないって思ってるから、そう思う何かがあるのかも。

溜息を呑《の》み込《こ》んで、俺は先ほどのボルトの言葉に乗ることにした。

口元を持ち上げて、ボルトの瞳を覗《のぞ》き込《こ》む。

「なんでも？　本当に教えてくれるのか？　嘘《うそ》偽りなく？　ごまかしもなく？」

「あ……？　ああ、え、何、そんなにやべえ事訊きたいのか……？　男に二言はねえ……けど、え、何訊きてえんだよ、こわ……」

ごくり、とボルトの喉《のど》が動くのが見えて、少しだけ笑いたくなる。

少し腰が引けているのも新鮮だった。新しいボルトを見るのは、すごくいいと思う。口元を緩めて、俺は口を開いた。

「ボルトのこと、全て知りたい」

「俺のこと？」

目を丸くするボルトの言葉を待っていると、ボルトは困ったように、手で自分の顎《あご》を弄《いじ》り始めた。

「俺のこと……ねえ。例えばどんな？」

「フォルトゥナ国の騎士の家に生まれたはずなのに、何でこんなところで冒険者やってるのか、とか」

「ああ、さっき言ったろ、家が没落したって。父親が王を庇《かば》って切られて家が没落して母親が処刑されて、本当は俺も忠誠の儀を受けてたから処刑されるはずだったのを、神殿の神官様と冒険者ギルドの統括にこの大陸まで逃がしてもらったんだ。その足で仮の冒険者登録したら、統括が、もう自分の庇護《ひご》下にいるから大丈夫だって保護してくれてな。返そうにも返しきれない恩があるんだ。さっきの代理はその世話になった統括の息子《むすこ》なんだよ」

あの時はホントギリギリだったぜ、と笑いながら教えてくれるボルトに、俺はどう反応していいかわからなかった。

関わっていたとかそんな次元じゃなかった。がっつりと中心にいた。じゃあ、ボルトは俺が赤ん坊の時、実は傍《そば》にいたってことか？

　複雑な顔をしていると、ボルトが俺の頬を引っ張った。

「そこから十六、いや、十七年になるか。ずっと冒険者してる」

「名前は、本名？」

「もう少し長い名前だったが、家名はなくなったからボルトって名乗ってる。家族が俺を呼ぶ愛称だったんだ。まあ、俺の立場はルゥイと一緒だな」

「じゃあ、ボルトは二十七歳……」

　俺が歳に反応すると、ボルトはまいったな、と頭を掻いた。

「あ、そこで歳気にするのかよ。そうだよ、ルゥイからするとおっさんだよ」

「ボルトはおっさんじゃない。俺から見たら、大人で、かっこよくて、強くて」

「どんだけフィルター掛かってんだよ……そんないいもんじゃねえぞ俺なんて」

　照れ隠しなのかなんなのか、俺から視線を逸《そ》らして困ったような顔をして、話題を変えた。

「他に訊きたいことはないか？」

「ある」

　俺が頷《うなず》くと、ボルトはやっぱり苦笑しながら何でも答えるよと肩を竦《すく》めた。

「ボルトにとって、俺ってどんな存在？」

　今度は俺からボルトに近付いた。身を乗り出すようにして、ボルトの顔を覗き込む。

必死で何事もないような顔を取り繕っているけれど、心臓はさっきよりも動きが速い。痛いくらいに。

俺の出自とか、ボルトの出自とか、そんなのはこれから先ほとんど関係ないんだろ。だったら、やっぱり一番気になるのはその部分だった。

やっぱり俺はボルトの庇護下にいるお子様なのかな。

「どんなって……そりゃあ……」

「絶対にごまかしたり嘘は吐《つ》かないんだよな」

しっかりと念を押すと、ボルトの目が泳いだ。

次に発する言葉を、胸に刻みつけよう。どんな関係でももういい。嫌われてなければ、離れたいと思ってなければそれでいい。

そんなことを思いながら待っていると、ボルトはあーとかうーとか唸《うな》ってから盛大に溜息を吐いた。

「……まあ、あれだ。ルゥイは腕がいいから、俺が育てたいっていうか……」

歯切れの悪さに、口を尖《とが》らせる。

「ボルトがもし義務で俺を守ってるなら、そう言って。俺は、たとえボルトが忠誠を誓った奴《やつ》の血筋だったとしても、それを強要はしないし、そんな誓約もしないから」

今までずっと親身になってくれていたのが義務とかそんなものだったら、俺は多分、悲しいと思う。俺のことを気に掛けてくれていたのが、そんなモノのせいだったとしたら。

きっと、俺のほうが一緒にいることに耐えられなくなるかもしれない。

ボルトが好きだ。ずっと一緒にいたい。この気持ちは絶対に嘘じゃない。

最初に助けてくれた時も、一緒にここに向かってくれた時も、休みの日にパンケーキを食べさせてくれた時も、講習を一緒に受けてくれた時も。その全てで、毎回ボルトに惚《ほ》れ直している。

この気持ちだけは、本物だから。

じっとボルトを見つめれば、ボルトはハァ、と溜息を吐いた。

「……ごまかしはしないって、俺が言ったんだよな……」

うん、と頷けば、ボルトは覚悟を決めたのか、目が据わった。

「俺が本当の気持ちを白状すると、ルゥイにとって困ったことになるかもしれねえぞ。建前とか、立場とか、そんなん関係なしに本音言うぞ、いいのか」

「望むところだ」

確かに、本当は迷惑だとか言われたら明日からどう接していいかわからないから困るかもしれないけれど、聞いたのは俺だ。そして、どれだけ困ろうとも、俺が端末型魔道具を持っている限り一緒にいてくれるってボルトから言質《げんち》を取ってるから、何を言われても受け止める。

気合いを入れて待っていると、ボルトがぽつり、と零《こぼ》した。

「あのお方の血を引いてなければいいとわりと本気で思ってた」

溜息交じりの言葉。

それは一体、どういう意味……？

どんと構えてボルトの本音を受け止める気持ちだったけれど、最初の言葉ですでに不安が頭をもたげる。

俺が不安そうに見えたのか、ボルトはふっと笑って、いつも魔物討伐の後俺を労《いたわ》る時にするように、腕をポンと掌《てのひら》で軽く叩《たた》いた。

「そうすりゃ、これから先の騒動に巻き込まれることなく、ルゥイは好きに生きれんだろ」

「それって……」

「もしギルドでルゥイのことが表明されちまったら、また王弟……今は国王か。その周りが何かしら仕掛けてくるかもしれない。例えば、暗殺とかな。何も知らないルゥイを叔父《おじ》さんだよって呼びよせて監禁殺害とかもありうる。絶対に俺が横にいて守る気は満々だけど、俺だけで守り切れるとは言い切れねえ」

「ボルトは強いのに」

「俺はルゥイが思うほど、強くねえよ。もっともっと強くなりたい。ルゥイを完璧《かんぺき》に守れるくらいに。……最近ようやくだぞ。お前がちゃんと笑ったの。その笑顔を、なくしたくねえ。お前が大事なんだよ、ルゥイ」

それ、前にアルフォードにも言われたことがある。

俺、そんなに笑ってなかったかな。むしろボルトといると顔がにやけそうでそれを隠すのに必死なんだけど。でも、嬉《うれ》しかったら俺だって笑うのに。……ボルトに会うまでは、笑いたいと思うことも全くなかったけど。

くすぐったい想いが胸に湧き上がってきて、俺はことさらぶっきらぼうに口を開いた。

「大事って、どんな風に？」

一番訊きたかったことが、まさにこれだった。

自分の心臓の音が煩《うるさ》くて、ボルトの声が聞こえなくなりそうだ。

そしてどんな顔をしていいのかわからない。顔を隠すつもりで、俺はボルトの胸に抱きついた。

「馬鹿、こんな話してるときにそんな顔で抱きつくの反則だろ」

ボルトの背中に腕を回すと、ボルトは困惑したような声を出した。

無防備すぎだろ、という呟《つぶや》きが、耳に入る。そうかな、無防備かな。

確かに、手を握ったり頭を撫《な》でられたりポンポンされたりマント越しに抱き締められたりはしたけれど、こうしてボルトに正面から抱きつくのは初めてかもしれない。

じっと上を見れば、ボルトが片手で顔を覆って、そっぽを向いていた。

でも、こらこらと軽く注意する声は、心なしか震えている、ような気がする。

俺の心音が伝わるかと思ったら、ボルトの心音も俺に伝わってきた。俺と同じくらい心臓が動いている。

ボルトの心音を聴いていると、頭をぐいと押されて仰《の》け反《ぞ》った。

「一旦《いったん》離れろ。俺の正直な答えが聞きたいんだろ。こんな状態じゃ答えられねえよ」

「なんで」

「そりゃあ……男だろ、男だからだよ」

なんだよそれ、と笑いながら、心の中で、祈る。

教えて欲しい。どうか、俺と同じような気持ちを持っていて欲しい。でも、何でもいい。庇護欲でも、忠誠心でも何でも。俺を突き放さないなら。俺を傍に置いてくれるなら。

「訊いたのはルゥイだからな。引くなよ」

「うん」

ギュッと眉《まゆ》を寄せてそんなことを言うボルトに、どれだけすごい内容を言われるのかと、身構える。

くっついているボルトの身体《からだ》からは、やっぱり俺と同じくらいの速さで心臓が動いているのが感じられる。

「あー……なんつうか、あの方の血を引いているとか学生だとか歳《とし》が十も違うとかそういうの全部抜きにして……可愛がりてえ。甘やかしてえ。俺の傍で笑ってて欲しい、と思う」

俺を見下ろして言葉一つ一つを大事そうに呟くボルトに、気持ちが全部持って行かれる。

じっとボルトの言葉を聞いていたら、ほらその目、とちょっとだけ目を逸らした。

「泣かせたくねえなとは思うけど、初めてルゥイが泣いたのが俺と離れたくねえから、っていうのがな……ごめん……かなりぐっときた」

照れたような響きの言葉に、俺はさらにボルトに抱き着く腕に力を入れた。

「ルゥイが俺のことを好意的な目で見てくれていたのは、気付いてた。けど、それに応えちまったら、あの村の冒険者崩れと同じになっちまうんじゃないかって思うと、パーティーメンバーだとか保護者だとかそんな言葉で誤魔化すことしか出来なかった」

「……俺、ボルトが好きだよ。ボルトとずっと一緒にいたい。あんな奴らとボルトは全然違うよ。だって、俺がボルトを好きだから」

関係がこじれるなら黙っていた方がいいと思った。けれど、どうしても、言いたくなった。ボルトが本心を隠さず教えてくれるから、今伝えないと後悔するって。

「知ってた。知ってたよ。でもな、俺は訳ありの冒険者で、何の後ろ盾もないそこらのおっさんだ。将来を見据えて上級学校に通おうと頑張るルゥイの気持ちに応えるなんて、出来なかったんだよ。ルゥイが初めて俺に向かって屈託ない笑顔を向けた時から、もう俺はルゥイに参ってたってのに」

ボルトの言葉に、俺はさらに腕に力を込めた。

今日はもう、離したくない。離れたくない。

そう呟けば、あのな、と弱ったように溜息《ためいき》を吐かれた。

「バカ、今そんな風にくっつくなよ。もうそろそろ俺も我慢の限界なんだからな。たった今、お前に参ってるんだって言ったばっかだろ。ここで押し倒して無理やり抱いて泣いていやがっても止めてやれねえくらいにはルゥイに気持ち持ってかれてるんだぞ」

「押し倒して、無理やり抱いていい」

「は？　おま」

「そういう好きだから。ボルトが俺を相手に出来るんなら、して欲しい」

ぐうう、とボルトの口から低い呻《うめ》き声《ごえ》が上がった。そして、いきなり肩を摑《つか》まれて、身体をベリっと剥《は》がされた。

覗《のぞ》き込《こ》んでくるボルトの目が据わっている。

「お前なあ！」

「俺……そういうこと、したことないから、ボルトが喜ぶ反応とかできないかもしれないけれど」

「ルゥイ、ちょ」

「ボルトが好きだから、ボルトとセッ」

「おい、ルゥイ！」

ボルトの手が俺の口を塞《ふさ》ぐ。

続きの言葉はボルトの手によって阻まれてしまった。

「ほんと勘弁してくれ。そんなこと言われたらな、ほんと今すぐ食っちまいたくなるだろ……俺はルゥイをめちゃくちゃ甘やかしてえの。今はルゥイに楽しいこととか嬉しいこととかを色々感じて欲しいんだよ。だから、そんなこと言うなって。絶対後で後悔しちまうから。俺も、お前も」

その手を無理矢理剥がして、続ける。

俺の気持ちを、ちゃんと聞いて欲しかった。

「ボルトとセックスするのは嬉しいことだよ。嬉しくないセックスを強要されそうになった時、ボルトが助けてくれたんだろ。それからも、辛《つら》いことは全部、ボルトが消し去ってくれたんだろ。ボルトにされて嫌なことは、パーティー解消されて離れることくらいだ」

だから、ともう一度ボルトに身体を密着させる。

だー、もう！　と片手で顔を覆って、ボルトが天を仰ぐ。

「離れねえよ！　もう離れられねえよ！　何ならこれから神殿に行ってルゥイにそう誓ってもいいくらいだ。けどな、ルゥイ。俺に抱かれるってことはだ、俺のペニスをルゥイの尻《しり》に突っ込んで腰を振るってことだぞ、わかってんのか？」

「尻に……」

あまりにも具体的に言われて、俺は思わず想像してしまった。

ボルトのペニスで、俺の尻を……。

想像していたよりもよほどリアルな説明に、カァッと顔に熱が上る。抱かれるやり方は知識として知っていたけれど、具体的にどういうことかっていうのは考えてなかった。ボルトに抱かれたらきっと嬉しいだろうな、ってくらいしか。

そういう知識の仕入れ先が孤児院を出た姉御肌の女性か、下卑た冒険者崩れが口に出す言葉くらいだったから。可愛がって、ヒーヒーよがらせるっていうあの。

「……でも、前に孤児院から買われていった女は、抱かれるのは気持ちよくて最高だって……心が伴うとこの上なく幸せだって言ってたから、大丈夫」

「どんな情報だよそれ……孤児院のガキに教えることじゃねえだろ……」

ハー、と盛大に溜息を吐くボルトに、にやける顔が止まらない。

「だから俺も、ボルトに抱かれたら、この上なく幸せになれるんじゃないかって」

「はー……もう、こういうところでそんな風に可愛くなるのは反則だろ」

ボルトは険しい表情でもう一度長く長く嘆息した。

そして、大物の魔物を前にしてもしないようなかなり険しい顔で、俺を見た。

怒らせるようなことを言ったつもりはないのに。

「……ルゥイのそれは、初めて優しくしてくれた奴《やつ》に父親か何かを重ねてるとかそんな気持じゃねえのか？　ホントはそんな気持ちなんだったら、俺に抱かれた後、滅茶苦茶後悔するぞ」

「俺、父親いたことねえから、そっちの方が難解だよ」

ちょっと困ってそう言うと、ボルトはふと表情を和《やわ》らげて、そうだったな、と呟いた。

「それに」

俺は身を乗り出して、ボルトの顔に、自分の顔を近づけた。

そして、ちょっとカサカサのボルトの唇に、自分の唇をちょん、とくっつけてみた。

ほんの少し触れただけなのに、身体の中をざぁっと喜びを伴った熱が通り過ぎていく。

「ボルトに抱かれても、絶対に後悔しない自信ある」

負けたよ、というボルトの呟きが聞こえた瞬間、俺はボルトの腕に抱き込まれていた。

唇を塞がれて、睫毛《まつげ》がボルトの頬に触れる。目の前のボルトの瞳《ひとみ》は、目を見開く俺の顔を映していて、まっすぐ俺に向かっていた。

触れる唇が熱い。痺《しび》れそうになる感覚に、胸の中から何かがせり上がってくる。

背中を撫でるボルトの手が気持ちよくて、ボルトの背中に縋《すが》りつく。

口を割られて舌を挿《い》れられた時には、耐えられなくて変な声が出た。

口の中にあるボルトの舌が、脳天が痺れる程気持ちいい。

俺の舌を絡めとるボルトの動きに、下腹部がガッと熱くなる。

「ん、んっ、あ」

キスだけでこんなになるんだったら、ボルトのペニスを尻に突っ込まれたらどんな風になるんだろう。

期待と興奮でくらくらする。

頭を押さえられたまま、そっとベッドに倒されて、ボルトの舌が抜けていく。ちゅ、ちゅ、と唇に数回軽いキスをされて、唇を啄《ついば》まれる。

ボルトの手が俺の服にかかり、インナーをそっと捲《まく》られると、ヒヤッとした空気が火照《ほて》った腹を撫でた。

自分で服を脱ごうとすると、手を止められた。

「俺が脱がせるから」

「ン……」

大人しくベッドに手を投げ出せば、ボルトの目がふっと細められた。その目がなんだかすごくいやらしくて、瞬時に頬がカッと熱くなり、慌てて腕で顔を隠した。

服を脱がせながら俺の身体にキスをしていくボルトは、唇を落とされるたびに身体を震わせる俺の反応に嬉《うれ》しそうに目を細めた。

◇◇◇

「あ、あっ……」

今まで出したことのないような声が漏れる。

身体中に散々キスを降らせたボルトは、今度は俺のペニスを咥《くわ》えながら、尻の奥に指を突っ込んで、ゆっくりと抜き差ししている。

こんなに気持ちいいなんて思わなかった。こんな感覚があるのすら知らなかった。

ボルトの指が俺の身体の中にあるっていう、そのことだけでも頭が弾《はじ》けそうになるのに、弱点部分を口に含まれて、それが想像以上に衝撃的な感覚だったから。もう、この行為以外考えられなくなりそうな快感がせり上がってくる。頭がおかしくなりそうだった。

「んん、ぅ、あ」

中を指で擦《こす》られて、ビクンと腰が揺れる。

張りつめて痛いくらいの俺のペニスに舌を絡められて、叫びそうになる。

ボルトに触れている部分から身体がドロドロに溶けていきそうで怖い。

「あ、ぁ、ボルト、ぼるとぉ……へん、なんか、へん」

ぐわっと何かがせり上がって来て、身体がこわばる。

じりじりと焼けるような熱が下腹部に集中して、俺は半泣きでボルトに訴えた。出来れば口を離して欲しい。

「このままイっちまえよ」

いくって。どうすれば。

半分パニックになりながら、あ、あ、と変な声だけが出る。

ボルトに吸い上げられて、中の痺れる場所をぐりぐり擦られて、俺の中で何かが破裂したような錯覚に陥った。

ボルトの口の中で、俺のペニスは溶けたのかもしれない。

生理的な涙が湧き上がる。下半身の感覚もいつもとは全然違っておかしい。

これが、成人の儀を受けたら出来るようになるっていう行為の一つなのか。

確かに、子供の時にこんなの体験したら絶対に自制をなくすと思う。

バクバクする心臓と、息切れしたような苦しさを必死で抑えながら下を向くと、ボルトの口から俺のペニスがポロリと出てくるのが見えた。

「あ、よかった……溶けて、なかった……」

思わず呟《つぶや》くと、ボルトが顔を上げて、天を仰いで、その後片手で顔を覆って、「それ反則だろ……！」と呟いていた。

「お前可愛すぎだろ……っ」

目を据わらせたボルトに、目もとに唇を寄せられる。

両目にキスされて、その後そっと口を重ねられて、絡まされたボルトの舌は、さっきよりも少し苦いような味がした。

「俺今どうなったんだ？」

「ああ、ほんとこんな無垢《むく》な奴の花を散らしていいのか悩む……！」

訳がわからなかったのでつい聞けば、ボルトはぐうう、と唸《うな》った。

「本当に俺とこういうことしていいのか……？　後悔、しないか？」

ボルトに覗き込まれ、熱い頬をそのままにボルトを見上げる。息を整えるために深呼吸すると、ようやく冷静になれたのか、自分の状態がなんとなく把握できた。

後悔なんて、するわけない。もっと、って思うだけだ。

ぬめりを纏《まと》ったボルトの指は、まだ俺の中にある。

ぐり、とその指が動かされた瞬間、力が抜けていた俺のペニスがピクッと反応したのが見えた。

また、今みたいに訳わからないくらい気持ちよくなるんだろうか。

ボルトの指は、俺の中を労《いたわ》るようにやわやわと内壁を擦っている。

「ナカ、きつくないか？　痛いとか、気持ち悪いとか」

「痛くないし、気持ちいい。ボルトのペニスをここに挿れたらって考えるだけで頭煮えそう……むしろ、早くちゃんとボルトに抱いて欲しい……」

口に出すと、下腹部がキュウっと疼《うず》いていく。

ボルトの指の形がはっきりとわかるのが、なんとなく恥ずかしい。この恥ずかしさを忘れるくらい、さっき感じたくらいに、我を忘れてボルトが紡ぐ快感に身を任せたかった。

はやく、と声なく口を動かすと、するりとボルトの指が俺のナカから抜けていった。

足を持ち上げられて、開かれる。

そして、指とは別の熱い何かがそこに触れた。

視線を下に向けると、ボルトのしっかりと勃《た》ったペニスが、俺の尻に宛《あて》がわれたのが見えた。

指だけで溶けるかと思ったのに、そんな熱いのを挿れられたら、俺、どうなるんだろう。

期待を込めてそこを凝視していると、ボルトが俺の視線に気付いて、上半身を倒してきた。

唇が塞がれ、視界がボルト一色に染まる。

舌を絡められ、甘く噛《か》まれ、吐息を漏らしていると、熱いモノがググ……と解《ほぐ》された俺の中に挿《はい》って来た。

「あ、っく……熱……っ」

あまりの質量と圧迫感に、重ねられた口の隙間から声が漏れる。

ゆっくりと挿ってくるボルトの熱が、俺の身体《からだ》の中を押し広げて奥を暴いていく。

ボルトが片腕で俺の頭を抱え込み、身体が上に逃げそうになるのを引き寄せ、口づけを深くする。

「んン……ッ」

硬くて熱いモノがゆっくりと俺の肉を割り開いていき、ぞくりと背中を駆け上がるその感覚に耐えられそうもなくて、俺はボルトの身体にすがりついた。

指で散々溶かされていてもなお、ボルトのペニスの圧迫感が凄《すご》かった。

少し進んでは止まり、更に進んではゆっくり戻って……。

動きと共に粘着質な水音が俺たちの繋《つな》がった場所から発生する。

「あ、ぁ、ぁふ……」

頭を抱き込んでいる腕に、酷《ひど》く安心する。

こんなにも無防備な状態なのに、ボルトの腕の中はとても心地よくて。

内臓を擦られているのに、それが最高にいいなんて。

あの女が言っていた、抱かれるのは気持ちよくて最高だったたっていう言葉が、本当だったというのがこの身体で立証された。

触れている肌が気持ちいい。

まだ腹の奥は気持ちいいのかわからないけれど、絡める舌が気持ちいい。

ヌチ……と更にボルトのペニスが俺の中を擦った瞬間、俺は目を見開いた。

ビクッと肩が震えて、不意に身体が跳ねる。ボルトの背中にしがみ付き、口から悲鳴に近い嬌声《きょうせい》が零《こぼ》れる。

「あぁああ！　や、何……っ！」

さっきまでの溶けるような感覚とは全然違う、電気のような何かが、ボルトのペニスがそこを突き上げる度に身体中に走り、混乱のまま間近のボルトの顔を見上げると。

「逃げるなよ。もっともっと、気持ちよくなれよ……っ」

まるで魔物を倒すときに見せるような、獰猛《どうもう》な顔つきのボルトが、俺の身体を押さえて笑っていた。

半分くらいしか勃ち上がっていなかった俺のペニスが、ボルトがそこを突くたびに勃ち上がる。上がる嬌声はボルトの口に阻まれてくぐもった声になり、ボルトが挿り込んだ場所から叫び出したくなるような感覚と熱が発生する。

またしても下腹部が破裂しそうな感覚がせり上がって、俺はボルトに助けを求めた。

「ボルト、ボルト……っ、なんか、だめ、も、そこ……っ」

「バカ……ッ、こんな状態で、そんな涙目で見上げるなよ……っ」

「だって……っあ、ん、や、も、破裂する……っ、今度こそ溶けるから……っ」

「溶けちまえよ。もっとルゥイをドロドロにしてぇ……っ」

これ以上溶けたら、俺はどうなるんだ。

またしても口を塞《ふさ》がれてしまったので目で訴えると、ボルトの目がスッと細くなった。

そして、ボルトの大きな手が、二人の身体の間にあった俺のペニスを握り込んだ。

その感触に、ひゅっと息を呑《の》む。

大きな手が俺のペニスを擦り、中をぐっと突かれて、目の前が真っ白になる。

腹が痙攣《けいれん》して、俺の中にあるボルトの熱の形がくっきりと認識されて、今度は心臓が破裂しそうなほどバクバクと脈打っている。

「心臓が……破裂しそう……」

「そりゃ困るな……確かにルゥイの心臓、すげえドキドキしてる」

フッと笑ったボルトにも、このドキドキが聞こえてるのかな、と俺はぼんやりとボルトを見上げた。

俺のペニスを離したボルトの手には白い液体が滴っていて、俺が出したものだ、となんとはなしに目で追っていると、俺の視線に気付いたボルトが、その液体を舌でペロリと舐《な》めた。

カッと頭に血が上る。

「目の前で舐めるなよ……っ」

腕で顔を隠すと、汚れていない方の手で腕をどかされ、ボルトが俺の額にちゅ、と唇をくっつけた。

「気持ちよかったか？」

「ん……わけわかんないくらい気持ちよかった……嬉《うれ》しい……」

「そっか……ルゥイ」

名前を呼ばれてボルトを見ると、ボルトもまた、幸せそうに微笑《ほほえ》んでいた。

「……大事にする。好きだ」

ボルトの言葉に頷《うなず》き、俺も、と答えると、ボルトは照れたように笑ってから、ずるりと俺の中から熱いモノを抜いた。

頭を支えてくれていた腕も離れて、身体が離れていく。

火照《ほて》った身体が、一瞬で冷えていく。

「身体を拭《ふ》く物を持ってくるから、ルゥイは寝とけよ」

「ん……でも」

「なんだ？　なんか欲しいか？　喉《のど》乾いたか？　腹、ルゥイが出した物でドロドロだから、気持ち悪いだろ」

「そうじゃなくて……ボルト……ボルトに抱かれると、幸せ」

手を伸ばして、身体を起こしたボルトの腕に触れると、触れた場所からじわじわと温かい気持ちが湧き上がってくる。

ああ、とボルトを見上げて思う。

抱かれる前より、もっとボルトが好き。

ボルトも、俺を抱いて、抱く前よりもっと好きになってくれたらいいのに。

そう思いながらボルトを見上げると、ボルトは何かを我慢するような顔をして、俺の頭を無造作にわしわしと撫《な》でた。

「……そんな可愛いこと言うと、襲い掛かって俺の全部を奥までぎっちり突っ込みたくなるからやめろ。必死で我慢してるんだぞこっちは……」

ボルトの呟きはとても小さくて、俺には半分くらいしか聞き取れなかった。

十一、親友に報告

寝ている途中に何かを口に流し込まれたのは覚えている。

眠りは浅い方だから、周りで何かがあったらすぐに目覚められるのは特技と言ってもいい。

だから、ボルトが俺に服を着せてくれたのも気付いたし、何度も口付けられたのも感覚でわかる。

でも俺の身体は蕩《とろ》け切っていて、目を開けることが出来なかった。

セックスするのって体力を使うのかな、なんて思いながら、隣に潜り込んできたボルトに身体を寄せて、また意識が沈むのに身を委ねる。身体を引き寄せられて、ああ、幸せだな、と思いながら寝た俺は、とてもおかしな夢を見た。

なんていうか、俺がなんかデカい椅子に座って、目の前でボルトとアルフォードが言い合いをしていて、俺が声を出して笑っている、そんなわけのわからない夢。

最後に聞こえてきた声は、どこかで聞いたことのある声で。

『私の見たものを、感じましたか』と言われた気がした。


朝目が覚めると、ボルトの腕の中にいた。

ボルトはまだ寝ていて、窓の光の弱さから、まだ日の出前だというのがわかる。

あれだけ溶けると思っていた身体は絶好調で、今日また魔物討伐に行っても全然問題ないくらいに清々《すがすが》しい。

ボルトの上半身は裸だったけれど、ズボンは穿《は》いているらしく、足を絡めてみると布の感触が伝わってくる。

心地よいボルトの腕の中から抜け出すのが惜しくて、俺はその状態でボルトを観察した。

薄っすら伸びたひげが、ボルトをさらに渋くさせている。

数日野宿で狩りをしていた時も、ボルトはひげだけは手入れしていたように思う。だからひげの生えているボルトをこんなに間近で見るのは初めてで、新鮮だった。

何とか身体を動かしてボルトの顎《あご》に手を当てると、チクチクとした感触が面白かった。

俺はまだ、ひげは生えてきていないから。いつか俺もこんな風にひげを生やすようになるんだろうか。

こういうものは成人の儀を受けると生えるようになる、と聞いたことがあるけれど、俺はいつごろ生えてくるんだろう。楽しみなような、手入れが面倒なような。でも、このボルトのひげの感触は嫌いじゃない。

体つきも、筋肉を纏ったボルトのしっかりとした身体とは違って、俺の身体はまだ未成人と大差ない。

今までずっと栄養不足だったからこれからだ、なんてボルトは言ってくれたけれど、俺はこんな風に立派な体つきになれるんだろうか。

ボルトのむき出しの上半身に手を這《は》わせて、でこぼこと鍛え抜かれた筋肉を確認していると、いきなりその手をガシッと摑《つか》まれた。

そして、瞬きの間に俺はベッドに手を押さえつけられて、ボルトに組み敷かれて見下ろされていた。

「ルゥイ……朝っぱらから俺を襲うなよ……」

まだ寝起きの嗄《かす》れ声《ごえ》で溜息と共に俺を見下ろすボルトは、昨日の夜以上に艶《つや》っぽくて、俺の頬が熱くなっていくのがわかる。

襲っていたわけじゃない、そう言おうとして開いた口は、言葉を発する前にボルトに塞がれた。

朝一でするには濃厚すぎるキスをひたすらされた俺は、身体《からだ》を洗ってくる、というボルトを見送ってから、キスで勃《た》ってしまった自分のペニスをどうしたらいいのかと途方にくれたのだった。本当に襲っていたわけじゃないのに。

◇◇◇

「ルゥイこの休みで何かあった?」

朝、寮の食堂に行くと、そこで出会ったアルフォードに開口一番そう言われた。

アルフォードが座っているテーブルにトレイを置いて腰掛けると、アルフォードはじっと俺を見て、首を傾《かし》げている。

何かって、もしかして俺、色ボケが顔に出てるとか。

思わず頬を擦《こす》ると、アルフォードに「赤くなるからやめておけ」と止められた。

「そんなに色ボケして見えるか？」

「色ボケ……？」

顔を顰《しか》めるアルフォードに、もしかして血筋のいい奴《やつ》は色ボケという言葉を使わないのか、と俺も首を傾げる。

ボルトのことをアルフォードに教えたとしても、どちらもお互い面識がないからあまり意味がない気がする。だったら、心身共にボルトと、なんて伝える意味があるのかどうか悩む。

でも、と俺は手を止めて、アルフォードを見つめた。なんとなくだけど、アルフォードには言っておきたいな、と思った。

口を開こうとして、鞄《かばん》の中に入った携帯端末型魔道具の存在を思い出す。

ボルトからの借り物だけれど、学校の友人の連絡先はバンバン入れとけ、と許可を貰《もら》ったので、アルフォードの連絡先を教えてもらうことにした。

アルフォードに見せると、自分のことのように目を輝かせ、仕方ないから僕の番号を教えよう、と慣れた手つきで登録していく。

アルフォードも俺の端末番号を登録して、「思ったより早かったな」と笑った。

登録欄に三人目の名前が載ったので、顔が綻《ほころ》ぶ。

ものはついでだ、と俺はアルフォードにボルトとの出来事を伝えた。

「パーティーを組んでいる相棒と想いが通じ合って、抱かれたんだ」

「だ……！　か……？」

アルフォードは俺の言葉を聞いた瞬間、ボッと顔を真っ赤にした。

目玉が飛び出しそうなほどに見開かれている。

何かを言いたいのに言葉にならないようで、口をわなわなと震わせている。

「すぐ神殿に行ってもいいって言われた。俺も……嬉しかった」

ボルトの言葉を思い出して、フフッと笑いを零《こぼ》しながらそっと教えると、アルフォードは更に真っ赤になった。耳まで赤い。

こんなプライベートなことを教えてしまう俺は、確かに色ボケしてるんだと思う。浮かれているのが自分でもわかる。顔のにやけが止まらない。

「……え、ちょ、ま、待ってくれ……へ、平民はその……そういうのは、けけ結婚してからとか、そういうんじゃ」

「ないな」

「ないのか……！」

ああ……と真っ赤な顔を両手で隠してしまったアルフォードを放置して、俺は食べ終わった食器をさっさと片付け、先に食堂を出た。

後ろでガタガタと音が聞こえて来たので振り向いたら、動揺しながら席を立ったアルフォードが椅子に躓《つまず》いてこけているのが目に入った。

授業中もチラチラとこっちを見ては赤くなって目を逸《そ》らすアルフォードは、誰から見ても不審者だったらしく、特に親しくないクラスメイトたちも「熱でもあるのか？」と心配そうにアルフォードに声を掛けていた。純情すぎだろ。

午後になってようやく落ち着きを取り戻したアルフォードに、「変な情報を耳に入れてごめん」と謝った瞬間またも顔が沸騰したのは本当に悪かったと思っている。蒸し返すつもりはなかったんだけど。

それから二日ほど人の顔を見ては赤面していたアルフォードと、並んで選択授業の教室に向かう。

『魔方陣魔法』の教科書を開き、ついでに講習で手に入れたテキストを開く。ふと思い立って持ってきてみた。部屋で眺めてはいたけれど、授業に持ってきたのは初めてのことだった。

一学年で習うものはほぼ初級の古代魔道語しか使わない魔方陣なので、本来はテキストはいらないけれど、よく見ると言葉を入れかえれば威力が上がる初期魔方陣が沢山あり、今までよりも魔方陣魔法が楽しく感じられた。

それを横で見ていたアルフォードがテキストに食いついてくる。

「ルゥイ、その冊子はなんだ？　古代魔道語のテキスト……？　どこで手に入れたのか訊《き》いてもいいだろうか」

「ああ。冒険者ギルドの講習で貰った物なんだ」

「ギルドの講習……それは、ギルドに登録しないと受けられないものなんだろうか。僕も受けられるか？」

「今度訊いてみる」

「ありがとう」

ニコッと礼を言うと、アルフォードはまた真剣に授業を受け始めた。

その横で俺は、例に挙げられた魔方陣の改変を色々と考えていた。


「そして出来上がった高威力の魔方陣がこれ……と。初期は『ファイアーボール』のはずが『フレアボム』系になってるけど」

休日に冒険者ギルドに顔を出した時、統括代理がいたのでギルドの登録をしていなくても講習が受けられるのか訊くと、そこから話が広がって、授業中に弄《いじ》った魔方陣を見せて欲しいというところまで話が進んでいた。

ボルトは俺の背中に背を預けて、聞くとはなしに会話を聞いている。

「そんなに凄《すご》いのになってるんですか？　教師に、途中で魔力が途切れるとは思うがこれを発動しようとしてはいけない、と釘《くぎ》を刺されちゃって」

「君の魔力値なら完璧《かんぺき》発動するね。しかもどれだけ燃費が悪くても確実に発動できるだけの魔力があるから発動しようとしちゃだめだよ。地面が抉《えぐ》れるから」

「マジか……ついつい文字を入れ替えるのが面白くて」

「あはは、じゃあ今度は『魔方陣魔法展開理論』の講義を受けてよ。低燃費の魔方陣の書き方まで教えてるから」

「受けます」

真顔で頷《うなず》くと、統括代理は笑いながら「でもこの魔方陣はシャレにならないからね」とやっぱり俺に釘を刺してきた。

「ええと、アルフォード君だっけ。講習を受けたいなら、本来であれば、ギルド登録して欲しい。でも、一切の保証がなくてもいいなら、ゲストとして受けることも出来るよ。ただし、その分割増しになるけれどね」

「割増し……」

嫌な言葉だ、と顔を顰めると、統括代理は肩を揺らした。

「本来講習代に含まれているテキストは自腹で買わないとならなくなるし、買わないとなると、講習が終わったら返却しなければならない。それに、講習時に怪我《けが》や何かがあった場合に色々と便宜を図ってもらえるのはギルド員だけで、ゲストの場合、もしポーション等を使ったらその請求が行くから、登録してもらった方がいいね。登録料は無料だし」

「なるほど、そう伝えます。ありがとうございます」

「受けてもらえるのを待ってるって伝えておいて。俺の弟の学園の生徒だもん、本当は便宜を図ってあげたいんだけどね」

「弟……？」

何やら聞き捨てならない統括代理の言葉に「は？」と間抜けな声を上げてしまう。

弟の学園、と言い切るということは、学園の上の方に弟がいるってことだ。そんな歳《とし》には見えないんだけれど、と不思議に思っていると、統括代理はそんな俺の反応に「あれ」と口元をほころばせた。

「君と個人的に話したってこの間聞いたんだけど。俺の弟ね、アーンバル上級学園の理事をやってるよ。パートナーの獣人と一緒に」

「あ、え、弟……？　でも、理事長は歳が……」

どう見ても統括代理よりも年上にしか見えない、と言えなくて口ごもると、統括代理は朗らかに笑った。

「俺も弟もハーフエルフだからね、見た目通りの歳じゃないんだよ。ちなみに俺は、この大陸がまだ人の住めない土地だった頃から元気に生きてるよ。ここまで長生きするとは自分でも思わなかったけれどね。でも弟は父親の血を濃く継いだのか、俺よりも成長が早かったんだよね」

「えっと……」

俺が反応に困っていると、統括代理は本棚の方を指さした。

「今度ゆっくりとハーフエルフの実態でも調べてみると楽しいよ。そこらへんにも俺の知り合いのハーフエルフが書いた本が突っ込まれてるから」

「……ちょ……どこからツッコんだらいいかわからないっすね」

「だろうねえ」

かなり重大な情報のはずなのに、統括代理があははと笑いながら言うと、そこら辺の世間話程度の情報に聞こえてしまって、なんとなく眩暈《めまい》を覚えた。

　そしてふと気付く。

「あれ……ってことは、理事長も冒険者ギルド統括の子供……？」

「あれぇ、ボルトそこまで話したんだ」

　統括代理がチラリとボルトの背中に視線を向ける。

　そして、前よりも気安くなったボルトと俺の仲に気付いたようだった。

　目を細めて、口が弧を描く。

「ボルト、無茶しちゃだめだよ」

「……」

　ニヤニヤと揶揄《からか》う気満々の統括代理を、ボルトはまるっきり無視した。

「引き留めてごめんね」

「まったくだ。時間が減っただろ」

「あーあ、ボルト拗《す》ねちゃってる。俺がルゥイ君を占領してたから？　大人げないよ」

「なんとでも言え」

　さ、行くか、とボルトが立ち上がって、俺に手を差し出してくる。その手が嬉《うれ》しくてポンと自分の手を載せると、ボルトのしかめっ面がフッと綻んだ。

　時間が押したのは俺のせいなんだけど。

「ありがとうございました」

「そんな奴に礼なんて言わなくていい」

まだニヤニヤしながら手を振っている統括代理に挨拶《あいさつ》する前に、ボルトは俺の手を引いてさっさとその場から離れた。

十二、依頼の思惑

「あーもう！　俺らを揶揄う気満々のあのにやけ顔が苛《いら》つく」

カリカリするボルトは、目の前の大型の魔物を一刀両断で真っ二つにした。苛立ちを魔物にぶつけているようだった。

「俺が話を振っちゃったから。ごめんボルト」

俺も目の前にいた一匹を数度切りつけて地面に沈める。

キラキラと消えて行く魔物を見送っていると、ボルトがふぅ、と息を吐きながら剣をしまった。

「いや、ルゥイは悪くねえ。俺がただルゥイと仲良く話す代理に嫉妬《しっと》してるだけだから。こんな狭量で俺こそごめんな。なんつうか、前みたいに寛大に見れる気がしねえ……くそ」

「狭量と焼《や》き餅《もち》は嬉《うれ》しいけど」

苦笑しながら本音を伝えると、横に立ったボルトが俺の腕を取ってハイポーションを掛けた。

ちょっと違和感があるな、と思っていたら傷ついていたらしい。戦闘中って意識を魔物に集中するからあんまり痛みを感じないんだよな。

「今の魔物はシルバーランク上位相当の魔物。もうすぐゴールド相当の魔物討伐もできそうだな」

「うん」

さっきとは全く違った落ち着いた様子で、ボルトが苦笑する。

「まあでも、魔物の場合ランクが一段上がっただけで強さは桁違いになるから、もう少しこの強さの魔物で腕慣らしをしてからゴールド相当の魔物に挑戦だな」

「うん……？」

頷いてから、俺はフッとボルトを見た。

もしかして、ボルトは俺の学費の条件を知っている？

結局、誰が俺の学費を出してくれているのか、未《いま》だに教えてもらっていない。

ボルトには「学費の問題は解決した」とだけ報告しているけれど、その内容までは教えていないし、ボルトも俺に訊いては来ないから、そういうことは深く訊かないのが当たり前だと思ってそのままになっていた。

ああ、でもギルド経由の話だから、俺とパーティーを組んでいるボルトにはギルドが伝えている、とか。でもそれじゃあギルドの教えとは矛盾する。

それとはまったく関係なく、ボルトは俺とゴールドランク相当の魔物を倒したいのか？

いや、そんなわけ……。

「ルゥイ！」

グルグルと考え込んでいた俺は、ボルトの声でハッと我に返った。と同時に魔物のけたたましい咆哮《ほうこう》で心臓が跳ねた。

とんでもない威圧感に襲われ、自分の動きがとてつもなく鈍く感じる。

心臓だけがバクバクと跳ねていて、ただ目の前でボルトが空から現れた魔物と戦っているのを見ていることしかできない。

巨大な鳥型の魔物の視線は、ボルトではなく確実に弱い俺を狙っているのがわかるのに、ただ突っ立っていることしかできない。

「ルゥイ！　気合い入れろ！　気合いで硬直なんて吹っ飛ぶから！」

ボルトの叫び声がガツンと脳に響き、ようやく俺の重かった手足がいつものものに戻った。

と同時に威圧に負けた不甲斐《ふがい》なさに腹が立つ。

「くそお！」

ぐ、と剣を握り直し、俺は身体中に魔力を巡らせた。

——俺の身体を巡る魔力よ、隅々まで、この身体の力と成れ。

口にはせずに心で叫ぶと、カッと身体中《からだじゅう》が熱くなる。

今なら跳べる、と信じて地面を蹴《け》ると、次の瞬間には目の前に空を飛んでいたはずの魔物がいた。

力の限り剣を振り抜き、重力のままに地面に落下する。身体強化しているので着地の衝撃もないに等しい。

ごとっと真横で音がしたので視線を向けると、そこには先程まで空を飛んでいた魔物の首が落ちていた。

首がキラキラと光となって消えていく中、まだ身体は翼を羽ばたかせ、空にあった。

首のない魔物の身体が降下し、最後のあがきとばかりに体当たりしてくる中、それをジャンプで避けた俺は、もう一度剣で魔物を串刺《くしざ》しにし、体重を掛けて魔物の身体を地面に縫い付けた。

バサバサと翼を広げて暴れた魔物は、程なくして、俺の剣が刺さった場所から光となって消えていった。

「……ゴールドランク相当魔物、単独討伐成功、だな」

ボルトの言葉に、顔を上げる。

ああ、その言葉は、やっぱり――。

「単独じゃない」

「いや、俺は最初の一撃を弾《はじ》いただけだから、実質ルゥイの単独だろ」

「それをボルトが弾いてくれなかったら、俺は最初の硬直でやられてた」

「まぁ……アレはちょい油断だったな。何かに気をとられてたのか？」

ボルトに、とは言えなかった。

こんなにわかりやすかったのに、どうして俺は全然気付かなかったんだろう。

最初にボルトから金を借りることを断ってから、ボルトは二度とそんなことを口にはしなかったから、俺の中では自然と候補から外してたけれど。


言いたいことは沢山あるけれど、一応課題の一つはクリアした。

後は、ランクをゴールドに上げること、そして、来年選択授業で『帝王学』を取ること。

どうして学費を出してくれる誰かは俺に『帝王学』を学ばせたいんだろう。

たとえ俺がどこぞの王家の血筋かもしれないとしても、既にその血は本来の場所を追われて、とっくに居場所はなくなっているのに。

でも、その血のことに気付いたのはボルトで、知っているのは、ボルトと統括代理。

もう、誰が俺の学費を出しているかなんて、確定じゃないか。

でも、どうして、という疑問が心を過《よぎ》る。

もし、俺の学費を出しているのがボルトだとして、俺に『帝王学』を学ばせようとしているのはどうしてだろう。もしかして、ボルトはフォルトゥナ国の騎士に返り咲きたい、とか。俺を王座に座らせて、前の暮らしに戻りたいから、ってことは……。

そんな疑問がふと浮かんできて、俺は思い切り首を横に振った。

だって、ボルトはもう俺と同じ立場だって。そして俺を好きだって言って抱いて、極上の笑顔をくれるから。帰りたいとか一言も言ってない。

それとも、出会った当初に俺が「ちゃんとした収入が欲しいから学校に行ってきちんとしたところに就職したい」って言ってたのを覚えてて、そのきちんとした職業の中に王様を入れちゃってる、とかなのか。でも、もしボルトがフォルトゥナ国で騎士として返り咲きたいのだったら……。

「ボルトは」

剣を鞘《さや》に収めながら呟《つぶや》いた俺の言葉に、ボルトが「ん？」と返してくれる。

その眼はとても優しくて。

ボルトの他者や魔物に向けるキツイ冷たい視線を知っているから、今の視線はちゃんと俺に対する想いの込められた優しい視線なのがわかる。

「俺にフォルトゥナ国の王様になって欲しい、のか……？」

「はぁ……？　何言ってんだよ」

小さかった問いは、しっかりとボルトの耳に届いていて、ボルトは怪訝《けげん》な表情と呆《あき》れたような声でそんな返事をした。

その声音と表情こそまさしく本心から出たものだったんじゃないかと思ったら、少しだけ笑えた。


魔物討伐内容をギルドに報告して、ボルトと共に宿屋に向かう。

ボルトの腕はがしっと俺の首を捕まえていて歩きにくいけれど、この距離感が嬉しかった。これは絶対に主従の距離じゃないから。かといって、恋人っていうのとも違うと思う。敢《あ》えて言えば、捕獲。


部屋に戻った俺たちは、身体を綺麗《きれい》にして二人で剣の手入れをしてから、一つのベッドに二人で腰を下ろした。

スッと腰に回された腕に、身を預ける。

世の恋人たちはこうやって自然の成り行きで身体を重ねるんだろうか。

「ルゥイ……」

耳元で名前を呼ばれて、そこに唇を寄せられる。

くすぐったさに首を縮めながらボルトを見上げると、すぐさまキスをされる。

最初は軽く、まるで啄《ついば》むように俺の唇を食べるボルトが、妙に艶《なま》めかしい。

俺は、ボルトからどう見えているだろうか。ちゃんと抱きたいと思えるんだろうか。

何もせずに、されるがまま。それでいいのか。

キスをされた時点で、この間の快感を覚えている身体が熱を持つ。

ズボン越しでも、お互いのペニスが硬くなっているのがわかる。

「……成人すると、感情を隠すのが難しいな……」

反応している股間《こかん》がちょっとだけ恥ずかしくてキスの合間にそう呟けば、ボルトはふっと笑って視線を下に向けた。

「顔と口は、感情を隠すのが上手《うま》くなるから、その反動じゃないか？」

「これ、討伐中に勃《た》ったらどうしよう……」

そっと手で股間を隠せば、その手の上からボルトの手が重なる。

「討伐中に勃ちそうになるのか？」

面白そうな口調の問いかけに、真顔で頷《うなず》く。

「だって、ボルトが魔物を倒す姿はすごくかっこいいから。綺麗で、強くて、美しくて。なんて言うか、気を付けないと見蕩《みと》れて動きが止まりそうになる。それに加えてここが勃ってたら、俺いいとこないから……ボルト？」

言い終わる頃には、ボルトが呻《うめ》き声を漏らして、顔を手で覆っていた。

手の間から見える頬とか耳は、なんだか赤くなっている。

「ボルト……？」

「ほんっと、ルゥイはなんなんだよその可愛さは……！」

ガバッと抱きついて、首のところに顔を埋《うず》めたボルトは、声を押し殺してそんなことを呟いた。

俺が可愛いとか、ボルトは目がおかしいと思う。

「意味がわからない」

「わからなくていい。ルゥイの可愛さは俺だけが知ってるから。疲れてないか？」

「今日は楽勝だったから大丈夫だけど……疲れてたら手を出してくれないのか？」

ああでも、疲れてたら今以上に何もせずに寝転がっているだけか……それはさすがにだめだろ。

だったら、とボルトの首に腕を回し、引き寄せる。

ボルトがしてくれたみたいに唇を啄み、舌を差し込んで、ボルトの舌に絡める。

視界の隅に見開かれたボルトの瞳《ひとみ》が見える。

そっと手をボルトの股間に伸ばせば、その手を摑《つか》まえられてしまった。

そのまま後ろに倒されて、ベッドに仰向けに寝転がる。

捕まれた手はベッドに縫い付けられて、さっきよりも深く唇が重ねられた。

「あン……っ、ん」

鼻に掛かった声が漏れる。

俺がするはずだったのに、すぐに主導権をとられてしまう。

絡められる舌が気持ちよくて、下腹部が熱くなる。

キスをするボルトの瞳がいつもよりも熱を孕《はら》んでいるように見えて、少しの恐ろしさと大きな期待で胸が熱くなる。

まだ慣れない身体はあまりボルトを気持ちよくさせてあげられないかもしれないけど、俺だってボルトにすごくいいって思って欲しい。

「どうすればいい……？」

どうすればボルトにいいって思ってもらえる？

薄目を開けて、キスの合間にそう聞けば、ボルトの目がさらに野性味を増した気がした。

「どうもしなくてもルゥイは可愛い」

「可愛いとかじゃなくって……ボルトが、どうしたら気持ちよくなるのかなって」

はふ、と息を吐きながらボルトを見上げると、ボルトが「馬鹿だな」と笑った。

「ルゥイとキスするだけで気持ちいい。それに、ルゥイのここに挿《い》れるだけで、気持ちいい」

そっと尻《しり》に添えられた手に、俺は口を尖《とが》らせた。

「でも、ボルトこの間出してなかったじゃねえか……あの、ドロドロの体液……」

出してないってことは、それほど気持ちよくなかったってことだろ。

口を尖らせたままそう言うと、ボルトは一度手を離し、俺の上ではぁぁ、と盛大な溜息《ためいき》を吐《つ》いた。

「確かに、この間はイかなかったけどな。でもあの時はルゥイ初めてだったろ。俺はそんな初心《うぶ》なルゥイに俺が満足するまで全部を貪《むさぼ》ってぶちまける程鬼畜じゃねえの。あれはあれでルゥイが可愛すぎて大満足だったの！」

わかったか？　とおでこをくっつけられて、ううん、と唸《うな》る。正直わからない。眉間《みけん》に皺《しわ》を寄せていると、ボルトがそこにチュッとキスをした。

「少しずつルゥイを俺の大きさに馴染《なじ》ませたいんだよ」

だってほら、とボルトは俺の手を取って、自分の股間に触れさせた。

それは、俺の今の状態よりも大きくて太かった。これが俺の中に入ると、どうしてあれだけ気持ちよくなるんだろう。

なで、と手を動かすと、ばか、とボルトの腰が少し引けた。

「俺のを全部挿れるには、もう少しルゥイの中が柔らかくならないと多分難しいからな」

だから、少しずつ俺に抱かれるのに慣れてくれ、とボルトに囁《ささや》かれ、俺はボルトがまだ全部を挿入していないという事実に衝撃を受けながらボルトの服に手を伸ばした。

だったら今日こそボルトに気持ちよくなって欲しい。

ボルトも俺の服に手を伸ばし、お互い素肌をさらけ出していく。

顔、首、耳、胸元、至る所にキスをされて、身体《からだ》が蕩《とろ》けていく。

ボルトが香油に手を伸ばしたので、自分から足を開いて解《ほぐ》しやすい格好になる。

ガチガチに勃ち上がった俺のペニスに香油を垂らされて、息を詰める。その垂らされた感覚だけで気持ちいい。そして、そこから塗り広げるように俺のそこを撫《な》でるボルトの指が気持ちいい。

ボルトの指が俺の中に侵入すると、それだけで俺のペニスから液体が零《こぼ》れる。

指がゆっくり動かされ、快感に身を委ねていると、今度は無防備だったペニスが握り込まれて、息が詰まった。

「あっ……、ボルト、だめ、それだとすぐ……っ」

香油で濡《ぬ》れたペニスは、擦《こす》られるたびにニチャニチャと水音が立って、腰が跳ねる。目に入るボルトの顔には、俺を抱きたいという欲望がしっかりと浮かんでいて、見ているだけで下腹部が爆発しそうになる。

せめて目と耳を塞《ふさ》いだらこの快感から逃れられるかとやってみれば、見えない分余計にナカにあるボルトの指がしっかりと感じられて、だめだった。

「……っ、も、あぁあ……っ」

「ルゥイ……」

俺の名前を愛《いと》おしそうな響きで呼ぶボルトの声と共に、俺はボルトの手の中に出してしまった。

くたっと身体の力を抜くと、ボルトの指も抜けて行く。

バクバクする心臓を落ち着かせるため深呼吸していると、足が抱え上げられた。

指で解したところにボルトのペニスが宛《あて》がわれると、せっかく落ち着けようとしていた心臓がさらに跳ねた。

少しずつ、俺を気遣うようにゆっくりと、ボルトの熱が腹の奥に埋められていく。

期待と喜びで、身体がまた熱くなる。

「……っ」

ボルトのペニスが、俺のいいところを穿《うが》った。頭が真っ白になって、中にいるボルトを締め付けてしまう。この間も、ここを突かれて頭が弾《はじ》けたんだ。

突き抜ける快感に身体を硬直させている間にも、ボルトの熱が引かれる。そしてまた、そこを突かれて、嬌声《きょうせい》と共に身体が跳ねる。

だめ、もっと、ここだとボルトはまた……。

引かれる腰を、必死に足で止める。そして、浅く息を吐いて、ボルトを見上げた。

伸びた髪が目に掛かって少しだけ邪魔だった。

「ボルト……もっと、奥まで欲しい……」

足に力を入れて、ボルトの身体を引き寄せながら、邪魔な髪を掻《か》き上げる。

こんな赤い髪よりボルトみたいな黒髪のほうがよほどかっこいいな、と思いながらボルトの顔を見ていると、その眉間にきゅっと皺が寄った。

「おま……こんな時に煽《あお》んな……っ」

ふっと細められた目は、またしても大型魔物を目の前にしたような好戦的なギラギラした光が差し、その顔のあまりのセクシーさに胸が騒がしく跳ねる。

「……苦しかったり、痛かったら、絶対言え……」

ボルトはそれでも優しく俺にそう言うと、俺の足を腕で抱え込んだ。

足が開かれ、腰が少し浮く。

ボルトとの繋《つな》がりが丸見えになって、ハッと息を呑《の》む。

まだボルトのペニスは余裕があり、あれが全部俺の中に収まったら、俺はどうなるんだろうという期待が押し寄せる。

ぐぐ、とボルトのペニスがさらに奥に挿《はい》ってくる。

「……っは、ぁン」

これ以上は無理だろ、と思うところを優に超え、ボルトは俺の中をゆっくりと暴いていく。

もう少し、とボルトが身を屈《かが》めて耳元で囁く。

その声が脳に響いて、身体が蕩けるような錯覚に陥る。

は、は、と浅い息を繰り返せば、ボルトが目もとに唇を寄せた。

チュ、とリップ音を立てて目尻《めじり》にキスをして、俺の腰を引き寄せる。

色気も何もない俺の呻き声と共に、腹の奥にごつ、とボルトの切っ先が穿たれる。

「あ……」

ボルトの熱の質量がすごい。腹の中を全て支配された気がした。

確かに、この間の比じゃなかった。奥までボルトを感じて、勝手に身体が震える。

確かにきついけれど、でも、それだけじゃなくて……。

馴染むまでボルトは待ってくれるらしく、今は動いていないけれど、それだけで繋がった場所がじんじんと熱を持つ。

熱い、苦しい。けど、脳が破裂しそうなくらい気持ちよくて、ボルトへの恋慕がさらに加熱した。

「……っ、ふ、苦しくないか……」

そう囁くボルトの声は、心なしか嗄《かす》れていて、ボルトもまた何かを我慢しているような響きがあった。

「大丈夫、すっげえ……腹の中、熱いけど……」

それがいい、と口だけ動かすと、ボルトの熱が俺の中でピクッと反応した。

「まだ動かすには辛《つら》いよな……」

さすがにきついな、と切なそうに呟《つぶや》くボルトのほうが俺より辛そうだった。

この熱が動いたら、どれくらい気持ちよくなるんだろう。

この奥までびっちりボルトを感じるだけの状態で、俺はもう震えるほどに満足なのに。

この間のように、頭が真っ白になるくらい気持ちいいのか、それとも、痛いくらいにボルトが俺のナカを貪るのか。どっちでもいい。どっちも最高だと思う。

期待を込めた目でボルトを見上げると、ボルトはくっと一度眉《まゆ》を寄せて、「そんな切なそうな顔をされると理性が飛びそうだ……」と自分の顔を手で覆った。

ボルトが俺の頭の両横に手をつき、俺を見下ろす。

その瞳に、ちゃんと俺が欲しいという欲望が見えて、ボルトを包んでいる下腹部がキュンとする。

キュンとした瞬間腹の中でボルトの形を意識してしまって頭に血が上った。

「こら、これ以上締めるなって……ルゥイ、気持ちいいか……？」

「ん……ここら辺までボルトがいて、なんか、すごくいい……」

自分の腹を手で撫でると、ボルトが息を詰めたのがわかった。

しっかりと筋肉の乗った腕に力が入ったのが見えた。ボルトが俺に負担が掛からないよう身を屈めて、キスをする。舌を絡めている間に、ボルトのペニスが俺の中からずるりと抜けていき、その感覚が強烈過ぎて上げた嬌声はボルトの口に呑み込まれていった。

ギリギリまで引き抜かれたそれが、ためらいなくまた奥まで差し込まれる。

熱に擦り上げられた腹の中がよすぎて背中が反りそうになるのを、ボルトに押さえ込まれ、ボルトがガツンと奥を突く。

「あぁあ！」

目から火花が飛んだ気がする。

敏感になっていた中が、ボルトの熱を抜き挿しされて快感だけを拾っていく。気持ちよすぎて中が締まっているのが自分でもわかる。それを無理矢理こじ開けて突かれて引き抜かれて、口からは自分でも初めて聞くような甘い嬌声しか出てこなかった。

よすぎる。よすぎて、ボルトはちゃんと気持ちいいのか確認したくなって、ボルトの顔を見上げたら、もうだめだった。

最高だって、気持ちいいって、ボルトはもっと俺を貪りたいとでも言うような熱に浮かされたような顔をしていた。

そこからはもう、我を忘れてボルトにしがみついて、欲しいだけもっとと甘えて、ボルトの熱が中に欲しいと想いのままをぶちまけていた。

腹の奥にボルトの出した熱を感じると、俺はひと討伐し終えたような達成感を味わっていた。俺のスタミナと引き換えにして……。

部屋には二つのベッドがあるけれど、ひとつのベッドは綺麗《きれい》なまま。少し狭いのがいい。絡まる素肌がいい。繋ぐ手からお互いの気持ちが伝わる気がするし、繋がり合った身体からはお互いの情熱がドロドロに溶け合って交じり合って二人の身体が一つになった錯覚に陥る。これは絶対に主従の関係ではありえない。

抱かれた余韻がまだ残る身体を横たえて、さっきの思いつきは杞憂《きゆう》かな、と考えていると、俺の額にキスを一つ降らせたボルトが、優しく額にかかる前髪を掻き上げながら口を開いた。

「……どうしてルゥイは、俺がルゥイに王様になって欲しいのか、なんて思ったんだ？」

まだ熱い手で汗を拭《ぬぐ》われて、俺はその手を取って口付けた。俺よりも一回り程大きな掌《てのひら》は、武骨に見えるのに、まるで魔法のように俺を天に導いていくものだ。

「ボルトが俺の学費を出してるのかな、と思って」

何気なしに言って、掌にキスを繰り返しながら視線を上げると、ボルトが困ったような顔をしていた。

「……ルゥイはたまに、聡《さと》すぎる」

その一言は、俺が何気なく呟いた言葉が事実だったと裏付けていた。

「どうして」

　俺が訊《き》くと、ボルトは頭をガシガシと手で掻いた。

「最初に授業料を出そうとしたら断られたからな」

「そりゃ断るに決まってるだろ」

「決まってるって……俺らパーティー組んでるだろ。仲間っつうかルゥイを助けるのは当たり前だと思ってて、それなのにすっぱり断られたから、ルゥイらしいとも思いつつ、どうにかして俺が払いたいなんて意地になってたんだよ……」

「パーティー組んでるからこそ、ボルトにおんぶに抱っこは嫌だったんだよ。俺は……隣に立って、対等でいたかった」

　ついつい咎《とが》めるような口調でそう言うと、ボルトは盛大に溜息を吐いた。

あのなあ、と呆《あき》れたような口調で言いながら、ボルトは俺の身体を抱き寄せた。

その引き寄せ方がとても優しく、嬉《うれ》しくなって顔が緩み、ハッと我に返って気を引き締める。

「そういうところだよ。ルゥイが今まで生きて来た道が、そういう態度から垣間見えて。俺の中に微《かす》かに残っていた騎士魂が、あのお方と似た色合いを持つルゥイを手助けするのは運命なんじゃないか、って思ったんだよ。まあ最初はな。……でも、一緒にいて、必死で頑張って一人で前を見て立つルゥイを見てて、魔が差した」

「魔？」

「ああ。ふと、ルゥイを思いっきり甘やかしたら、どんな顔が見られるのか想像した。可愛がって、甘えさせて、腕の中に囲い込んだら、ルゥイがどんな顔をするだろうって。初めてルゥイの笑顔を見た時、魔が差したんだ」

ずっとその笑顔が自分に向いていたら。腕の中で、幸せそうに笑ってくれたら。どんな気持ちだろうって。

耳元でそう囁かれて、俺の身体の中に燻《くすぶ》る熱が、再燃する。

それでも、ボルトの言葉の中にあった気になるワードを無視することは出来なかった。

「あのお方っていう人が好きだから、似たような色の俺で妥協してる、とかじゃないんだよな……？」

ボルトは、俺の言葉を聞いて、驚いたように目をまん丸にした。

多分ボルトのいうあのお方っていうのは、フォルトゥナ国の前国王で、俺の親父《おやじ》だと思われる人だ。

本当はそっちが好きなんじゃないか。だって、十歳という若さで忠誠の儀を受けたくらいだ。もしかしたら敬愛以上の何か感情があったのかも……なんて、邪推してしまう。

身代わりは嫌だ、と我《わ》が儘《まま》にも思う。そいつと俺が似てなかったら、まず出会いからして違ったものだったのは想像に難くないのに。

ちょっと不安な気持ちでボルトの答えを待っていると、先程よりも盛大な溜息《ためいき》を吐《つ》かれた。

「ねえわ」

俺の疑念は、ボルトのその言葉で一刀両断された。

ガシッと頭を腕で押さえつけられて、頬を手でむにゅっと摑《つか》まれる。潰《つぶ》された唇が変な形状にな

っているのにも構わず、ボルトは俺の頬を手で挟んだまま、ちょん、と自分の唇をくっつけた。

「ありえねえ。俺が騎士になったのは、流れだ。勿論《もちろん》あのお方の性格は穏やかで尊敬していたけれども、あのお方に恋焦がれるとか……ねえわ。それどころか騎士になった途端に王宮内で反乱があってもう一杯一杯だったっつーの。あの頃は俺もガキだったしな。まあ……盾にもなれずにただ逃げることしかできなかったのは未《いま》だに燻ってはいるけどな。それだけだ」

もう一度、俺の突き出た唇をチョンと自分の口で突っつく。

「こういうことをして、腕の中でドロドロに甘やかして、今までの分を取り戻すくらいに幸せそうな顔をさせてえって思ったのは、今までの人生後にも先にもルゥイだけだ」

ボルトの手が離れると、今度はちゃんと口が重なって、舌が挿入された。

再燃した熱が、燃料を投下されたように更に燃え広がる。

でも、こんなに蕩《とろ》けさせられたら、俺もう前の生活には絶対に戻れなくなるよ。

ボルトなしでは生きて行けなくなる。

こんなことを考えるくらいに、弱くなる。

前はちゃんと一人で立っていられたのに。今は、ボルトに背を預けないと、立っていられない。

でも、それがわかっていても、もう俺はボルトを離せない。

重なる唇、絡まる舌、高まる欲望は、先程までボルトを受け入れていた場所を溶《と》き解《ほぐ》させた。

十三、帝王学授業はとても辛い

二学年に上がった。

俺とアルフォードは、Ａクラスになった。

たまにシェンさんが放課後の第二図書室を利用して勉強会を開いてくれたのが功を奏したらしい。

クラスでは、ドウマが俺たちをニヤリ顔で歓迎してくれた。

クラスメイトは、アルフォードが言うには、かなり上位の貴族の子供が殆《ほとん》どだそうだ。

もう一つ下のクラスだった時は、クラスメイトたちが「Ａクラスに上がるには、学校に多額の寄付をしないとならないって噂《うわさ》があるんだ」なんて言っていたけれど、それが負け惜しみだというのはわかっていた。だってあの理事長が裏金なんて受け取るわけがない。ここにいる人たちは全員実力でＡクラスに来てるんだというのが、引き締まった空気でわかる。

そんな中での勉強は、かなり息が詰まりそうで、なんとなくうんざりした。

「それよりも疑問は、なんでドウマがこのクラスを維持しているのかだ」

「ルゥイ？　お前、俺を馬鹿にしているのか？」

「だってお前、イレギュラーなことに弱そうだし」

俺の言葉にショックを受けたらしいドウマの顔を見て、ようやく人心地ついた俺は、自分に割り当てられた席に腰を下ろすと早速選択科目選びに入った。俺の前の席に腰を下ろしたアルフォードと二人で紙を見ていると、ドウマも横から顔を出す。

「俺のお勧めは『上級剣技』だ。ルゥイなら去年『剣技』を取っているから、受講できるぞ。一緒に受けよう」

「受けねえよ」

「なんでだ！　もっと剣が上達した方がいいだろ！」

「お前煩《うるさ》い。俺は今年は剣技は取らない」

「だから、なんでだ！　お前自分の才能をわかっていないのか!?」

「俺の剣の腕を買ってくれるのは嬉しいけどな、ドウマ。俺は現役。授業の剣技は生温《なまぬる》いんだよ。魔法と剣合わせて魔物を倒さねえと意味ねえの。それを休日にいつも実践してるんだよ。だったら、他の授業に当てた方がいいだろ」

「現役……」

ドウマは呆然《ぼうぜん》と俺を見下ろした。

去年よりさらに身体《からだ》を鍛えているドウマは、ちょっとした山のようで近くにいるだけで存在感が凄《すご》い。

あまり俺と身長の変わらないアルフォードの隣が当たり前になった俺にとって、隣に立つ大きな存在感はボルトだけで十分だった。

それに、ドウマに言ったことは本当のことだ。魔物退治において、剣技だけにこだわるメリットは低い。それに色々魔法を組み合わせて、いかに早く魔物を屠《ほふ》るかが生存の鍵《かぎ》になる。学校で習う剣技は、実戦にはあまり向いていなかった。基本は覚えられるけれど。

それに、隣には常に一番綺麗な動きをするボルトがいるから。最高の見本だ。

「アルフォードは決めたのか？」

「ああ。去年に引き続き同じものを取る。ルゥイは剣技をやめるなら、他には何を取る気なんだ？」

「『帝王学』」

俺の一言で、クラス中の視線が俺に集まった気がした。

不快なその視線に眉《まゆ》を寄せると、同じように驚いた顔をしたアルフォードが、そっと俺の耳に顔を近づけて、小声で教えてくれた。

「『帝王学』は、ある程度権力に近い者じゃないと受講できないことになっているんだ」

なるほど、それでか、と俺は周りの視線を一蹴《いっしゅう》した。

俺の学費の提案をしたのは理事長だから、俺が希望すれば受けることが出来る。というか多分受けなければならない状態だろう。

でも、と溜息を吐く。

ここで受講することになったら、俺はどこの血筋の庶子だ、と騒ぎになりそうだ。

厄介だな、と思いつつ、そういえばどうして『帝王学』を取るなんて条件を出したのか、ボルトに訊くのを忘れたな、と項垂《うなだ》れた。

◇◇◇

『帝王学』の選択授業は、特別棟と呼ばれる、俺たちが普段授業を受ける校舎よりもさらに奥に建っている小さめの建物で行われる。

外観は他の校舎と変わりないのに、一歩中に入ると明らかに内装が違った。

制服では釣り合わないような、俺から見ても高価な調度品が、まるで貴族の屋敷を少しだけ小さくしたのでは、というような雰囲気で配置されている。

そして、警備の人は手に槍《やり》を持ち、学校ではないような厳重な警備がされていた。

そんな俺には場違いな建物の二階の、教室……とは言い難いような部屋で、俺は早くも『帝王学』を取ったことを後悔していた。

部屋にいるのは俺の他に二人。共に一学年上で、去年から『帝王学』の授業を選択しているという。

この国の王族に連なる血筋のお偉い貴族の御子息と、隣国から二年という期間限定で留学してきたという第四王子殿下。そして、庶民の俺。

二人は、俺がこの部屋に入って用意されていたお高そうな椅子に近付いた途端に興味津々に声を掛けて来た。

「君は噂の現役冒険者君だね」

「どうしてこの『帝王学』を取ったんだい？　でも、去年はこのアローロと二人だけだったから嬉《うれ》しいよ」

「そうだな。そろそろ同じような顔に飽き飽きしていたところだ」

「アローロは家での家庭教師も同じ先生だからね。大変だよね」

「それは仕方ないだろう。彼よりも素晴らしい教師が見つからないらしいから」

そっかあ、と朗らかな第四王子であるフォーディアル殿下と、口元を綻《ほころ》ばせている真面目《まじめ》そうな雰囲気の大公家嫡男アローロ殿下は、改めて俺に自己紹介してくれた。

でも、でもだな。まあまあ飲んで、と差し出されたカップはな、俺のひと月分の食費よりもさらに高い物なんだ。授業で紅茶なんか出すんじゃない。横になんか執事みたいな人を置くんじゃない。と、ツッコみたい。

アローロ殿下は来年卒業でフォーディアル殿下は今年度が終われば国に帰るらしく、笑いながら二人で「来年はもしかしたら君一人かもしれないね」と声を揃《そろ》えた。

その間、俺は一言も喋《しゃべ》ってない。まあ既に俺の情報は二人とも手にしていると思われるし、喋らなくても大丈夫そうではある。

多分、孤児の俺が気軽に声を掛けちゃいけないレベルの身分差なんだよな。それを言ったら、本当はアルフォードだってドウマだってそうなんだけれど。同級生ならまだしも、先輩だというのも色々と難しい。

「こんな寡黙な子だったんだ。小柄だしね。噂はやっぱり話半分で聞かないとダメだね」

「いやでも、小柄でもあの優秀な騎士を育て上げる家の子息を打ち負かしたと聞いた。本当であれば一度手合わせしてみたいね」

「僕はいいや。剣はちょっと得意じゃないんだ。魔法なら負けないんだけど……って、さっきからだんまりだね。もしかして何か話したら僕たちに首を切られるとでも思ってるとか？　大丈夫だから気楽にしてよ」

　いえ、と小さく答えた。

　気楽になんて出来るわけがない。

　目の前の茶器は落とした瞬間破産するとわかるような代物。さっきちらりと見た、ワゴンに載っていた茶葉は、多分高級茶葉だろうし、この全面ガラスの中に金の細工がされている精巧な造りの机は、きっと俺の想像もつかないような値段が付いている。

　ハッキリ言って、この部屋……というか建物に入ること自体が気楽に出来る要素が全くない。

　俺の財布にはな、今千三百ガルしか入っていないんだ。そんな極貧の学生がこんなところで寛《くつろ》げるわけがない。

　溜息《ためいき》を呑《の》み込《こ》んでいると、コンコン、とノックが聞こえて来た。

　そして、スッとドアが開き、キリッとした顔つきの少し神経質そうな人が入ってきた。

「お待たせしてすみません。では、『帝王学』の授業を始めたいと思います」

　そう言って、『帝王学』の先生は、大きくてとても細工の凝った、これまたとんでもない値段のしそうな机の上に、テキストをパサリと置いた。

初めての授業は、先生の自己紹介と、改めての全員の自己紹介を踏まえつつ、この国の歴史を習った。今後は他の国の歴史もかいつまんで頭に叩《たた》き込《こ》み、それとどうやってバランスよく他国と付き合っていくかという外交的内容に移っていくということを先生はさらっと教えてくれた。

去年も『帝王学』を習っている二人には、更に突き詰めた、国を存続させるためのノウハウを教えていくらしい。生徒は三人だけだから、全員個別に指導しても問題はないらしい。

この授業ではこれを使い給え、と渡されたペンがまた高級な物だったので、俺は触るのも嫌だった。持ち歩いて壊すのもどうかと思ったので、授業後、先生に預ってもらえるように交渉した俺は、苦渋の表情の先生に、お小言と引き換えにペンを預かってもらえた。決め手は、「魔物討伐している時に壊したら弁償できないからです」だったと思う。

ノートもテキストも、どう考えても高級な物だったので、本気で気苦労が絶えない。これが週に一回、一年間ずっとあるのかと思うと胃が痛くなる。

そして、胃の辺りを手でさする俺を、お偉いお二方は終始面白そうに見ていた。


俺は、その鬱憤《うつぷん》を休日の魔物討伐で晴らすことにした。

けれど、冒険者ギルドに行ってみれば、いつもは待っていてくれるはずのボルトの姿が見えなかった。こんなこと初めてだった。

まだ来てないのかな、と辺りを見回すと、受付の人が俺を呼んだ。

「ボルトさんから伝言を預かっています。今日は用事が出来て一緒に行動できない。すまない、とのことです」

「へ、ボルトが来られない？」

「はい。三日ほど前から、ルゥイさんに伝言を残して、帰って来ておりません」

「ボルトが何をしているのか……なんて、わかるわけねえか」

「申し訳ありません。ですが、統括代理と共に出掛けたので、怪我《けが》はしないと思います」

「統括代理……って、強いの？」

「はい。それはもう。プラチナランクと並んでも遜色《そんしょく》ないです」

「うわ……」

強そうには見えない優男風の統括代理を思い出しながら、俺は礼を言ってカウンターを離れた。

パーティーを組んで初めての単独行動は、ボルトにとっては何時《いつ》ものことの延長かもしれないけれど、俺にとってはほんの少しだけ寂しさが頭をもたげた。

初めて一人で魔物討伐。街の隣にそびえる広大な森に出るシルバーランク魔物の素材を募集する依頼書を携帯端末型魔道具に登録してもらい、冒険者ギルドを後にする。

ピロン、と依頼を登録された時に鳴る音が妙に耳に残った。

森の奥まで入り、依頼されていた魔物を発見次第討伐。身体能力を上げる魔法を使うと、シルバーランクの魔物はそこまで脅威ではなかった。

依頼分よりも多めにドロップアイテムを手に入れて、俺は陽が沈む頃に冒険者ギルドに戻って来た。

一人で依頼を受けるのなんて、仮登録の時は当たり前だったのに、と無事完了の印を貰《もら》ったことにほっとする自分を叱責する。

依頼完了の報告をしつつ、ボルトのことを訊《き》いてみると、まだ帰って来ていないとのこと。毎週のことだったので、外泊届を出してきてしまった俺は、どうしようかと悩んだ後、手にある携帯端末型魔道具に視線を落とした。

何か依頼中だったなら、連絡を入れるのは迷惑になるのはわかっている。けれど。

この休みにボルトに逢《あ》えることを励みに勉強を頑張っているのにこれでは気力も尽きそうだ。そうでなくても『帝王学』が思った以上に色々と精神的に削られるというのに。

はぁ、と溜息を吐《つ》いて、携帯端末を懐にしまう。

と、まさにそのタイミングで端末が震えた。

慌てて取り出し、画面を覗《のぞ》くと、ボルトの名が画面に印されていた。

その画面の名前を見ただけで、気分が浮上する。

「ボルト」

『今、時間大丈夫か？』

「うん」

通話が出来ることに胸を跳ねさせながら声を出すと、ボルトはまずは今日一緒に動けなくてごめん、と謝って来た。

寂しかったのは本当だけれど、俺だってもう成人の儀を受けた大人だし、ゴールドランクのボルトは本来ならもっと忙しいはずだ。こういうことはまた頻繁にあるんじゃないか、と自分に言い聞かせつつ、ただ「大丈夫」と答えた。

『今日も外泊届出して来たんだろ。俺が借りてる部屋に泊まれよ。ルゥイが休日に泊まりに来るのは宿屋のおやっさんも女将《おかみ》さんも知ってるから』

「でも」

『いいから。俺は明日もそっちに顔を出せねえかもしれねえ。今ちょっとその街を離れてるんだ。だから、ルゥイに部屋を使ってもらった方が助かるんだよ。俺が帰ってこないからって部屋の契約を解除されたらたまったもんじゃねえし』

悪い、と謝られて、口角が自然と持ち上がる。

自分のために、という体で俺を気遣ってくれるボルトが好きだな、と思いながら、俺は「ありがとう」と部屋を使わせてもらうことを伝えた。

端末の画面を見ながら、慌ただしく切られた通話の余韻を少しだけ味わう。

その後余分な素材を換金し、そのままギルドの口座に金を入れて、ほんの少しの現金を財布に入れた俺は、行き慣れたボルトの泊まっている宿屋に歩を進めた。

入り口を入ると、いつも受付にいる女将さんが、「あら、ルゥイ君遅くまでご苦労様」と俺を迎え入れてくれた。丁寧に、ボルトがしばらく顔を出していないという情報と共に。どうしたのかしら、なんて心配している女将さんの様子から、ボルトがかなり突然この街を離れたことが窺《うかが》える。

そうでなければ、絶対に女将さんにはしばらく離れることを言うはずだから。

　ボルトがいつも通り部屋に泊まっていいというから泊まることにした、と女将さんに伝えると、女将さんは目に見えてほっとしたように微笑《ほほえ》んだ。

「このままもう三日誰からも連絡がなかったら、規則で部屋を解除しないといけないところだったのよ。彼はゴールドランクなんていう強い冒険者だし、丁寧で支払いが滞ることもないから、出来ればずっといて欲しいと思っていたのよ。ルゥイ君が来てくれてよかったわ」

　ニコニコと手を合わせる女将さんは、「勝手に宿泊期間を引き延ばしたら私たちにも罰則が来るからねえ」と溜息と共に宿屋の裏話を教えてくれた。

　冒険者という職は、死と隣り合わせだ。だから、ずっと部屋を借りている宿屋だとしても、遠出するとの連絡がない限り、顔を見なくなってから一週間経《た》つと、宿屋の権限で部屋の契約を解除し、空室にすることが出来るようになる。

　それを逆手に取ったのか、宿屋を取りまとめる偉い人が、回転率を上げるためなのかその収入を増やすためなのか、一週間言付けもなく部屋を空けたら契約を解除しないといけない、という決まりを作ってしまったらしい。

　たとえ前払いでも、出がけに「遠出する」の一言がないために強制的に部屋を解除されるなんてことは、よくあることらしい。宿屋の方でも心が痛むんだそうだ。勿論《もちろん》、いい宿屋の人は解除された後まで払っていた金は返すらしいけれど、中には返さないところもあるんだとか。

　今回は俺がボルトの伝言を女将さんに伝えたので、無事延長されるらしい。そして一週間後にまだ帰ってこなかった場合は、是非泊まりに来て欲しいと懇願されてしまった。ボルトは前払いで大分先までお金を払っているらしい。

本当は居を構えた方が安上がりなのにね、なんて女将さんは困ったように笑っていた。

部屋に入ると、そこにはボルトの着替えの入った荷物だけが置いてあった。

自分の荷物をおろして、ふぅ、と溜息を吐いて部屋に置かれている木の椅子に腰を下ろす。

部屋に二つあるベッドは、いつでも俺に来ていいよ、という意思表示。でも、最近ではひとつのベッドしか使っていなかった。

ブーツを脱いで、装備を解いて、床に投げ出す。部屋についている風呂《ふろ》で軽く身体《からだ》を洗うと、俺は着ていたインナーも一緒に洗って、部屋の隅に干した。

下着姿で、いつもボルトと寝るベッドとは違うベッドに身を投げ出す。

寮では、携帯端末にはボルトから連絡は入らなかった。前に別れてから初めて来た連絡が、さっきのそれだ。

おざなりに布団を被《かぶ》り、携帯端末に手を伸ばす。

その後の連絡はないけれど、やっぱりこっちから連絡を入れるのは躊躇《ためら》われた。

ああ、やっぱり、ボルトといると俺は弱くなる。

一人が寂しいと思うときが来るなんて。寮ではそこまで感じなかったけれど、この、いつも二人でいる場所に一人でいるととても感じる、寂しいという気持ち。

その気持ちを持て余しながら、目を閉じた。

十四、運命の出会いとは

目が覚めたのは、早朝だった。

身体を伸ばし、装備を整えた俺は、階下の食堂に向かった。

まだ食堂は開いていないらしく、奥では仕込みの音が聞こえてくる。

俺は外に出ると、裏庭で日課のトレーニングを始めた。

今日は何をしようか。

何か講座を受けてもいいかもしれない。何時もはボルトがお膳立《ぜんだ》てをしてくれるので、自ら講座を選んだことはなかったから。

そこでアルフォードの存在を思い出した。

もし暇であれば、冒険者ギルドで一緒に受けるのもありかもしれない。今は連絡手段もあるから。

裏庭の端にあった水道で布を絞り、軽く身体を拭《ふ》くと、俺は一旦《いったん》部屋に戻った。

装備を整えると、俺は携帯端末を手にした。

画面を開いて、アルフォードの端末番号を表示する。

よく考えたら、休日以外はほぼ一緒にいるので、携帯端末で連絡を取り合ったことはなかった。

端末を操作して、アルフォードの携帯端末に通話申請を飛ばす。

アルフォードは、すぐに出た。

『ルゥイ？　何かあったのか？　困ったこととか怪我とか』

「いや、そういうんじゃねえよ。なんだよ開口一番」

『だって普段連絡を貰わない人から連絡が来た場合、大抵は何かしらのトラブルがあった時だから』

アルフォードの言葉になるほどと納得しながら今日の予定を訊くと、アルフォードは何もないよと教えてくれた。なので早速、よければ、と前置きして、冒険者ギルドの講義を一緒に受けないかと提案した。

アルフォードは一も二もなく承諾し、これから準備をしてすぐ向かう、と鼻息荒く通話を切った。

詳しい待ち合わせ時間は設定していなかったけれど、俺もギルドに向かってどんな講義が今日開催されるのかくらいは調べておかないとな、と荷物を手にした。

連絡が終わると、今度は開いていた宿の食堂で肉と野菜の挟まったパンを買い、食べながら冒険者ギルドに向かう。これ、学園では行儀が悪いって怒られそうだ。

ギルドに着くと、中には朝に張り出される依頼を吟味する冒険者たちがかなりひしめいており、カウンターには長蛇の列が出来ていた。俺の村にあったギルドとは大違いだ。

冒険者ひしめく区画を抜けて、講義の張り出してある掲示板に向かう。

今日もまた、かなりの数の講義が並んでいた。

どれにしよう、としばらくその掲示板を見上げながら悩んでいると、俄《にわ》かに入り口の方が騒がしくなった。

「おいおいなんだよ。ここは貴族様の来る場所じゃねえぞ」

「下町を知らねえから来る場所を間違えたんじゃねえのか？」

「すまない、人と待ち合わせをしているんだ。通してもらえないか」

「悪いな、今混みあってるんだ。自力で行きな」

「自力で……難しいな。貴方《あなた》たちは体格がいいから、僕は跳ね返されそうだ」

「っつうかなんで俺らと対等に話してんだこのお貴族様」

「俺ら不敬罪で訴えられねえか？　口の利き方とか」

　冒険者たちの戸惑《とまど》ったような声で、アルフォードが着いたことに気付いた俺は、そういえば服装にはなにも触れてなかったな、と溜息《ためいき》と共に騒ぎの方に足を向けた。

　大柄な冒険者の間を縫って先に進むと、人と人の間からチラリとアルフォードが見えた。

　華奢《きやしや》な身体に、綺麗《きれい》なビシッとした服装。シンプルだけれど、冒険者たちには全く縁のないような服を身に着けたアルフォードは、どう見てもここには不似合いだった。そのことをすっかり失念して、そのまま呼び出したことに反省する。

「アルフォード」

　むさい冒険者たちの間から声を掛ける。すると、アルフォードはきょろきょろと辺りを見回した。

　俺がチビなせいか、見つからないらしい。ちょっと悔しい。

　ぐい、と目の前の奴《やつ》らの間から身体を滑り込ませると、ようやく俺を見つけたアルフォードが「あ、ルゥイ」と笑顔を見せた。

　なんだよルゥイの知り合いかよ、という声が上がり、周りの冒険者たちが一斉に元の位置に戻っていく。

思ったよりも絡まれなかったことにホッとしながら、俺はアルフォードの手を取り強引に人の間に割り込んでいった。

皆が面白がって行く手を阻むので、「お前らふざけんなよ」と威嚇すると、近くにいた顔見知りの冒険者が声をあげて笑った。

どさくさに紛れて頭を撫《な》でられたり小突かれたりしながら、ようやく肉塊の間から抜け出したころには、俺もアルフォードも大分草臥《くたび》れた格好になっていた。

今日はボルトがいないから、俺は格好《かっこう》の玩具《おもちゃ》なのかもしれない。皆ボルトと知り合いで、俺にもよくしてくれるから悪い奴らではないんだけれど。っていうかこのギルドで、村にいたような冒険者がいたら、即座にギルド証を取り上げられて外に放り出されている。実際何度か見てるし、受付の人が強くてちょっとびっくりしたことがある。

そういえばセバルもボルトといない俺は珍しいって言ってたしな。アルフォードと二人で並んでいることも皆の興味をそそっているのかも知れない。チラチラとこっちを気にする視線が微妙に気になる。

アルフォードはしわっとしてしまった上着を手で直し、髪を指で梳《す》いてから、俺に笑顔を向けた。

「ルゥイ、連絡ありがとう。それにしてもここは凄《すご》いな。活気が凄い。初めて来たけれど、もっと怖いところかと思っていた」

「夜とか依頼完了の手続きをするときはもっと壮絶なことになってるけどな。皆血だらけで笑いながら帰ってきたり、そのままの格好で隣の食堂にしけこんだり」

「……僕は冒険者を尊敬するよ。僕には無理だ」

「アルフォードはそれでいいと思う」

笑いながらそう言うと、アルフォードもつられるように声に出して笑った。

二人で並んで、講義内容を確認していく。

定番の魔法剣技系や、調薬関係、そして、古代魔道語や武器各種の訓練等、様々な講義の題名が書かれているけれど、アルフォードが目を止めたのは、そのどれでもなかった。

「ルゥイ……君はどの講義を受けたい？」

「どれでも。ちょっと今日はボルトがいないから、講義でも受けてみるかって思い立っただけだから」

「そうか。……じゃあ、僕が、選んでもいいか？　あ、勿論二人別の講義を受けるのでも構わないけれど」

「いや、一緒でいいよ。アルフォードが受けたいやつ受けようぜ。どれも受けて損はないやつみたいだし、俺も色々と受けてみたいから」

その講義は俺も気になっているし、と声を出すと、アルフォードは驚いて顔を上げた。

だってアルフォード、ひとつの講義に釘付《くぎづ》けになっているから。どれを受けたいとか口に出さなくてもすぐわかるのが可笑《おか》しい。

「じゃあ、これを受けたい。『獣人族の扱う魔法及び調合薬』」

「んじゃ申し込みに行くか」

ニッと笑って了承すれば、アルフォードは嬉《うれ》しそうに破顔した。

受付に行くと、アルフォードは緊張した顔つきで、「あの」と口を開いた。

「冒険者登録と、講義の受講の申し込みをしたいのですが、お願いできますか」

アルフォードがそう受付に伝えると、周りがザワリと動揺した声を上げた。

ここまで丁寧な冒険者登録のお願いなんて、後にも先にもない気がする。

俺は笑い出しそうになりながら、緊張の為カチコチになっているアルフォードを見た。

それにしても、と申込用紙に綺麗な文字を書いているアルフォードを見ながら笑いを堪《こら》える。

大分前に教えたことは、ちゃんと覚えていてくれたようだ。

冒険者登録をしていた方が、講義を受ける際有利だってこと。

無事書類を提出して、差し出された鈍色《にびいろ》のカードを手にしたアルフォードは口元が緩んでいて、とても嬉しそうだった。冒険者カードでそこまで嬉しそうにする人は、そうはいないんだけれど。

大抵の奴らは、行く場所がなくなってどん底でここに登録するから。俺もその一人だし、ボルトも。

「受講されます講義は、あと二時間程で始まります。時間までに奥の会議室『F』にお入りください。もし何らかのトラブルがあり講義を開くことができなかった場合は全て返金されますが、ご自身の都合で受けられなかった場合は返金されませんのでご注意ください」

「わかりました。ありがとうございます。何か受講に関して必要な物はありますか」

「いいえ。筆記用具やその他に関しましても、こちらで全て用意させていただいております」

アルフォードは、丁寧に頭を下げて、俺の横に戻って来た。

皆、こんな丁寧なやり取りをあまり見ることがないので、惚《ほう》けたような顔でアルフォードと受付を見ている。

「俺も同じの受講でよろしく」

「はい。ルゥイ君の友達ですか。とても気持ちのいい方ですね」

「ああ。俺もそう思う」

受講チケットを受け取りながら頷《うなず》くと、受付は「こういう方がどんどん増えて欲しいものです……」ととんでもなく意味深なことを呟《つぶや》いていた。


時間を潰《つぶ》すために、俺たちは冒険者ギルド併設の書庫に出向いた。建物の二階に位置している書庫は、ほぼ人気がなく、下の喧騒《けんそう》からするととても静かだった。

一応ギルド登録していれば誰でも利用することは出来るけれど、貸し出しはなく、その場で読む事だけが出来る。でも皆、依頼をこなす方を重点的に動いているので、こうしてここに立ち寄るのは、大抵何らかの事前情報を手に入れたい奴くらいだった。

俺は放課後には大抵第二書庫で本を読んでいるので、わざわざボルトが一緒にいる時にここに来たことはなかった。ボルトも実戦の方に重きを置いていたし、魔物の情報なんかは、本で覚えるよりもボルトが教えてくれる知識の方が豊富だった。

二人で別々の棚に向かう。アルフォードは早速獣人のことが記された本を片手にホクホク顔で椅子に座っている。後でそういう講義を受けるのにもかかわらずだ。

俺はというと、ほんの少しだけ気になって、フォルトゥナ国の本を手に取った。もうボロボロで、閉じられた紐《ひも》も何度も補修したような状態になっているそれは、『魔王』を題材にした絵本のような書物だった。

全てが古代魔道語で書かれているけれど、古代魔道語を齧《かじ》ったことがある者ならば一通り読めるような簡単な単語が使われている。

持ち上げただけでバラバラと崩れ落ちそうになっているその本をそっと手に取ると、アルフォードの前の席に座ってそっと本を開いた。


――昔々、今よりも少しだけこの大陸が繁栄していた時代があった。

その時代の王は、栄える国と、次々手に入る富に、知らず貪欲《どんよく》になっていった。

その欲は留まるところを知らず、もっともっとと王は渇望した。

そんな時、王のもとに『全能の器』が献上された。

それは、王の欲を満たしてくれるとても優れた神器だった。

しかし、それは、対価を必要とするものだった。

対価を入れれば、王の望む物が現れる。

最初は小さな宝石ひとつだった。それが二つになり、五つになり……。

王の欲求は留まるところを知らず、それに呼応するように対価も高く高くなっていく。

王は次々と身の回りの物を対価にしていったが、それがなくなると、とうとう自らの民をも対価とし始めた。

穢《けが》れた血肉を対価とした『全能の器』は、王の穢れた欲望により、穢れ、呑《の》まれ……暴走した。

王すら呑み込んだ『全能の器』は、貪欲な王の命を依《よ》り代《しろ》として『魔王』となり、天井を知らない欲望が意志となり、大陸を呑み込んだ――

「ページが抜け落ちてる……」

次を読もうとページを捲《めく》ると、そこには『腕の立つ勇者が立ち、『魔王』を討つため祖国を旅立った』と書かれており、大陸を呑み込んだ後、どうなったのかがごっそり抜け落ちている。

残念に思いながらふと顔を上げると、アルフォードが涙を零《こぼ》していた。

「アルフォード？」

いきなりの泣き顔に焦ると、アルフォードはズズ……と鼻を啜《すす》って、「すまない」と言いながらポケットからハンカチを取り出した。目と鼻を押さえて、低く唸《うな》る。

「一体何を読んでたんだ？　獣人の本だろ？」

「ああ。獣人と人間が袂《たもと》を分かつ件《くだり》の書かれた本を読んでいたんだ。この大陸が穢れに呑まれて、最後の希望の地に渡った人々のことが書かれた本だ……うう、僕たち人族は、なんて愚かなことをして……」

「愚か……？」

肩を震わせるアルフォードに戸惑いながら、チラリと本の中身に視線を向けると、人族が獣人族を虐待するシーンが描かれていた。

「それ……まさか物語だろ？」

「実話だって……書いた本人の、実体験談、らしくて……こんな辛《つら》い過去があったなんて……」

ハンカチで顔を綺麗に拭《ふ》いている間にも零れていく涙をハンカチに吸わせながら、アルフォードは本から目を離さなかった。どうあっても最後まで読み切る気のようだ。

アルフォードが号泣するほどの本の内容は少し気になったけれども、一冊しかないようだったので、肩を竦《すく》めて絵本に視線を落とした。

アルフォードがハンカチで目を押さえながら本を棚に戻したところで、講義の部屋に移動するのに丁度いい頃合いになった。

本に感情移入しているアルフォードに掛ける言葉も見当たらず、俺たちは静かに指定された部屋に向かった。

指定された部屋に入ると、俺たちの他に二人ほど席に座っている人がいた。

アルフォードと二人で並んで座り、開始時間を待つ。

時間になると、リリン、というベルの音と共にドアが開いて、今日の講師と思われる狐《きつね》獣人が入ってきた。

「お、珍しい。四人も講義受けるんだ。よろしくな。俺は今日の『獣人族の扱う魔法及び調合薬』

の講師をやってるスタントっていうんだ。専門は調薬で……」

自己紹介しながら俺たちに視線を向けた講師は、アルフォードの所で視線と言葉を止めた。

そして、「ちょっとごめん」と誰にともなく言って、アルフォードの方に足を向ける。

驚くアルフォードの前に立つと、顔を覗《のぞ》き込《こ》む。

獣人特有のフワフワの指で、アルフォードの頬を撫でた。

「なあ、どうして泣いてるんだ？　なあ、俺、あんたに泣かれるとなんか胸がキュウってなって苦しいんだけど、誰かに何かされたのか？」

「え、いや、あの、そんなことは……」

いきなりそんなことを言われたアルフォードは、固まったまま、あまりにも近い講師の顔の位置に、ゆでだこのようになった。

真っ赤な顔で目を見開くアルフォードに、他の人たちの視線も集まる。

「どうすれば楽しい顔になる？　あ、調薬好きか？　俺がとっておきのやつ見せてやろうか？　それとも魔法で綺麗《きれい》な花でも咲かせればいいか？　ええと、ええと」

「そ、そんなお気になさらず……っ、あの、手を、距離が近……」

お互い挙動不審ぽくて、収拾がつかなくなっている。

他の受講者たちも、どうしていいかわからずただ見守るだけだ。

このままだと講義の時間がなくなってしまいそうだったので、助け舟を出した。

「彼はここの書庫で本を読み、感情を揺さぶられたようです」

俺の声に、講師がハッとこちらに顔を向けた。

「だからこんな悲しい気持ちを持ってるのか。いじわるされたわけじゃないんだな。よかった……いや、悲しいと思ってるのはよくないんだけども！」

「い、いいえ、僕が未熟なばかりに心配をおかけしました。申し訳ありません。もう大丈夫です」

「まだ悲しそうだぞ？　……お前名前は？」

「アルフォード・デル・フランティーノと申します」

キリッとアルフォードが名乗ると、講師はニパッと笑ってアルフォードの頭をわしわしと掻《か》き回《まわ》した。

「アルフォードが悲しくなくなるようにとっておきのレシピ教えるな」

「え、と、ありがとう、ございます……？」

ようやく離れた講師に、アルフォードは赤い顔のまま視線を向けていた。

講師に掻き混ぜられた頭が少しぐちゃぐちゃになっている。そっと指摘すると、アルフォードはまたしても赤くなりながら、バッと髪を手櫛《てぐし》で直した。

目の前には調薬器具が配られ、素材が配られる。冒険者登録が済んでいる人は、器具も持ち帰っていいらしい。俺たちが学校で使っている器具よりも一回り大きなそれは、使ってみると小さい物よりかなり扱いが難しかった。素材を入れる量が多くなるとその分調整も難しくなるみたいだった。

なかなか講師の説明通りには上手《うま》くいかず、二度ほど失敗作が出来上がった。その都度素材は貰《もら》えるのでありがたいと思いながら三度目の挑戦をしていると、隣から「よし」という呟きが聞こえて来た。

「スタント先生、出来上がりました」

ピシッとアルフォードが手をあげて、講師を呼ぶ。

その言葉に皆が顔を上げる。

上げた瞬間、目の前の器具の中身が黒くなった。また失敗した。

溜息《ためいき》を吐《つ》きながらアルフォードの机を見ると、とても綺麗な薄い紫色の液体が入った瓶が置かれていた。

「お、成功だな！　おめでとう。これ、最初からこんな綺麗に出来上がるなんてなかなかないぞ。アルフォード、お前薬師の才能あるな」

講師に言われて、パッと顔を輝かせたアルフォードは、その一瞬後フッと陰りを帯び、「ありがとうございます」と落ち着いた声で頭を下げた。

その陰りは講師も気付いたみたいで、眉根《まゆね》を寄せて首を傾《かし》げてから、じゃあ、とアルフォードの前に一枚の紙を出した。

「これが出来た奴《やつ》は次のレシピな。今作ってる『簡易毒耐性付与薬《インスタントアンチポイズンポーション》』も今アルフォードに渡した『簡易麻痺耐性付与薬《インスタントアンチパラライズポーション》』も多分こっちでは出回ってないレシピだから、気合い入れろよ」

はい！　と俺を含めた受講者全員の気合いの入った返事に、講師はうんうん頷くと、アルフォードに視線を戻して、表情を曇らせた。

講師の個別指導がよかったのか、受講者全員二つのレシピを作ることに成功して、講義は終わった。

調薬器具と作ったアイテムを鞄《かばん》に詰め込んでいると、講師がアルフォードをちょいちょいと手招きした。

「ちょっとだけ話をいいか？」

講師が顔を覗き込むようにしてそう訊《き》くので、俺は邪魔だろうと、アルフォードに声を掛けて講義室を出た。

その足で依頼用掲示板の前に立つ。

午後に何か依頼を受けようかどうしようか考えていると、入り口がバタンと開いて、ボルトが入ってきた。

ボルトは俺を見つけた瞬間、足を速めてその勢いのまま俺の身体《からだ》を抱き締めてきた。

「ルゥイただいま。会いたかった」

「あ、うん。おかえりボルト。俺も会いたかったけど、なんか疲れ切ってないか？」

俺の肩に顎《あご》を載せたボルトは、隈《くま》が出来て、心なしか頬がこけているような気がした。

「疲れた。けどルゥイの顔見たら吹っ飛んだ」

「んな訳あるかよ。ちょっと休めよ」

「一緒に休もうぜ、ルゥイ」

「俺はこれから依頼を受けようかと思ってたんだけど」

ぎゅうぎゅうと抱き締められて、そっと俺もボルトの装備の上から背中に腕を回すと、受付の方からこほん、という咳払《せきばら》いが聞こえた。

二人で視線を向けると、受付が俺たちを見ていた。

時間が時間なので、周りにはほぼ誰もいない。

「ボルトさん、帰ってきたら報告をお願いします」

受付に呆《あき》れ口調で注意され、ボルトはうんざりした顔を受付に向けた。

「ちょっとくらいルゥイを堪能させろよ」

「それはお二人の時にどうぞ。でもルゥイさんにはお連れ様がいますので」

お連れ？　とボルトに顔を覗き込まれて、ああ、と思う。

あの講師のアルフォードに対する距離感がこれだ。俺とか他の人に対しては普通の距離感だったのに。あの、ほぼ鼻をアルフォードにくっつけそうな距離。違和感しかない。

そんなことを思いながら、アルフォードを呼び出して一緒に講義を受けたことを報告すると、ボルトが「ああ、スタントの講義か」と頷《うなず》いた。

「あの講師知ってるのか？」

「ああ。俺も昔あいつの講義を受けたことがあるし、合同の依頼でパーティーを組んだこともある。いい奴だし、腕もいい。ちょっと冷めてるとこがあるけど、まあそれは人それぞれだからな。今日はここの講師をしてたのか」

「冷めてる……？　今アルフォードと話をしてるけど」

首を傾げながら奥を指さすと、ボルトは「そうか」と頷いた。

しばらく待っていると、奥からアルフォードが出て来た。

その後ろには、講師がピッタリとくっついている。

アルフォードは困ったような顔で俺に近付いてきて、俺の隣に立つボルトに気付くと、足を止めた。

「よう。俺のルゥイがいつも世話になってるな」

ボルトが気軽にアルフォードに声を掛けた瞬間、アルフォードの顔がボッと音を立てそうなくらい一瞬で赤く染まる。

「あ、あなたがルゥイの……あの、いえ、その」

恥ずかしそうに視線を逸《そ》らすアルフォードが何を考えたかがわかってしまって思わず噴き出す。

小さな声で「こ、こちらこそ」なんて答えるアルフォードの前に講師が立つと、まるで威嚇するように歯をむき出しにした。

「ボルト、お前アルフォードに手でも出したのか？」

「はぁ？　なんでそうなるんだよ。久し振りに顔を見たってのになんだよその言い草。ルゥイに誤解されるようなこと言うんじゃねえよ」

「だったら何でアルフォードがこんなに恥ずかしがってるんだよ」

それは俺が報告したからだな、と遠い目をすると、アルフォードがたたたと小走りで俺の横に来た。

そして、ギュッと俺の上着の裾《すそ》を握った。

「僕は……たった一人の嫡男で、跡取りだ」

俺の服の裾を握ったまま、アルフォードが俯《うつむ》いて呟《つぶや》く。

「うん、知ってる」

俺がそう答えると、アルフォードは顔を上げて、眉《まゆ》をへにゃりと下げた。今にも泣きそうな顔をしている。

「……胸を、貸してもらってはダメだろうか」

チラリと後ろにいる講師に視線を向けたあと、アルフォードはぽつりと呟き、俺を見下ろした。

何やら訳がありそうだと気付いたボルトがすぐに動いてくれて、俺たちはもう一度奥の部屋に行くことになった。

ボルトと講師も一緒に部屋に入ると、講師はすぐさま防音と施錠の魔方陣をドアに飛ばした。

「アルフォード。これで他の奴には見られないから」

ほら、と両手を広げると、視界の端でボルトが苦笑しているのが見えた。

アルフォードがチラリとボルトに目を向けてから、躊躇《ためら》いがちに俺に抱き着き、肩の上に額を載せるのと同時に、講師が「あっ！」と声を上げこっちに来ようとしたところをボルトに捕獲されたのが視界の端に見えた。

ポンポンと頭を撫《な》でるように叩《たた》くと、アルフォードの腕にさらに力がこもった。

「なにがあったんだよ、あの短い時間の間に」

「……スタント先生の弟子になって、調薬を学ばないかと、打診された」

ああ、と納得した。

今、きっとアルフォードは物凄《ものすご》く葛藤《かっとう》してるんだろうな。

貴族の跡取りで、一人っ子だからと。

まさに、さっきの一言は自分の立場を確認する一言だったらしい。

「正直に言うと、僕は……いや、言ってはいけないのかもしれない」

「言えばいいよ。ここにはアルフォードの親はいないんだし。スタント先生が滅茶苦茶聞きたがってる」

さっきから耳をぴくぴくさせてこっちを凝視してる、と教えると、アルフォードは小さな声で、うん、と頷いた。

「先程、スタント先生に離したくない、と言われたんだ」

小さな小さな声だった。囁《ささや》くような声はしかし、それほど広くないこの部屋の中、きっと向こうで俺たちを見守っている二人にも聞こえているだろう。

俺がそっか、と相槌《あいづち》を打つと、アルフォードは更に口を開いた。

「僕も、今日初めて会ったはずなのに、まったく同じ気持ちを持ってる。スタント先生とずっと、一緒にいたいと」

「一目惚《ひとめぼ》れか？」

「そうかもしれない」

アルフォードの顔は見えなかったけれど、その泣きそうな声で眉の下がり具合がわかってしまう。

やれやれと天井を見上げながら、アルフォードの背中をポンポンと叩いた。

「もともと、アルフォードは獣人族好きだしな」

「そう、なのかな……」

「ああ。だって生徒指導室でもあの獅子《しし》獣人に憧《あこが》れみたいな目を向けてたじゃねえか」

「あれは……ただ、初めて見る獣人が、とても綺麗《きれい》なんだなって感動しただけで、この気持ちとはちょっと違うっていうか……ごめん、ルゥイの恋人がいる目の前で抱き締めてしまって……」

アルフォードはそっと俺から離れた。顔がとても赤くなっている。また俺の言葉を思い出しているのかと思うと、真剣な場のはずなのに可笑《おか》しくなる。それにそんな告白じみた言葉は本人に直接言ったほうがいいのに、とも思う。

アルフォードの背後で、講師が両手で顔を覆って天井を仰いでいる。全て聞こえていると思って間違いない。

「気にするなよ。こんなことで俺の惚《ほ》れたボルトは怒らないから。な、ボルト」

「ああ」

後ろからの返事に、アルフォードはキリッとした顔に戻って、振り返って頭を下げた。

「僕の独断でしたことです。ルゥイの不貞は疑わないでください。申し訳ありませんでした」

「それを言ったら、俺も今にも間に入っていきそうなスタントを羽交い締めしてる時点で不貞だな。な、ルゥイ」

「あはは、そうかも。だってぎっちり抱き締めてるもんな」

「おいボルト！　そろそろ離せよ！　割り込まねえから！　俺だってちょっとは空気読むんだよ？　ボルトの番《つがい》はアルフォードの親友だって聞いてるし、俺だって我慢するよ！」

　講師が喚《わめ》くと、ようやくボルトもその腕を緩めた。解放された講師は喚き、ボルトにパンチを繰り出していた。それを笑いながらボルトが避《よ》ける。その手の動きが、目で追うのがやっとのスピードで、講師の実力が垣間見えてしまった。薬師じゃなかったのかよ。

「でも、でもさ。出会っちまったら、俺らはもう離れるのは無理だ」

　スッと手を止め、ぽつり、と講師が漏らす。

「家を継がないといけないってのは聞いたし、アルフォード一人しか子がいないってのも聞いた。でも、俺は、多分きっとずっとアルフォードと一緒にいたい」

　その声はとても切なげで、アルフォードの顔もとても切なげになった。

「僕は講義を受ける前、お互い愛し合っているのに離れ離れにならなければならない獣人族と人族の話が書かれた本を読みました」

　アルフォードの言葉で、あの本がどんな内容だったのかがわかった。

　そういえば他種族のことを授業で習ったときも、獣人は一生一人の人しか愛さない、と教わった。その生涯たった一人の伴侶《はんりょ》のことを番と呼ぶ、と。

　授業の講義をしに来たのはあの獅子の獣人で、あの獅子の獣人の番は理事長なんだそうだ。だからこそ、学園を一緒に経営していると。本当は獅子の獣人は村の長《おさ》になるべき血筋だったらしい。けれど、番と離れることが出来なくて、村を他の奴《やつ》に任せて理事長のところに留まっているらしい。

相手がどの種族でも、番を求める心がその人を欲して叫ぶんだと授業で言っていた。でも、人族にはあまりその感情はわからないんだと、苦笑しながら教えてくれた。

でも、ぐっと手を握るアルフォードを見ていると、お互い強烈に惹《ひ》かれ合っているのはわかる。

たとえ調薬が好きで、その才能があっても、諦《あきら》めた目で自分だけしか跡継ぎがいないからと言っていたアルフォードが、俺に泣きつくくらいに葛藤している。ってことは、アルフォードも講師に抗《あらが》いがたい感情を持っているってことだ。

　講師はアルフォードの言葉を聞いて、ああ、と納得したように頷いた。そして、アルフォードが読んでいた本の内容を教えてくれた。

「あの本はな、ここの大陸が汚染されて、逃げ出した者たちが海の向こうの国に渡った時に起こった事実だな。俺ら獣人の村にも言い伝えられてる」

「逃げ出す？」

「ああ。昔一度、この大陸は汚染されて魔物以外の生き物の住めない土地になったことがあるんだ」

　その内容は、俺が読んでいた絵本の内容に通じるものがあって、講師の言葉に耳を傾けた。


　昔、この大陸は、強欲な中央の王によって、魔物しか住めない大陸になった。

　それをいち早く察知した獣人たちが、海に囲まれまだ汚染されていない土地に皆を誘い、大陸から逃げ出した。

何人も仲間が汚染に呑《の》み込《こ》まれ、命からがらようやくその地にたどり着くと、そこは元々獣人たちが少なく、まるで獣のようだと人族以外の多種族が差別され虐げられるのがまかり通る国だった。

逃げ出せた者の半数は獣人。

元いた国の者たちは、海を越えて逃げてきた獣人たちを、今までと同じように虐げた。

皆最初は耐えていたけれど、ある日、獣人の長の番が人族によってとてもむごい殺され方をした。

そのことで人族に憎しみを抱き狂ってしまった長を守るため、そして、仲間たちがもう二度と虐げられないように、獣人たちは人族と袂《たもと》を分かつことを選んだ。選択せざるを得なかった。そうでもしないと、獣人の長があまりの怒りに魔の者に染まってしまうかもしれなかったから。

けれどそれは、獣人と人族で番となっていた者たちの別れを意味した。長が人族を少しでも感じてしまうと、その者が誰であろうと切り裂いてしまいそうなほどに狂気に呑まれていたから。

獣人族は、やはり人族に見切りを付けたエルフ族の力を借りて、人族の住まない地へ移住した。

人族が迷い込まないように、守護《ガーディアン》たる獣人を用意して。

その時に人族の番との別れを決意した東の長が、添い遂げられなくても番の傍《そば》にいたいからと獣人の地への入り口の守護《ガーディアン》を志願した。けれど、他者も別れるのに自身だけが会うなど裏切りにも近い行為だからと、そのことを番に伝えることはしなかった。

人族と番《つが》った者たちが旅立った後、獣人の降り立った地では、番と永遠の別れをした獣人たちは次々とおかしくなっていき、代替わりをするしばらくの間は人族に虐げられることはなくなっても、雰囲気はよくなることはなかった。

守護《ガーディアン》となった獣人たちは、人族が触れると呪いを発する石像と化し、長い時を生きながら獣人の村を守ることとなった。

番を失い狂気に呑まれかけていた長も、自ら中央の守護石像となり、獣人族の盾となった。

これを機に、獣人たちは人族の世界から消えた――。


「……っていう、昔の実話だ。結局その人族は番の石像を見つけてその近くで一生を過ごしたらしいけれど、その石像になった守護獣人はずっと石像のまま生きてたから、番が目の前にいるのに話せない抱擁できない、それでいて、自身は魔法で永遠とも言える時を生きなければならない。目の前で老いていく番に何もしてやれないのは地獄だっただろうな。でも、そのガーディアンはそれでも石像がなくなる最後まで守護を全うしたらしいけどな」

だいぶ深い話に、俺は聞き入ってしまった。

アルフォードなどはまた目を潤ませている。

ボルトも腕を組み目を瞑《つむ》りながらも、口をはさむことなく真面目《まじめ》に聞いていたみたいだった。

「まあその後、魂のいたずらかその番の根性か、輪廻《りんね》転生した獣人の子がそのガーディアンの番の生まれ変わりだったってことがあって、それから紆余曲折《うよきょくせつ》あって、何百年の時を経て獣人と人族との交流がまた始まったんだそうだよ」

「……話盛ってる？」

「いやいや、俺ら獣人たちの間では輪廻転生でもう一度出会うってのはそこまで珍しいことじゃないらしいんだよ。魂の色とか魔力の色とかが見えるのが普通だからな。お互いがわかるっていうか、好ましい色をしてるから、やっぱり番うとかそういうのがあるんだよ。記憶を持ったままってのは、ガーディアンの番以外は聞いたことないけどな」

「獣人も大変なんだな……」

俺の呟きに、講師は肩を竦《すく》めた。

「俺の場合、人族で番を見つけちまったわけだが……」

チラリと講師がアルフォードに視線を向けると、目が合ったアルフォードが赤くなって俯く。

この説明を、もしかしたらアルフォードもさっき受けたのかもしれない。講師の番がアルフォードだという告白と共に。

「アルフォードは人族だよな……。人族もそういうのあるのか？」

「俺の前の生でアルフォードの魂が番だったのかとかそういうのは俺にも一切わからないし、俺も記憶なんてないんだけど……まあ、要するに一目惚れってのに近いのかも」

嬉《うれ》しそうにそんなことを言われて、ちょっとだけ毒気が抜けた。むしろ重症なのはアルフォードの方なのかもしれない、と態度を見て思う。

「じゃあ、今なら離れても問題ないのか？」

俺の疑問に、講師は軽く「いや」と首を振った。

「だめだな。もう出会っちまった。俺は変態じゃねえから、多分普通にだめになる」

講師の言葉に、アルフォードが困惑した表情になる。

それよりも俺には気になる言葉があったんだけど。

「変態って？」

「ああ。普通は番と離れたら、おかしくなる。死に別れると俺らは大概が、後追いをするんだ。それくらい、心が張り裂けそうになるから。その場合は皆、残された番の片割れが後追いをしても止めずに見守るんだよ。辛うじて後追いをしなくても、もう今まで通りの生き方なんて心を壊さねえと出来ねえんだ」

「そんなに……？」

「ああ。実際俺はずっと、そういう大人を見て育ってきてるから、あの本のガーディアンはほんとに変態だと思う。自ら番と別れて、それでもおかしくならずに生きていられるなんて」

俺には無理、と小さく呟《つぶや》く講師に、アルフォードが悲壮な顔つきになり、少しだけ身を乗り出した。

「……あなたは」

「スタント。名前で呼んでくれよ」

「ス、スタント先生は、じゃあ僕が無理だと言った場合は、どうするんですか……？」

「仕方ねえだろうな。諦めるよ」

しれっとまるで当たり前のことのように言う講師に、驚愕《きょうがく》の表情を浮かべたアルフォードは、慌てて講師の袖《そで》を摑《つか》んで、言い募った。

「じゃあ、先程の言葉を取り消して、僕以外の人を……っ」

でも、講師はその言葉にも肩を竦めるだけだった。

「そりゃ無理だって。言っただろ、獣人は生涯一人を好きになるって。だってもう俺、アルフォードに逢《あ》っちまったもん。心がアルフォードだって悲鳴上げてるもん。今まで大げさだと思いながら番たちを見て来たけれどさ、全然大げさじゃなかった。そんな簡単に他の人に、なんて無理だ」

「でも、僕は」

「跡取りで一人息子《むすこ》なんだろ。わかってるよ。それに、俺のこの気持ちを強制するのはルール違反だから、アルフォードは俺に応えなくても全然いいんだ。アルフォードは人族なんだし、沢山恋するんだろ。それはそれで仕方ねえよ。全てはアルフォード次第」

な、と朗らかに笑う講師は、先ほど言った言葉をまるっと覆すように軽い雰囲気でアルフォード次第だと言い切った。アルフォードが「一緒にいるのは無理」と言えば多分この人はここでこの話を終わりにするためにだと思う。

獣人族の顔色を窺《うかが》うのは至難の業だけれど、でも、隣に立っているボルトの苦い顔を見ていると、アルフォードにとって一番いいようにするためには自分を犠牲にしても厭《いと》わないと思ってるのが、今までの態度からわかった。

結局、アルフォードは答えを出せないまま、俺と共に寮に帰ることになった。

ボルトはそのまま講師と共に飲みに行くと言って、また次の休みの日の約束をして、俺たちと反対の道を進んでいく。

帰り道、アルフォードはかなり沈んでいた。

定期的に溜息《ためいき》が聞こえてくる。

一言も話さずに寮に戻って来た俺たちは、部屋の前で別れた。

シャワーを浴びて出てくると、コンコンとノックの音が聞こえたのでドアを開ける。

やっぱりというか、アルフォードが立っていたので、部屋に招き入れた。何時《いつ》もは楽しそうな顔で立っているアルフォードは、眉《まゆ》がへにょりと垂れ下がっていた。

アルフォードが部屋に入ってくるいつもの光景に、そういえばボルトが何をしていたのか聞きそびれたな、と思い出し、肩を竦めた。まあでも依頼なら教えてもらえないだろうなと思いながらアルフォードを視線で追う。その動きはいつも以上に緩慢だった。

「ぼーっと突っ立ってないで座れよ」

何時ものアルフォードの定位置を指さすと、アルフォードはそっとそこに腰を下ろした。

今日は手に本を持っていない。

膝《ひざ》を立てて、その間に顔を埋《うず》める。話をする様子でもないので、少しだけ気にしつつもいつものように勉強をしていると、アルフォードがポツリと零《こぼ》した。

「僕の部屋は、両親の想いが詰まっているから、考えごとに向かない」

「あー、だな」

アルフォードの両親は、アルフォードが一人っ子のせいか、とても愛情を持ってアルフォードに接している。俺が直接見たのは入寮初日のみだけれど、たまに届く差し入れはありがたくお裾分《すそわ》けしてもらっていたりする。その時には必ずアルフォードを気遣う言葉が綴《つづ》られた手紙が入っており、アルフォードはそれを全て大事にしまっている。

様々な教育と、そして確かな愛情があったからこそアルフォードはここまでまっすぐなんだと思う。それが傍にいてとても心地いいんだけれども。残念ながら他の貴族たちはそのまっすぐさが苦手なのか、あまり親しい友人は見かけない。本人もあまり友人がいないことをまったく気にしていない。

だからか、ここまで表情を歪《ゆが》めて悩んでいる姿は初めてだった。

「んで、アルフォードはどうしたい訳」

俺の質問に、アルフォードは少しだけ間を空けて、答えた。

「僕は……ここで沢山のことを学んで、領地を継ぐことを……」

「それはどうしたいか、じゃなくてどうするように言われてきたか、だろ。全然違う」

「どうしたいか……うん。今までそういうことを考えたことがなかったよ」

「まあ、ずっと後を継げとか言われ続けていたんだろうけどさ」

どうしたいか、という言葉をアルフォードは何度か呟いた。

「調薬を生業《なりわい》にしてみたい。そして、獣人の村に行って、スタント先生の弟子になりたい。出来るなら、そこで一生を終えたい。そんなことを思う僕は、嫡男として失格だ」

言葉の一言一言が、とても重かった。

俺はその重さを払拭《ふっしょく》しようと、努めて明るく訊《き》いてみた。

「なんで失格なんだ？」

「僕たち貴族には、義務があるんだ。領地を守るという。領地を守るということは、その土地に住む領民たちを守るということに他ならない。その対価として、税を貰《もら》っているんだ」

俺を見るでもなく宙を睨《にら》むアルフォードは、まさに今まで暮らしてきた領地を思い出しているのかもしれない。

真面目過ぎて損な性分だよな、と思いながら、相槌《あいづち》を打って続きを促した。

「もしここで領地を出て、好きなことをしてしまえば、僕は領民に対しての裏切り行為をしたことになる。それに、僕が今までこうして何不自由なく生きてこられたのは、その領民たちの力であり、税であるから。僕は今まで育てて貰った恩を返さなければならないと思う」

アルフォードには、しっかりと嫡男だという意識と誇りが備わっている。今回はむしろそれが邪魔になっているみたいだけれども。

「僕は血を残さなければならないから、子供を作ることも出来ない伴侶《はんりょ》は、絶対に選んではいけない」

「あの講師はそれでもかまわないって言ってたな」

「……でも僕は、それらの義務を全て投げ出しても、スタント先生に辛《つら》い思いをさせたくないと思ってしまうんだ。そして、今まで生きてきた証《あかし》と先生を秤《はかり》に掛けると、先生の方が大事だと思ってしまうんだ……」

「じゃあ、あれだ」

俺は座っていた椅子から移動して、アルフォードの隣に腰を下ろした。天井を見上げると、綺麗《きれい》な木目が見える。

ここの寮も、安いとはいえ金は掛かってるんだよな。領民の税でここまで来ているとなると、責任重大だよな、と他人事《ひとごと》のように思う。自分で稼ぐのも大変だったけれども。

「多分、アルフォードもあの講師と離れると、おかしくなるんじゃないかな」

ふと思ったことを呟くと、アルフォードは驚いたような声を上げて、目をまん丸にして俺を見た。ああ、そこらへんは全く考えてなかったんだな、と肩を竦める。あの講師がおかしくなるのは嫌だ。じゃあ、自分は？　アルフォードは周りのことばかりで、自分のことはおざなりにしがちなんだよ。

ここまで悩むくらいだ。今まで何の迷いもなく跡を継ぐと刷り込まれていたはずのアルフォードがそれほど苦悩するってことは、そういうことだよな。

「僕が……おかしくなる？」

「ああ。多分講師とこのまま離れて領地に戻っても、アルフォードはもう抜け殻になるんじゃないかな、ってなんとなく思う」

先生と、離れて……ぽつりと零した声が、震える。ほら、もう既にヤバそうだろ。

「出会ったらもう、離れるのは無理だ、って、こういうことか……」

講師の言葉を、今になってじわじわと実感しているようだった。

獣人たちが番《つがい》に対して感じる唯一の想いの感情……それは人族にも備わっていたっておかしくない。多分気持ちの重さで言えば、俺だってアルフォードと同じようなものだ。

その後、アルフォードはほぼ話すことなく、消灯時間ギリギリまで俺の隣で考え込んでいた。


「アルの様子がおかしいね」

「ああ、まあ……」

次の日の放課後、シェンさんがズバリ指摘した。

今日の講義はシェンさんも取っている鍛冶《かじ》で、アルフォードはいつもぴか一の腕を見せるはずなのに、ありえない失敗をしては先生に心配されていた。そのうち金槌《かなづち》で手を打ち付けるんじゃないかと、講義を受けている人たち全員がアルフォードの様子をハラハラと窺っていたくらいだ。

何とか手を打つことなく授業は終わったけれど、いつもは絶対に出さない鉄くずを量産していて、皆がアルフォードの異変を心配そうに見守っていた。

指さしはっきりと指摘され、アルフォードは曖昧《あいまい》に笑って視線を泳がせた。

「ちょっとデリケートな問題で」

俺が助け舟でそう言うと、シェンさんはさらに身を乗り出した。興味津々な様子だった。

「デリケート。なんかアルにはあまり似合わない言葉だよね。いつもはまっすぐ受け止めてスパッと解決するだろ」

「普段だったらそうなんだけど、な」

何々、と遠慮なく訊いてくるシェンさんに、俺とアルフォードは顔を見合わせて苦笑した。

今日の失敗は、アルフォードもだいぶ悔いているみたいだった。

「獣人族の方を好きになってしまって」

少しだけ視線を落としてアルフォードが素直に告白すると、ふむ、とシェンさんは首を捻《ひね》った。

「いいね。恋バナ？　でもなんでそれで悩むんだよ。高嶺《たかね》の花《はな》、とか、種族の違いとか？　それとも、相手さんに全然その気がないとか。確か獣人族ってさ、相手にその気がないと絶対に付き合ってくれないっぽいだろ」

首を傾《かし》げるシェンさんに、アルフォードが眉を下げて答える。

「相手も、僕を想ってくれているんです、けれど」

「おお！　両想い！　話聞いてるだけでもドキドキするな。で、何をそんなに悩んでるんだよ」

「僕は嫡男で、兄弟もいないですから」

「あ、領地を治めてるんだっけ。そうか。でも、両想いだったら第一段階はクリアだろ。ってことは、どっちの家で住むかとか、そういうのかな。それとも、アルの両親は獣人族苦手な人たち？」

軽い感じでポンポン物を言うシェンさんに、アルフォードは呆気《あっけ》にとられたような顔をしながら返答していく。

「いえ、そういう偏見はないみたいですけど……」

「じゃあ問題ないんじゃ」

「でも僕は、跡取りを作らないといけない、から」

「それって、アルの家は直系じゃないとダメっていう家柄なのかな。ご両親の親戚《しんせき》から養子にするって手もあるし、法律的には絶対直系じゃなければならないなんてことはないけど。それともその獣人さん、自分の村に来ないとダメってタイプ？」

「まだ、そこまで話し合ってはいないです」

「じゃあ、悩むより先に相談しちゃえばいいのに。もし領地を継がなければならないなら、その獣人さんに家に来て貰うとか。もし獣人さんがアルを連れて行きたいっていうなら、それをご両親に相談したらいいんだよ」

　自分だけで考え込んでいても、塞《ふさ》ぐだけだよ、と朗らかに答えるシェンさんに、俺もアルフォードも目から鱗《うろこ》が落ちたような気分になった。

　俺には誰かに相談するっていう発想は全く浮かばなかった。

　アルフォードも、多分あの講師と共に歩く道はないと思っていたから、まさにシェンさんの言葉は救世主の言葉に聞こえたかもしれない。

◇◇◇

　アルフォードの親の治める領地はフランティーノ領といい、隣国のソレイル大国との国境にほど近い場所に位置している。

地図を見ると、俺の出身村であるコメート村がこの学園の北で、フランティーノ領はここからさらに南に位置している。魔導汽車で半日くらいの距離にあるそうだ。

ソレイル国と言ったらフォーディアル殿下の故郷だ。

交換留学でここで学んでいるくらいだから、この国とフォーディアル殿下の国が戦を始めるとか、そういうのは直近ではないはず。

今日はちょうど帝王学の授業があったので、帝王学専用の絢爛《けんらん》豪華な建物に移動する。教室に入ると、既に来ている二人に挨拶《あいさつ》した。その後すぐ教師も来て、授業が開始される。

それにしても帝王学。学ぶことが幅広すぎだろ。宮廷マナーから政治の動き、指示の出し方とかなんか色々。

中には戦争時の戦況の読み方とかまで習うらしい。王様たちが戦争で指揮を執るってのは、もう負け戦なんじゃなかろうか、と素人考えで思っていると、先生はそうでもない、と真顔で返してきた。

「状況によっては、国の頭《トップ》が顔を見せることで士気が上がり、勝率が変動する場合もあります」

「ふぅん……」

「気乗りのしない返事ですね」

「だって戦争って、まず徴兵されるのって平民じゃないですか。それも一番働き盛りの年頃の男ですよね。一家の大黒柱がいなくなるってことは、その家が貧しくなるってことだ。それは、戦争に勝っても負けても一緒。たとえ戦争に勝っても、家の男が戦死したら、二度と戻ってこないんですよね。それを考えちゃうと、なんで戦争なんかするんだろうなってちょっと呆《あき》れます」

「そうですか。ルゥイさんは呆れるのですか」

俺の言葉に、先生は苦笑した。フォーディアル殿下とアローロ殿下は俺の言葉を興味津々に聞いている。

「私は戦争というものをそういう点で考えたことはなかった。目から鱗だ」

「僕も。戦争は経済を動かす上での重要な事柄とか国家間での優劣とかそういう大きな局面しか見てなかった」

まあ、いちいち国のトップが市民一人一人のことを考えてなんていられないだろうけれど。

「俺は搾取される側だから」

俺がそう答えると、二人と先生は首を傾げた。

「そもそも、搾取される側はここで帝王学なんて学んではいないよ」

「そうだね。そう言えばルゥイ君はどうやってこの講義を選ぶことが出来たのかな。今更ながら気になったよ」

「殿下、それは訊《き》いてはいけない事の一つになりますので、お控えください」

ぶつけられた疑問に答える前に、先生が殿下を窘《たしな》める。

そっか。俺の血筋は一応極秘だもんね。

「学園長が経由してくれたギルド依頼の契約内容に関わってくるから、学園長が無理やり融通してくれたんだと思います」

一応当たり障りなくそう答えると、三人はとても微妙な顔をした。依頼内容は平にご容赦ねがいます、と頭を下げると、三人とも更に微妙な顔になった。先輩二人がそういう顔をするならわかるけれど、先生までそんな顔をするのはどうしてなのか。ちょっと気になる。

そういう話の流れから、じゃあ、今日は国家間の戦争時に王族がとるべき姿勢を学びましょう、という流れになった。

先生の話を聞いて、王様の立ち位置と俺の居場所の落差がはっきりとわかった。王様が何を考えているのかはさっぱりわからないけれど、俺たちなんかよりもかなり沢山のことを考えているんだというのはなんとなく理解した。そして、その難しさも。まあ理解したところでその立ち位置に立ちたいとは思わないけれど。

「でも、国民たちの意見に耳を傾けるのも大事ですし、それを全て跳ねのけて突き進んでしまえば、すぐに国民の支持もなくなってしまいますよね。かといって、一人一人に寄り添いすぎて国が回らなくなっても、それはまた国の滅衰へ向かいます。そういうときのために、この授業があります。知識は宝です。豊富な知識があれば、窮地に陥った時、少しでもより良い選択肢が選べるということなのです」

その選択肢の多さと選び方の巧《うま》さにより、王の器が決まってくるんだそうだ。

俺は心の中で、うへぇ……と呻《うめ》いた。帝王学、なんていうか、難しいし曖昧過ぎる。答えがきっちり一つ出るような算術系や魔法系の授業がいかに楽かよくわかる。こういう、答えの選択肢が無限にあり自分の采配《さいはい》ひとつに全てが掛かってくる的なもの、俺には無理だ。

それでは今日はここまで、という先生に頭を下げて、俺はげんなりしながら教科書を閉じた。

「戦争と言えば、もしソレイル国とここが戦争をしたとしたら、矢面に立つのってやっぱり『フランティーノ領』なんですかね」

戦争と言えば、アルフォードもしそういうことがあったら兵士を引っ張って前面に立たなければならない、みたいなことを言っていた気がする。それを思い出した俺は、世間話程度に話を振ってみた。

俺の質問に、二人は顔を合わせて、んー、と考えた。

「そうだろうね。国境に面している場所は大抵前線として侵略を抑えないといけないだろうから、戦争するとしたら、まずはフランティーノ領が立つね」

「僕たちはそんな戦争をする気はないけれどね」

「私もだよ。戦争は金を喰《く》う。しかも税金だ。国民が汗水流して払った税金が国を潰《つぶ》すために使われるのは国民も不本意だろ。君の言葉で納得したが、兵士は数字ではなく、一人一人の人生がそこにあるのだからね。私たちが学ぶべきは、戦争のことではなくて、いかに戦争を起こさないようにするかが第一だな」

「そうだね。戦争は沢山の人が死ぬから」

「昔はフォルトゥナ国だけしか国がなくて、戦争のしようもなかったらしいけれどな。フォルトゥナ国はそれこそ周りを海に囲まれているから」

「この地も、人が住めなかったらしいしね。本当かどうかはわからないけれど」

「お伽噺《とぎばなし》だからな」

「お伽噺と言えば、フォルトゥナ国の聖獣の話を知っているかい？」

話題が戦争から聖獣に移り変わり、二人は時間を気にすることなく盛り上がる。

俺も帝王学が今日最後の授業だから、何とはなしに二人の話を聞いていた。

「聖獣と言えば、我が国にも一匹聖獣はいるんだけれど、とても気難しくて私は傍《そば》に近寄れなかったんだ」

「聖獣って本当にいるんだ。僕はお伽噺だとばかり思っていたけれど。空想の生き物ではないのかい？」

「いいや、ちゃんと存在しているよ。王宮に来た客人が肩に止めて連れ歩いているのを見たことが一度だけあるんだ。あとで父に聞いたら、私たちの国に店舗を構える大きな商会の商人だったらしい。人懐こい鳥だなと思って見ていたら、澄ましたご令嬢のような言葉を話して驚いたよ」

フォーディアル殿下の言う喋《しゃべ》る鳥というものが想像できずにいると、アローロ殿下が目を輝かせた。

「それは僕も一度見てみたいなあ。この国には聖獣がいるという話はないけれど、どこかで一度くらいは会えるかな」

「フォルトゥナ国ならいるんじゃないか」

「そんな簡単にフォルトゥナ国に行けるわけないだろう。今、あの国は不安定だし」

「不安定、か。ちょっと違うと、私は思う」

この国と殿下の国間戦争の仮説からフォルトゥナ国の話にまで広がり、俺はちょっとだけ気になって、聞き耳を立てた。

二人は何時《いつ》ものように微笑を浮かべながら、あまり笑えないような話をし始めた。

「あそこは十年以上も前に王家が分裂しただろう。兄と弟で争って、弟が兄王の家族を弑《しい》して王位に立った。その理由は、兄王が側近たちの提案をまるごと鵜呑《うの》みにし、その者たちの言葉ばかりを聞くようになってしまったからだそうだ。でも兄王はとても穏やかな方で、市民からの支持率はかなり高くて、親しみのある王様だった」

親しみのある王様、と殿下の言葉を口の中で声に出さずに転がす。

微妙な顔でただ黙って聞いている俺を、二人は気にすることなく話を続けた。

「そんな状態で弟が王位に就いても、勿論《もちろん》国民の支持は得られない。大好きな王様が殺された元凶が王位に即《つ》いたんだから当たり前だよな。そこから、王家の威信を取り戻そうとしても、恐怖政治にしかならないだろうと推測される。不安定なんかじゃないよ、あそこは、王家が国民に見放されているんだ」

「でも弟王は王様として当たり前のことをしているんだろ？　なんだっけ。貴族にも厳しく不正を許さないとか。国民から違法な税を納めさせて着服していた貴族をしっかりと罰しているって聞いたよ」

「そこらへんは兄王が甘かったんだろうね。疑いがあってもあまり厳しい取り調べ等しなかった。

本当に傀儡《かいらい》のようになってしまっていたようだよ。たとえ黒に近い灰色でも排除することが出来ないくらいに人がよかったらしい。私的には二人足して二で割ったら丁度よくなるだろうに、と思ったな。彼の国のことを学んでいる時に。兄弟で力を合わせられればとてもいい状態だったろうに、と」

ああ、それで俺の父親と思われる人は実の弟に殺されたのか。

確かに、甘い汁を吸いたい人の言葉だけを聞いていたらたとえいい人だって国は傾くよな。

行儀悪くソファの肘掛けに肘《ひじ》を預けながら、俺の父と思われる人の話に呆れる。

殿下がたの話なら、それはほぼ真実に近い内容なんだろう。こんなところで話していい内容なのかは置いておいて。

でも、じゃあどうして俺は一人こんな遠い地に赤ん坊の時にいたんだろう。……やっぱり赤子がこんな遠く離れた場所で捨てられていたっていう話のほうが荒唐《こうとう》無稽《むけい》すぎて、ボルトが人違いをしているのでは、なんて思ってしまう。

ギルドでの統括代理の態度と、その後で説明してくれたボルトの言葉を疑うわけじゃないけれど、でも、やっぱり人違い感が否めない。

二人の話も、俺にはどこか遠い国の御家騒動程度にしか思えなかった。

番外編　休日の過ごし方

アーンバル上級学園では、雪の降る時期に一度、二週間ほどの長期休みが入る。

新しい年を迎える時期だ。学園の進級時期から、ちょうど四か月目の時期にあたる。

その新年を迎える祝いの夜会を王宮で開くため、学園に通う生徒たちの大半が社交という名の年越しをしなければならないので、社交のための長期休暇とも言える。

それはアルフォードも例外ではなく、辺境の地ということで王宮には行けないけれど、自分の家で夜会を開いて、辺境の地がまた一年平穏に過ぎることを願い、新年を祝うのだという。

アルフォードの生家、フランティーノ伯爵領は、隣国との境界に位置し、両隣の子爵領と共に国の南を守っている。国境付近で爵位が一番高いアルフォードの家が、その新年の夜会を執り行うのが毎年恒例なんだそうだ。

辺境騎士団はかなり大規模なもので、王家直属の騎士団にもひけを取らない規模と強さだという。

ちなみに、王家直属の騎士団とは、大まかに三つに分かれている。第一騎士団は王宮周りの守護警備、第二騎士団は王都近辺の治安維持。街を守ったり街道を守ったり学園の行事の手助けをしてくれるのは、第三騎士団だ。だから、地方に密着し、国民に親しまれているのは主に第三騎士団だ。

辺境騎士団と王家の騎士団は取り扱いが全く異なり、辺境に位置する領だけは、特例で自領に大規模な騎士団を置いていいとされている。けれど、その騎士団の費用はそれぞれの領が負担しなければならないらしい。しかも戦争が起きても、王都からの騎士団の派遣は誓約があってなかなか出してもらえないんだそうだ。なるほど。要するに王宮は辺境の地まで守るほどの金はないって言ってるようなものか……。なんて口に出したら不敬罪で捕まりそうだけど。

「僕の領の騎士団の強さは国内一を自負しているよ」

フランティーノ領のことを訊《き》いたとき、アルフォードは自慢げに胸を張った。

実際にフランティーノ領の辺境騎士団は今まで隣国との小競り合いで負けなしで、そのおかげで隣国がちょっかいを出さなくなったんだと、学園の教師に教えて貰《もら》った。今の両国はとても穏やかな関係を築いているから、ある程度は辺境伯領も平和だけれど。

ノルデン国は北が全て海に面しているので、南側を守ればある程度は安心だから。

そんな辺境であるフランティーノ領の新年のパーティーに、俺とボルトは招待されてしまった。

「両親に、僕の親友を紹介したいんだ。それと、ボルトさんはうちの両親も知っていて、是非一度顔を出して欲しいと……別に名声を利用したいとかではなく、うちの父は強い者に目がないから。嫌だったら断ってくれて構わないんだけれど」

部屋はもちろん用意するから是非、と立派な招待状を貰ってしまった俺たちは、今日の依頼を急《きゅう》遽《きょ》取りやめ、新年の夜会用の服を買いに行くことにした。

アルフォード曰《いわ》く、平民出身の騎士たちも参加したりするから、そこまできっちりした服はいらないそうだけれど、さすがに辺境伯領の夜会に普段着で出るわけにもいかない。

ボルトと共に入ったのは、下級貴族がよく使うと言われているブティックだった。

アーンバル学園の学生は普段着をよくここで購入するらしく、招待状を手渡されている俺を見ていたドウマが紹介してくれた。ちゃんと紹介状まで貰ってしまった時は、ああこいつも貴族なんだな、なんて遠い目をしてしまった。

下級とはいえ貴族の訪れるブティックは、俺とボルトが普段着で入るとかなり浮いていた。

けれど、やっぱりここでもボルトの顔と名は知られていて、店の人にめちゃくちゃ歓迎されてしまった。平民の服を着ている男二人を歓迎する店は、一種異様な雰囲気に包まれていた、と思う。

勧められるまま奥の部屋に入ると、店員は大量の夜会服を俺たちの前に並べた。

学園の制服をさらにきちっとして、装飾過多にしたような服は、どう考えても俺には似合わない。

でも、と隣に座るボルトをチラリと覗《のぞ》き見《み》る。

きっとボルトは、小さい頃はこういう服を着ていたんだろう。想像するとそれだけで胸にぐっとくるものがあった。

そしてしっかりと身体《からだ》が作られている今も、こういう服は絶対に似合う。想像するだけでかっこいいと思う。

「こんな機会めったにないから、つるしでいいか」

ボルトの言葉に、店の人はいやいやいやと必死で首を横に振った。

「ボルト様はとても胸板が厚くご立派な体型をなさっておられますので、そのお身体に合わせてお作りする方がより素晴らしいと思われます。腕によりをかけますし、他の依頼よりも優先させていただきます。なので是非お作りください」

「つっても社交シーズンまであとひと月。二人分の服を割り込んでいいのかよ」

「もちろんでございます。この時期、私どもも皆様のご要望にお応えするため、お針子を多めに雇っておりますので、何の問題もございません」

揉《も》み手《で》しそうな勢いで服を作りたがる店員に、俺とボルトは顔を見合わせた。

「……まあ、ルゥイの髪を引き立たせる色の服がそこにねえしな」

「ボルトがビシッと身体に合ったこういう服を着てるの、見てみたいかもしれない」

同時に声に出す。

声が重なったにもかかわらず、俺たちの言葉を理解した店員は、とても満足そうな顔で、早速生地見本を取り出した。

◆◆◆

辺境の地は、積雪の多いこの国にしては温暖で、気候は安定している。

新年の祝いの時期は王宮近辺は魔道具により積もった雪を溶かして馬車を走らせやすくしているらしい。それに比べてフランティーノ領はそこまで雪も積もらず、凍死する者はほぼいないという。

その話を聞いて、俺は自分の育った村を思い出した。

積雪の時期はそんなに長くはなかったけれど、その時期になると特に食い物が少なくなる孤児院では、腹を空《す》かせた孤児が草を食《は》もうと雪の中森に入り、年に一人か二人は必ず凍死していた。大抵子供がいないのに気付くのは夕刻から夜なので、探しに行ってついでに凍死なんてなったら大変だからと夜間捜しに行くことは禁止されていた。

周りの村も貧しかったので、積雪の季節は一つの村で数人凍死するのが当たり前だった。

魔導汽車で一日半南に下るだけでそんなに気候が違うことに驚いた俺に、アルフォードは追い打ちを掛けるように、ソレイル国よりも南の国の話をしてくれた。

「南のルド国は逆に暑すぎて倒れる人が多いらしいな。だから日中は手を止めて、早朝と夕刻に仕事をするらしいんだ」

「へぇ。国によっても色々あるんだな」

一概にどこがいいとは言えないんだな、と溜息《ためいき》を吐《つ》いていると、ボルトがそっと耳元で囁《ささや》いた。

「学園を卒業したら、実際にいろんな国の気候を体験しに行ってみるか？　俺と二人で」

「行く！」

すぐさまいい返事をすると、アルフォードが少しだけうらやましそうな顔をした。

「もしよければ、その国々の画像を送ってくれないか？　僕も違う国の風景を見てみたい」

「もちろん！」

「ありがとう」

アルフォードのお願いに快諾すると、アルフォードは今度こそ本当に嬉《うれ》しそうに顔を綻《ほころ》ばせた。

部屋でお茶を飲みながら話をしたアルフォードは、外を見てハッとしたように腰を上げた。

「ごめん、長居しちゃったね。明日、楽しみに待っている。馬車は夕刻にここまで来るように手配されているから、それに乗ってくれ。あと、辺境の地はすぐ近くの山に結構魔物が出るから、こういう新年夜会でも帯剣が許されてるので武器は持ってきて大丈夫。ただし、会場での抜剣はよほどの理由がない限り罰せられるから気を付けて」

「わかった。何から何までサンキュ。こういうの俺全然免疫ねえから」

「免疫って……大丈夫。酒が入ってくるともう無礼講状態だから」

それだけ言うと、アルフォードはじゃあ、と手を振って宿を出ていった。

宿屋の窓から、アルフォードが乗った馬車が帰っていくのを見送って、俺はうーんと伸びをした。

新年の夜会は明日。俺たちは本当にギリギリに領地入りしたことになる。

まず服がギリギリだったし、ボルトの指名依頼が少しだけ長引いてしまったから。

ボルトは先に行けと行っていたけれど、旅はやっぱり一緒に移動するのが醍醐味《だいごみ》だからと、俺もギリギリまで待つことになったんだ。魔導汽車で半日だからそこまで遠くはないんだけれど。

俺たちはフランティーノの領都の少しお高い宿屋に部屋を取った。アルフォードが自分の家に部屋を用意してくれると言っていたんだけれど、それは遠慮しておいた。夜会以外は冒険者ギルドに顔を出してみたり魔物討伐をしたりするかも知れないし。その都度家の人に伝えるのも申し訳ないから。

明日は宿屋で用意した服に着替えて、アルフォードが出してくれる馬車で二人で夜会に行く予定でいる。

出来上がった服は、試着はしてみたものの、お似合いですよと姿見を見せられても似合っているとはとても思えなかった。

髪はいつもの通りボサボサ。ちょっと長めの襟足は紐《ひも》でくくり、それほど伸びていない身長も相まって、姿見の中の着飾った俺はかなり幼く見えていた。

ボルトはまた別室で試着していたので、まだ一度も正装を見ていないし、俺も見せていない。

慌ただしくアルフォードが帰っていき、二人きりになった部屋で、俺は明日のことを考えた。

「それにしても、夜会とか。一番縁遠い出し物だよな」

「俺ら冒険者にとってはそうだな。せいぜいギルド併設の食堂で乾杯するぐらいだもんな」

「ペルラ街のギルドで新年の祝いをするのは楽しいよな」

俺が住んでいた街では、新年の祝いなんて、せいぜいスープの具がほんの少し増えるくらいだった。それだって俺らにとっては嬉しいことだったけれど。村でも盛大に祝えるほど余裕のある人はおらず、せいぜいあの冒険者崩れどもが酒場で飲んだくれているくらいだ。近寄りたくもなかった。

去年初めてペルラ街で年越しを経験して、生まれて初めて「新年っていいもんなんだ」って思ったくらいだ。その時はまだ成人してそれほど経《た》っていなかったから酒などほぼ嗜《たしな》んだこともなくて、スープを飲みながら乾杯するボルトの顔を見ているくらいだったけれど。

それが何の因果か、一年後にはこんな貴族の夜会に参加。

しかも服まで仕立てて。面白がってボルトがかなり大金を使っていたのが心臓に悪かった。けれど、さすがに出来は素晴らしかった。似合うかどうかはともかく。

俺の夜会服は、暗めの赤いジャケットで、襟は黒と金糸で飾られて、下に着るブラウスの首元はひらひらのレースがふんだんに使われている。それを留めるブローチは黒い石がついていて、胸ポケットから見えるポケットチーフという布は、襟と同様の色と模様で対になっており、金糸を使っている割に落ち着いた雰囲気だった。ズボンは黒で統一し、靴も履いたことのないようなピカピカすべすべのものだ。

店員の見立てで出来上がった服は、俺の身体のサイズぴったりだった。

あの服を着た俺を見たら、ボルトはどう思うだろう。がっかりするか苦笑するか。少しだけ気が重い。服の出来がいいだけに余計に……。

溜息を吐くと、隣に座っていたボルトがごろりと俺の膝《ひざ》の上に転がった。

下を向くと、ボルトが俺を見上げている。

このアングルは初めてかもしれない。

「い……いきなり膝枕《ひざまくら》かよ」

「だめか？　こうソファがでかいとこういうこともしてみたくなるだろ」

口元を緩めて寛《くつろ》いだような表情で俺の腿《もも》に頭を預けるボルトに、胸がキュンとする。

可愛い、と言ったら怒られるだろうか。でも、こうしてたまーに甘えてくれるのは、顔が緩んで戻らなくなるほど嬉しい。

「あー、ルゥイが可愛い顔してる」

「可愛くねえ」

「いや、最高に可愛い」

ボルトが手を伸ばして、俺の髪を優しく指で梳《す》く。

だいぶ伸びてきた髪は、今もまだ切っていない。

「明日は朝から夜会の準備だから、今のうちにゆっくりしないとな」

「着こなせる気がしねえ」

眉《まゆ》を寄せながら泣き言を言うと、ボルトは目を細めた。

「すげえ楽しみ。ルゥイの正装、絶対いい」

「期待値低い方が絶対後悔しないから」

やめてくれ、と顔を両手で覆うと、ボルトの笑い声が聞こえた。

「明日疲労困憊《こんぱい》で夜会に行くのはかわいそうだから、今日は残念だけど大人しく寝ような」

髪をいじっていた手を後ろに回し、俺の身体を引き寄せる。

ボルトも少しだけ身を起こして、そっと俺の手の甲にキスをした。

「その手を離して欲しいな。直《じか》にキスしてえ」

「……その言い方ずるくねえか？」

そんな風に甘えてくるボルトが好きで、本当にどうしようもなくなる。

明日夜会がなければ、今日もボルトとしっかりじっくりセックスするのに。

そんなことを思いながら顔を覆っていた手を外し、自分からボルトの唇に近付き、軽く啄《ついば》んでから、しっかりと自分の唇を重ねた。

◆◆◆

領都はどことなく浮かれた雰囲気で、広い道は馬車が行き交っている。

俺とボルトも朝から身体を清め、気合いを入れて夜会服に身を包んだ。

今はまだ宿屋。あと一刻ほどでアルフォードが手配してくれた馬車が到着する予定だ。

俺が襟元をなんとか直していると、隣の応接室からボルトが出てきた。

「……っ」

その姿を見て、俺は一瞬息が止まった。

銀にも見える黒い布を使ったジャケットには、胸元と襟に赤い糸で刺繍《ししゅう》されており、首から覗くタイは光によっては違う色に見えるような不思議な色合いのものだった。一歩前に出るたびに、落ち着いたゴールドだと思われたタイが一瞬だけ深い緑色に見える。黒のブラウスもまた、ボルトの妖艶《ようえん》さを引き立てていた。

トラウザーズが細身なせいか、いつもよりもさらに足が長く見えるボルトは、とても洗練された上流階級の人間に見えた。

何より、その髪型に、目が釘付《くぎづ》けになった。

いつもはざっと適当に後ろに流している黒い髪を、今日は丁寧にオイルでまとめ、一房だけ顔の横に垂らしている。

髭《ひげ》なんか一本も残っておらず、どう見ても生まれのいいどこかの貴族の青年だった。

そういえばボルト、血筋は貴族だったんだよな。

見蕩《みと》れながらボルトの出自を思い出す。もしそのまま平和な状態だったら、俺は王族の王子として、ボルトは臣下の騎士として向かい合っていたってことか。そうなると、こんな風に一緒に旅したり依頼を受けたり魔物を討伐したりなんか絶対にしていなかったってことか。

何より、想いを伝え合って恋人になったり、セックスしたりなんて絶対出来なかったってことか。

そう思うと、今の人生も悪くないと思ってしまう。孤児の時代だって、ボルトと会うための時間だったんだと、今ならすごく思える。

ボルトだって、ただずっと騎士だけをしてきた場合、今のこの色気は出せなくて、積み重ねられて、今のボルトがいる。そう思うと、途端にボルトが三割増しでセクシーに映った。

「ボルト……」

素敵すぎて言葉が出ない。そう呟《つぶや》くと、ボルトは苦笑した。

「ルゥイも最高に似合ってる。最後の仕上げを俺にさせてくれないか？」

ぼーっとボルトを見上げていたら、ボルトがそう言って俺の手を取り、鏡の前の椅子に座らせた。

そこに置かれていた香油のボトルを手に取りその中身を掌《てのひら》に垂らすと、伸ばして俺の髪に塗りつけていく。

ただ無造作に垂らしている前髪を指で優しく搔《か》き上げ、丁寧に後ろに流して行く。

胸元から一本のリボンを取り出したボルトは、その光沢のある黒のリボンを口で咥《くわ》えると、櫛《くし》を手に取り、襟足に掛かる部分まで丁寧に梳いて咥えていたリボンで綺麗《きれい》に一つにまとめた。いつものボサボサな髪型からは想像も出来ないピシッとしたスタイルだった。

後ろにまとまらなかった短めの髪が顔の横に流れ、頬に掛かる。いつもは前髪で隠れていた額は丸見えになっていた。

「簡単にだけど、出来上がりだ」

ほら、と鏡を指さされ、真っ正面から鏡を覗《のぞ》けば、どこからどう見ても貴族の坊ちゃんのような俺がいた。

「やべえな。ルゥイを誰にも見せたくねえ……可愛すぎだろ。その服も、すげえ似合う」

いつもは無防備な首元が閉められていると、逆にエロく見える、と耳元で囁かれ、頬が熱くなる。

「ボルトにがっかりさせるかもって、ちょっと思ってたけど」

「まさか。最高に似合う。今日は本気でガードしねえと余計な虫が付きそうで怖いな……」

目を据わらせたボルトが、独り言を零《こぼ》す。

虫って。そんなわけねえじゃん。

「それよりも、ボルトのほうがヤバいよ。そうでなくても有名人なのに、そんな色気マシマシな格好してたらどこかの金持ちの女に見初められて部屋に連れ込まれる……」

眉間《みけん》に皺《しわ》を寄せて心配事を口にすれば、ボルトの口が弧を描いた。

「だったら、絶対に俺の傍《そば》を離れないでくれよ」

「ん」

頷《うなず》くと、ボルトがスッと後ろから屈《かが》み込《こ》んで、俺の頬を撫《な》でた。そして、そっとキスをする。

鏡に映る俺とボルトのキスは、まるで全然違う人のキスシーンを見ているようで、少しだけ胸が騒いだ。


腰に剣を佩《は》いたところで、馬車が到着した。宿屋の小間使いが知らせに来てくれたので外に向かう。ボルトはまるでエスコートするかのように、自然に俺の手を取った。

カツンと音のする慣れない靴で馬車に乗り込む。

ボルトと向かい合って座ると、豪華な馬車の内装とそれに馴染《なじ》むボルトの姿にしばし見蕩れる。

走り出してそれほど経たずに馬車は辺境伯邸に着いた。けれど周りにもたくさん馬車がいて、馬車から降りるのに時間が掛かった。そして、そんな中に自分がいることが違和感しかなかった。

馬車が止まると、ボルトはすぐに降り、俺に手を差し伸べた。その慣れた仕草に笑いがこみ上げる。

「俺エスコートされる方？」

「ああ。俺の可愛いルゥイ」

その笑顔も姿もとても様になっていて、いちいちかっこいい。

地面に降り立って正面入り口に向かう。

周りには着飾った紳士淑女が優雅に歩を進めている。

いつも通りの歩幅だと目立つのでゆっくりと歩を進めながら、俺はそっとボルトに耳打ちした。

「これだけの距離だったら、走った方が早くね？」

「確かにな」

俺の言葉に、ボルトは耐えられないとでも言うように肩を揺らした。

入り口もまた、かなり洗練された豪華さだった。

どこを見ても高そうなものが並んでいて、絶対に廊下の真ん中を歩こうと心に決める。

「場違い感はんぱねえ……」

半眼でそう呟けば、ボルトが背中を軽くポンと叩《たた》いた。

「大丈夫。今日のルゥイはちゃんとどこぞの高貴なお方に見える」

ウインクするボルトこそ、どこぞの高貴なお方に見えた。

案内されるまま広間に入り、壁際のテーブル付近に二人で陣取っていると、音楽と共に辺境伯と夫人、そしてアルフォードが入ってきた。

辺境伯が新年の挨拶《あいさつ》をし、皆が手にした祝い酒のグラスを掲げる。

上品な新年の祝いだな、と思いながらちびりと酒を舐《な》めていると、全身ビシッと決めたアルフォードがやってきた。

「挨拶はいいのか？」

グラスを掲げながらそう言うと、アルフォードは「父がするから大丈夫」と苦笑しながら同じようにグラスを掲げた。

「それにしても、見違えたよ。ルゥイがそんなに化けるとは思わなかった。ボルトさんも素敵です」

「ありがとう」

アルフォードの賛美にボルトが軽く返事をする。

肩を竦《すく》めて俺の腰に手を回すと、フッと目を細めた。

「この姿を見ることが出来ただけで、新年の夜会に呼んで貰ってよかったと思うよ」

「そ、そうですね。ルゥイのこういう姿はなかなか見ないですもんね」

ボルトの手にチラリと視線を向けて、アルフォードの頬が少しだけ赤くなる。

俺は、腕はそのままに、口元を緩めてボルトに耳打ちした。

「ボルト、アルフォードは初心《うぶ》なんだから、いじるなよ」

「ぼ、僕はき、気にしないから！」

ボン、と音が鳴りそうなほど顔を赤くしたアルフォードに、笑いがこみ上げる。ボルトが俺の頭を小突いて、「どっちがいじってるんだよ」と笑った。

「後で父がお二人に挨拶をしたいそうなので、お時間をいただけますか」

手で頬を隠すようにしながら、アルフォードが必死で話題を変える。

ボルトは楽しそうにしながら了承した。


周りは知らない人ばかりで、俺とボルトはひたすら豪華な食事を腹に詰め込んでいた。

「さすが貴族の飯は美味《うま》い」

テーブルマナーなんて知らないから、ただただフォークで食べる。

目の前に座っているボルトは、洗練された動きで、けれどやっぱり山のように食事を腹に詰め込んでいた。マナーは完璧《かんぺき》だったのが逆にすごい。

満足していると、そっとアルフォードが近付いてきた。

「ちょっと休憩がてら別室でお茶でも飲まないか？」

さりげない装いの誘いに乗って、俺とボルトはアルフォードと共に広間を抜け出した。

少し先の部屋に案内されると、そこにはすでにお茶が用意されていた。

座り心地抜群のソファに腰を下ろすと、アルフォードがふぅ、と息を吐き、少しだけ首元を緩めた。

「お疲れ。挨拶大変そうだったな」

「ああ。でもそれが僕の役目だから。なかなか父のようにはいかないけれど」

眉尻《まゆじり》を下げたアルフォードは、母親そっくりの顔に苦笑を乗せた。

アルフォードの父親はさすが辺境伯と言いたくなるくらいガタイもよく、貫禄《かんろく》があった。大きな辺境騎士団をまとめるだけはあると感心していた。

アルフォードはまんま母親似で、体型もほっそりしていて父親が前に立つと影が薄くなってしまっていた。途中紹介されていたアルフォードの従兄弟《いとこ》たちのほうが辺境伯によく似ていたくらいだ。

それでもこの家の子はアルフォードだけで、従兄弟たちは傍系になるんだそうだ。

辺境伯家の皆が並んでいるときに聞こえた、ボルトの「むしろ従兄弟たちが継いだ方が落ち着くんじゃないか」っていう呟きは、同意しかなかったけれど、そっと俺の胸に秘めることにした。

しばらくアルフォードと歓談していると、辺境伯夫妻がやってきた。

立ち上がって挨拶すると、二人はまず俺の手を取った。

挨拶と言ったらボルトが先なんじゃないか？　と首を傾《かし》げながら自己紹介すると、夫妻は満面笑顔で俺と繋《つな》がれた手をぶんぶん振った。

「うちのアルがとてもお世話になっているね。いつも話は聞いているよ。アルに心を許せる友人が出来て、私たちは本当に嬉《うれ》しいんだ」

その言葉に、アルフォードが照れたように笑っている。

とても愛情のある親子だというのが、もう挨拶一つでわかってしまった。

その後夫妻はボルトの手も取ってボルトの活躍を褒め称《たた》え、是非一度辺境でも活動して欲しいと締めくくった。

「学園では、アルはどんな感じなんだい？」

「そうですね。好物が学食で出る場合、しっかりとチェックしてます」

「まあ」

「そしてかなり物知りで、勤勉ですね。あと、すごくまっすぐで、一度俺が色々言われた時、アルフォードがとてもフォローしてくれました」

「ほう、なるほど」

二人はにこやかにアルフォードの話に聞き入った。その都度「わ、待ってその話は……！」「ちょ、どうしてこんなところで暴露するんだ！」と騒ぐアルフォードまで楽しむように微笑《ほほえ》んでいた。

「あと、俺がギルドに行くとき、お手製のハイポーションをいつもくれます。最近ではSランクの物を作ることが出来るようになって、学園でも一目置かれていますね」

「Sランクハイポーション……」

「それとすごいなと思うのは、鍛冶《かじ》ですかね。教師の見本よりもいい物を作ります。あれはもう誇っていいレベルだと思います」

「教師よりいい物を作る鍛冶……」

にこやかに聞いていた夫妻は、選択授業の話になった途端、貼り付けたような笑顔になった。アルフォードも似たようなものだ。

「ルゥイ、その話は……」

スッと表情をなくしたアルフォードを見ていると、多分講師との関係は両親に話したようだった。こじれてるのは一発でわかるけど。

相手が獣人なのがだめなのか、跡継ぎを残せないのがだめなのか、それともまずこの人たちが獣人が嫌いなのか、どこでこじれているのかはわからないけれど。

「……そういえば君も、アルフォードの気持ちを知っているんだったね……」

アルフォードのお父さんは、普段は圧のすごいしかめ面を、これでもかと情けない表情に変えて、背中を丸めた。

「まあ、相手がどういう人かは俺よりボルトのほうが詳しいですけど」

「あいつは、スタントはいい奴《やつ》ですよ。とても気持ちのいい奴です。貴方《あなた》は辺境をまとめるくらいの方だ。獣人の特性はわかっているでしょう。それでも、アルフォード君の気持ちを一番に優先したいと言っていました。あいつは口に出したことは絶対に守る奴です」

ボルトは落ち着いた静かな声で、講師のことを口に出した。だからどうしろとか、そんなことは一切言わない。けれど、その言葉に夫妻は視線を落とした。全く同じ仕草をアルフォードもしていて、こんな時なのに親子だなと少しだけほっこりした。

「アルフォードには才能がある。でも、その才能をどう使うかは、本人次第です。でも、やっぱりアルフォードの作るハイポーションには何度か命を救われました」

努めて笑顔で伝えれば、ようやく夫妻は顔を上げた。

俺を見て、アルフォードを見て。

そして、やっぱり慈しむような笑顔を浮かべた。

いいな、とちょっとだけ思う。

俺にはそうやって愛情を向けてくれる親はいないから。

アルフォードは両親の愛に溢《あふ》れた表情に気付いて、フッと力を抜いた。そして、俺に頭を下げた。

「ルゥイ、ありがとう。ルゥイはいつでもそう言って、僕でも何かできるんだと自信をくれる」

そっと手を伸ばし、テーブル越しに俺の手を握る。そしてぐっと力を入れてから、手を離した。

「……本当は、今日、この場にアルの相手を呼ぼうかとも思ったんだが……まだ心の整理が付かなくてね。せめてアルが学園を卒業するまでには、きちんと話し合いたいと思うよ」

いいともだめとも言えない曖昧《あいまい》な父親の言葉だったけれど、アルフォードはとても嬉しそうに笑って頷いた。

「お父様、ありがとう。お母様も」

「ルゥイ君を歓待するはずが、アルへの愛情を改めて気付かせて貰《もら》ってしまったな。では、ここに好きな料理を運ばせよう。それとも会場に戻って食べますかな？」

腰を上げながら、辺境伯夫妻が控えていたメイドに向かって手を叩く。

ボルトはそっと俺の垂れている髪を指で梳《す》いてから、夫妻と一緒に腰を上げた。

「私は会場の料理でまだ食べてみたいものがありまして、戻るのであればご一緒します。ルゥイはここで少しアルフォード君と休んでいたらいい」

俺が返事をする前に、三人はそっと腰を上げて部屋を出て行ってしまった。

残されたのは、俺とアルフォード。

メイドはお茶を淹《い》れ直し、スッと部屋の端に待機する。

しばらくは二人ともだんまりでソファに座っていたけれど、フッと顔を上げたアルフォードが「そうだ」と声を上げた。

「スタント先生に画像を送れって言われてたんだ」

「んん？　新年の夜会の画像か？」

「うん。僕が正装した姿と、ボルトさんとルゥイが正装した姿を。ボルトさんの似合わない正装を大笑いしてやるって言ってたけど……ボルトさん、普通に似合ってるし動きも洗練されててどこも笑えないんじゃないかな」

大真面目《おおまじめ》な顔でそんなことを言うので、少しだけ緊張していた部屋の空気はいきなり柔らかくなった。

フフ、と思わず笑い声を漏らしてしまう。

「確かに、ボルトめっちゃかっこよかった。なんつうか、どこぞの伯爵様ですか、って感じだよな」

「わかる。お父様と並んでも雰囲気的に遜色《そんしょく》ないって言うか、顔がすごく整ってるから、髪型をビシッと決めるとすごく鋭利な視線が隙のない高位貴族って感じがする」

うんうん頷《うなず》くアルフォードは、やっぱり真顔でこっちを向いた。

「そしてルゥイも。雰囲気がすごく上品っていうか、口を開かなければすごく綺麗《きれい》だ」

「あはは、口を開けばがさつだよな。自覚ある」

「ちょっと口調を丁寧にしてみて欲しいくらいだよ。画像を撮っていいか？」

「もちろん。似合わないとか笑うなよ」

肩を竦めれば、アルフォードはそんなわけない、と首を横に振った。

「とてもよく似合っているよ。デザインがボルトさんと対になっているんだね。色もとてもよく似合う。残念なのは生地だ。もっと高価でなめらかな生地で作ったら、さらに素晴らしくなったんだろうに」

上から下まで俺を値踏みするような視線なのに、アルフォードには全く悪意がないせいか全然嫌な気分にはならなかった。

足を組んでしゃれたデザインのカップを手に取れば、アルフォードにちょっとしたマナーを教えて貰って、真似《まね》をする。

大口を開けて笑うんじゃなくて、小さく口の端を持ち上げる感じで、とよくわからないマナー講座が始まり、俺は付け焼き刃のマナーを身につけた。三日後に忘れるけれど。

「ルゥイ、僕の横に並んで」

アルフォードに手招きされ、テーブルをぐるりと回ってアルフォードの隣に腰を下ろすと、アルフォードは懐から携帯端末型魔道具を取り出し、俺に身体《からだ》を寄せて手を伸ばして構えた。

携帯端末から音が聞こえ、アルフォードの操作するそれを覗《のぞ》き込《こ》んでいたら、画像の欄に今撮ったものが出てきた。

「本当にルゥイは不思議だな。普段の姿を見ていると確実に冒険者っていう風貌《ふうぼう》なのに、こうして正装すると品がある顔立ちをしている」

「普段は品がねえって言いたいんだよな」

「や、違うけど」

半眼で揶揄《からか》うと、アルフォードは真顔で否定し、さらに携帯端末の操作を始めた。

そして、よしと頷いて、画面を消す。

「ルゥイのところにも今の画像送ったから。僕と一緒に映ってくれてありがとう」

「そこでお礼言っちゃうところがアルフォードだよな。サンキュ、記念に保存しとく」

クククと笑って、ソファから立ち上がる。

アルフォードに手を差し伸べれば、その手を摑《つか》んで、でも体重を掛けることなく立ち上がった。

「さ、ボルトさんの恋人をここで独り占めしているのはよくないから、会場に戻ろう。……今日は、両親と会ってくれてありがとう。僕もくよくよしてばかりはいられないね」

「何したっていいよ。アルフォードが変わりなければ」

「その言葉が一番嬉しい」

二人で拳《こぶし》をコツンと合わせ、部屋を後にする。

騒がしい広間に向かって歩いていると、広間から少し手前の廊下に、壁に身体をもたれさせて立っているボルトがいた。

少しだけ足を動かす速度を上げ、早歩きでボルトに近付くと、ボルトは顔を上げ、背中を壁から浮かせた。

そして、俺の前にスッと手を差し出した。

「中でなんか美味《うま》いもん飲もうぜ」

仕草が優雅なのに、口調はそのままなことに可笑《おか》しくなる。

「俺、甘くないやつがいいな」

「色々あるだろ。アルフォード、うちのルゥイが迷惑掛けたな」

重ねた手を優雅に自分の腕に添えながら、ボルトは隣で赤くなっているアルフォードに軽く頭を下げた。

「いいえ、とんでもない。僕にも至らないところがあるので、ルゥイにはよくそれを気付かせて貰います。得がたい友人です」

まっすぐな言葉はなんだかくすぐったくて、頬が火照《ほて》る。

そんな俺の変化に気付いたのか、ボルトがニヤリと笑って俺の頬をつついた。

「照れてる。かぁわいいなあ」

「可愛くねえ」

頬を膨らませると、今度はアルフォードが笑った。

会場に戻ると、皆思い思いに話をしていて、さっきよりよほど砕けた雰囲気だった。

皆ボルトが会場に戻ってくると一斉に注目し、話しかけたそうにそわそわしている。

なるほど。さっき廊下にいたのは、俺を待っていたんじゃなくてこの視線から逃げてたのか。

笑いを堪《こら》えながらボルトを見上げれば、ボルトがさっと視線を外した。

「よければ横にいる美しい方の紹介をしてもらえませんか」

一際装飾華美な服を着た男性が親しげにボルトに声を掛けてくる。

ボルトは獰猛《どうもう》な笑みを浮かべて、俺の腰に手を回した。

ところで美しい方って誰。

「こいつは、私が丹精込めて育て上げた、一生を共にする伴侶《はんりょ》です。まだ学生故神殿には行っていませんが、どうかそのことを心に留めて置いてはもらえないでしょうかね」

「うわボルトが丁寧な言葉喋《しゃべ》ってる……」

聞き慣れない言葉遣いについつい小声で呟《つぶや》くと、ボルトにうるせ、と小さく注意される。

チラリと相手を見れば、コメート村にいた冒険者崩れと同じような不快な目つきをしていた。

ボルトもその視線に気付いていて、盛大に牽制《けんせい》したわけだ。

俺はそっとボルトの腕に身を寄せ、スッと背中に隠れた。

今日はきっちりした服だから、こうしているとそこまでかくない俺はボルトに守って貰っているように見えるはず。

「恥ずかしいのかな、お可愛らしい」

目を細める男の視線が不快すぎて直視できないんだよ。心の中で悪態を吐《つ》いていると、いきなり外で甲高い笛の音が鳴った。

瞬間、広間中のガタイのいい男たちが一斉に中庭に面した窓から外に飛び出す。

その手にはしっかりと剣が握られていた。

「こんな時に魔物が……！」

近くにいたアルフォードもそう呟くと苦い顔をして窓に走り寄る。

「中庭にシルバーランクのスパークベア単体発生！」

中庭から誰かの声が聞こえる。

俺とボルトは顔を見合わせてニヤリと笑うと、アルフォードの後を追うように窓に走った。

「スパークベアって言ったら毛皮と肉が高く売れる。どっちがドロップするかな」

「あの肉、食うと口の中でパチパチ言って好事家《こうずか》の競争率すげえんだよな。俺らで倒したらドロップもらえるかな」

さっき目の前にいた男は、外からの声が聞こえた瞬間ヒッと顔を青くして部屋の奥へと逃げていた。けれどそんなのを構う余裕はない。

獲物を狩らないと。

せっかく正装しているのに、俺とボルトは一瞬にして冒険者の顔に戻り、腰の剣を抜きながら中庭の真ん中に走り出た。

魔物はかなり大きな個体だった。

敷地の外や会場の方に向かわないように、正装をして剣を構えた辺境騎士団の関係者たちが魔物の周りを取り囲んでいる。その一番前にいるのが、アルフォードのお父さんだった。

なるほど、アルフォードはあの背中を見て育ったのか。

アルフォードは騎士団の後ろのほうで一緒に剣を構えていた。

「辺境伯閣下、先ほどおっしゃっていましたよね。俺の実力を見たいと！」

「是非見せていただきたい！」

ボルトが叫ぶと、辺境伯は大笑いしながら頷いた。

「よしルゥイ。お許しが出たから行くぞ」

「おう！」

俺は即座に身体強化の魔法を掛け、ボルトと共に跳躍した。

「気高き風の精霊よ、俺たちの周囲に力を纏《まと》わせ、その速さを見せつけろ！　超風速《ハイスピード》！」

飛びながらボルトが補助魔法詠唱を終えると、地に足を付けた瞬間前に踏み出した。

補助魔法と身体強化で格段に向上したスピードで魔物に接近すると、剣を構えすれ違いざま横薙《よこな》ぎに剣を振るう。魔物の向こうでは、全く同じ動きでボルトも魔物を切り裂いていた。

一瞬にして上下を切り離された魔物は、すぐに光と化していった。

「ルゥイにはもうシルバーランクじゃ物足りないな」

「もう少し手応えあってもいいかもな」

剣を鞘《さや》に戻しながら騎士団のいる場所に戻っていくと、皆が目を見開いて俺を見ていた。それはアルフォードも例外ではなく……。

そういえば魔物を倒すところをアルフォードに見せたことはなかったな、なんて思いながら、そこに落ちていたドロップ品の毛皮を身を屈《かが》めて拾ったのだった。


突然の魔物出現で少しざわついた夜会だったけれど、俺たちがいい見世物になったらしく、青い顔で逃げ腰になっていた普通の貴族たちもその後は和やかに歓談し、新年の夜会は無事終わりを迎えた。

服も汚れることなく怪我《けが》をすることもなく魔物を討伐した俺たちは、やっぱり一目置かれ、その後は皆、主に騎士団のメンツに囲まれた。

隣に陣取っているボルトは心なしか得意げで、皆は俺に次々賞賛を浴びせていく。

かなり疲れたけれど、毛皮は辺境伯に買い取って貰《もら》ってほくほくの俺たちは、深夜ようやく宿に帰ってきた。

値段相応の立派なドアを閉めて、広い部屋の立派なベッドに正装のまま寝転がる。

「疲れたあー。魔物討伐のほうが息抜きってどういうことだよ」

「俺たちには魔物討伐のほうが似合ってるってことだろうな」

「そうだな。あんなの肩苦しくて身体が固まる」

んーと伸びると、ボルトが覆い被《かぶ》さるように俺を覗き込んできた。

「服がしわになるぞ」

「もう着ないから少しぐらいいいんじゃねえ？」

首元の飾りを外し、ブラウスの首元を寛《くつろ》げると、ボルトが苦笑した。

「そうやってるとなんだか誘惑されてるみてえだな」

「そうか？　苦しかったから緩めただけだけど……」

俺は手を伸ばして、ボルトのタイをシュルッと解《ほど》いた。

そしてボタンを二つほど外すと、鍛え抜かれた胸元が微《かす》かに見えて、とても煽情的《せんじょうてき》だった。

「確かに。こうやるとセクシーだな……」

腕を伸ばして枕元にタイを置き、ボルトの首に腕を回す。

口元を緩めて目を細めると、ボルトの顔が近付いた。

口づけを交わし、お互いおざなりに服を寛げる。

カマーバンドを外し、服からチラリと見えるボルトの腹筋に手を添えると、ボルトがやや乱暴に俺のトラウザーズを脱がせた。靴に引っかかって片足が脱げていなかったけれどお構いなしに、ボルトが俺の胸元に唇を寄せる。

晒《さら》された俺のペニスはすでに臨戦態勢で、たらりと透明な液体を垂らしている。

胸元の突起を噛《か》まれ、身体がカッと熱くなる。

「ボルト、今日はなんか早く欲しくて仕方ない……」

胸を弄《もてあそ》ぶボルトの頭を手で押さえて囁《ささや》けば、半眼でボルトが胸元から顔を上げた。

「ゆっくり堪能したいんだが……」

「俺は、早く欲しい。ここが疼《うず》いて」

下腹部を手でそっと撫《な》でると、ボルトがくっと息を呑《の》んだ。

早急にベッドヘッドにある引き出しを開け、そこから香油を取り出す。

蓋《ふた》のコルクを噛んで強引に蓋を開けると、ボルトはその香油を直接俺の勃《た》ち上がっているペニスに垂らした。

そこから伝って、ボルトを受け入れる方まで香油がしっとりと垂れていく。

ボルトの指が、そのオイルを塗り込めるように俺の秘部を刺激していった。

その動き一つ一つに反応してしまう俺を目を細めて観察していたボルトは、今度はゆっくりと指を俺の中に埋めていった。

「……っ、は」

指だけでも果てそうになって、ぐっと下腹部に力を入れると、ボルトの指がより詳細に感じ取れてぎゅっと目を瞑《つむ》る。

指一本でもきつい気がするのに、早くボルトの大きなペニスが奥まで欲しい。

そしてその熱を、身体《からだ》の中で味わいたい。

「慣らさなくてもいいから……っ。早く、ここに、ボルトが欲しい」

下腹部を両手で押さえて、焦《じ》れる気持ちを訴えるけれど、ボルトは「さすがにだめ」とさらに指を増やして中を解《ほぐ》した。

その解す時間が、俺にとっては拷問に近くて。

早く欲しいのに、焦らされるこの時間が、とてつもなく長く感じて……。

「ぼるとぉ……」

甘えたような声が、俺の口から溢《あふ》れた。

ボルトの唇と指だけで、すでに身体は蕩《とろ》かされている。

だから、早く……っ。

身体の中が切なくてボルトを見上げれば、ボルトが一度ぎゅっと目を瞑ってから、ふぅ、と息を吐いて目を開けた。

金色の瞳《ひとみ》が俺を見下ろす。

その瞳にちゃんとボルトの欲望が見えて、嬉《うれ》しくなった。

ゆっくりと指が抜けて行く。

ボルトはトラウザーズの前を寛げただけで、俺も上着をしっかり着ている。こんな風にしっかりと服を着込んだままボルトとセックスするのは初めてで、それもまた興奮した。

ボルトのペニスが宛《あて》がわれ、思わずゴクリとつばを飲む。

早く。

ぐ、と頭が俺の中に挿《はい》った瞬間、俺のペニスが精を吐き出した。ほんのちょっとボルトの熱を身体の中に感じただけで、溢れるように湧き出す快感に耐えられなかった。

「あ、あ、ん、あぁ……っ」

ゆっくりと埋め込まれる熱に、嬌声《きょうせい》が止まらなくなる。

ボルトがより挿入しやすいように、自分で足を開いてもっとと懇願する。

「ルゥイ……最っ高に綺麗《きれい》で煽情的だ……」

ボルトも何かを我慢するように、眉間《みけん》に皺《しわ》を寄せる。

最奥まで届いた瞬間、もう一度俺は吐精していた。

気持ちよくて、熱くて、そして正装を着崩して俺を組み敷くボルトがとてもエロティックで、見てるだけで昇天しそうになる。

ボルトの首に腕を絡め、噛みつくようなキスをして、奥を突かれるたびにあがる嬌声はボルトの口に吸い取られ。

服がしわになるのも構わずに、俺たちは濃厚で濃密な新年初の夜を過ごしたのだった。

次の日、すっかり普通の服を身につけた俺は、その身軽さと動きやすさに顔を綻《ほころ》ばせた。

「やっぱりこれだよな」

腕を回しながら呟くと、ボルトが笑いを堪《こら》えるように顔を背けた。

「昨日の夜はあれだけ煽情的だったのに、一晩経《た》つと元気ルゥイに戻るな」

「流石《さすが》に朝から誘惑はしねぇよ！」

「それもちょっと残念だ」

肩をふるわせて、ボルトもいつもの服装に着替える。

「まあ、確かにいつもの服のほうが落ち着くな」

「だろ」

笑い合って、荷物を肩に掛ける。

今日は慌ただしくペルラ街《がい》に戻ることになる。

休みはまだもう少しだけ続くけれど、その間はずっとボルトと一緒だ。だったら、時間はすごく貴重で、どうせなら安心できる場所で、ボルトと一緒に何かをしたかった。

部屋を出ようとドアに手を掛け、ふと後ろを振り向くと、窓からフランティーノ領の町並みが目に入った。誘われでもしないと、なかなか来ない南の地。

「でも、アルフォードのおかげで貴重な経験が出来たな」

すぐ近くにいたボルトを見上げてそう呟《つぶや》けば、ボルトもニヤリと口角を上げた。

「着衣セックスとかな。ルゥイの新たな一面を見られたし、確かにたまにはこういうのも悪くねえな」

屈むようにして、俺の耳元で囁く。その声音に背中がぞくりとして、慌ててその湧き上がってきた感情を消すように大声を出した。

「朝っぱらから何言ってんだよボルト！　ボルトこそ俺を誘惑する気か!?　ペルラに帰ったら覚悟しろよ！」

負け犬の遠吠《とおぼ》えのようになってしまった俺の叫びに、ボルトはククと笑いながら「楽しみにしてるよ」と先に部屋を出て行った。

後を追いながら、火照《ほて》る頬を両手で挟む。

楽しそうな雰囲気を漂わせる背中に手を伸ばしたくなる衝動を堪え、俺は駆け足でその隣に立った。

Ruby collection

それは無《む》謀《ぼう》というものだ。 上《じょう》

2024年2月1日　初版発行

著者　朝陽天満
©Tenma Asahi 2024

発行者　山下直久

発行　株式会社KADOKAWA
〒102-8177
東京都千代田区富士見2-13-3
電話：0570-002-301（ナビダイヤル）
https://www.kadokawa.co.jp/

印刷所　株式会社暁印刷

製本所　本間製本株式会社

デザインフォーマット　内川たくや（UCHIKAWADESIGN Inc.）

イラスト　たかはしツツジ

初出：本作品は「ムーンライトノベルズ」（https://mnlt.syosetu.com/）
掲載の作品を加筆修正したものです。

●お問い合わせ
https://www.kadokawa.co.jp/（「商品お問い合わせ」へお進みください）
※内容によっては、お答えできない場合があります。
※サポートは日本国内のみとさせていただきます。
※Japanese text only

ISBN 978-4-04-114494-7　C0093　　Printed in Japan